내 삶을 구하지 못한 친구에게

알마 인코그니타 Alma Incognita
알마 인코그니타는 문학을 매개로,
미지의 세계를 향해 특별한 모험을 떠납니다.

내 삶을 구하지 못한 친구에게
À L'ami Qui Ne M'a Pas Sauvé La Vie

에르베 기베르
Hervé Guibert

장소미 옮김

차례

1

　나는 석 달 동안 에이즈였다. 더 정확하게는 석 달 동안, 에이즈라는 죽을병에 걸려 사형선고를 받았다고 생각했다. 착각했다는 얘기가 아니다. 나는 실제로 에이즈였다. 1차 검사에서 양성반응이 나타났고, 정밀 검사에서도 내 피가 나락으로 떨어지는 절차에 돌입했음이 증명되었다. 하지만 석 달이 지났을 무렵, 기적 같은 우연으로 어쩌면 내가 아직은 모두들 불치병이라고 여기는 이 병에서 헤어날 수도 있겠다는, 거의 확신에 가까운 희망을 품게 되었다. 내가 죽을병에 걸렸다는 것을 손으로 꼽을 정도의 친구들을 제외하고는 모두에게 함구했듯, 나는 내가 기적 같은 우연으로 인해 어쩌면 이 가혹한 병을 이겨낸 인류 최초의 생존자들 가운데 한 명이 되리라는 것도 그 몇몇 친구들을 제외하고는 함구했다.

2

이 책을 쓰기 시작한 1988년 12월 26일, 나는 내 정신 건강을 우려하는 몇몇 친구들이 극구 만류하는 것을 뿌리치고 기어이 홀로 로마에 갔다. 상점들은 일제히 문을 닫고 행인들은 전부 외국인인 그 공휴일의 로마에서 나는 내가 사람을 좋아하지 않는다는 것을, 페스트라도 되는 양 사람을 피하기 위해서라면 무슨 짓이든 할 수 있겠다는 것을 절감했고, 따라서 누구와 어디로 식사하러 갈 것인가도 알지 못했다. 석 달 동안 사형선고가 내려졌음을 기정사실화했다가, 그 뒤 몇 달을 어쩌면 기적 같은 우연에 의해 구원받을 수도 있으리라는 희망 속에 보낸 터였다. 의심과 확신 사이를 오가며 희망만큼이나 절망을 맛본 끝에, 나는 이 근본적인 문제, 사형선고냐 사면이냐의 딜레마에 대해 더는 무엇을 어찌해야 할지 갈피를 잡을 수 없었다. 이 구원이 그저 나를 달래기 위한 미끼로서 내 앞에 던져진 신기루에 불과한 것인지, 아니면 정녕 내가 주인공인 공상과학소설인 것인지, 이 은총과 기적을 믿는 것이 혹 우스우리만치 인간적인 것은 아닌지. 지난 몇 주간 머릿속을 온통 차지했던 이 책의 얼개가 설핏 보이지만, 끝까지 어떻게 전개될는지는 나로서도 알 수 없다. 지금은 그저 죄다 불쑥불쑥 떠오르는 어떤 예감 내지 소망에 불과하고 결과적 진실은 아직 내게도 오리무중인 갖가지 결말만을 상상할 수 있을 뿐. 이 책의 존재 이유는 오직 세상의 모든 환자들에게 공통적일 이 불확실의 경계에 있다는 생각이 든다.

나는 이곳에서 혼자다. 친구들은 날 책망하고 염려하고, 내가 자학하고 있다고 여긴다. 외제니 말대로 한 손으로 꼽을 정도인 그 친구들이 정기적으로 내게 연민 어린 전화를 걸어온다. 정작 나는 내가 인간을 좋아하지 않는다는 것을 깨달은 참인데. 그렇다, 나는 확실히 인간을 좋아하지 않는다. 좋아하기는커녕 증오한다고나 할까. 이로써 모든 것이, 오래전부터 품어왔던 나의 끈질긴 증오심이 설명된다. 새 책 작업에 착수했다. 동반자이자 대화 상대, 더불어 먹고 자며 그 곁에서 꿈꾸고 악몽에 시달릴 누군가, 유일하게 그 존재를 견딜 수 있는 단 하나의 친구를 만들기 위해. 발아 단계에서는 그토록 엄정했던 나의 책, 나의 동반자가, 이 유시계有視界 비행*의 절대적 주인은 분명 나인데도, 나를 제멋대로 휘두르기 시작했다. 나의 액체연료 속으로 악마가 흘러들었다. T. B.** 독이 퍼지는 것을 막기 위해

★   조종사가 직접 눈으로 지형을 보고 주변 장애물을 인식하며 항공기를 조종하는 비행 방식으로, '시계 비행'이라고도 한다.

★★ 에이즈 바이러스가 가장 먼저 공격하는 T4 림프구, 결핵Tuberculose, 그리고 기베르가 지대한 영향을 받은 오스트리아 작가 토마스 베른하르트 등을 복합적으로 암시한다.

나는 그것을 판독하기를 중단했다. 혈액, 정액, 눈물 따위의 액체를 통해 에이즈 바이러스가 재침투할 때마다 이미 감염된 환자라도 다시 공격받는다고 한다. 어쩌면 그들이 세상에 끼칠 피해를 최소화하기 위한 주장인지도 모른다.

  내 피에서 착수된 파괴 절차가 하루하루 진행되고 있다. 내 경우 현재 백혈구 감소증과 유사한 증상이 나타나고 있다. 11월 18일에 실시된 최근 검사에서, 건강한 사람은 500에서 2,000 사이인 T4 림프구 수치가 내 경우엔 368이었다. 에이즈 바이러스는 백혈구의 일부인 이 T4 림프구를 가장 먼저 공격하여 면역력을 점진적으로 약화시킨다. T4 림프구 수치가 200 이하로 떨어지면 치명적인 공격이 시작된다. 예컨대 기회감염의 원인 기생충인 뉴모시스티스가 폐를 공격하거나 톡소플라스마가 뇌를 공격하여 각각 폐렴이나 뇌염을 일으키는 식이다. 그경우 현재는 에이즈의 원인 바이러스인 HIV(인간 면역 결핍 바이러스)를 억제하는 지도부딘 캡슐을 처방하여 공격을 늦추고 있다. 에이즈가 발견된 초기에는 T4 림프구를 '보조the helper'라 불렀고, 또 다른 백혈구의 일부인 T8 림프구를 '독소the killer'라 불렀다. 한 비디오게임 개발자가 에이즈가 발견되기도 전에, 혈액 속에서 에이즈 바이러스가 어떤 일을 벌이는지를 정확하게 그려냈다. 일본 게임 회사 남코에서 출시한 〈팩맨Pac-Man〉이 그것인데, 이 게임 화면 속의 미로가 혈액 내부와 매우 흡사하다. 플레

이어가 조종하는 노란색 샤독*처럼 생긴 팩맨은 미로를 통과하며 그 안에 깔린 쿠키들을 닥치는 대로 먹어치우는 한편, 자기보다 더 게걸스럽고 점점 수가 늘어나는 빨간색 샤독 같은 유령의 위협도 막아내야 한다. 여전히 인기가 시들지 않은 팩맨 게임을 에이즈에 적용하면, T4 림프구는 미로에 배치된 쿠키들이고, T8 림프구는 빨간 샤독으로 상징되는 HIV에 쫓기는 노란 샤독에 해당한다. 혈액검사를 통해 내 병이 확진되었을 때, 그 전까지만 해도 너무도 당연해서 의식하지도 못한 채 늘 옷이나 망토의 보호를 받던 피가, 어느 날 갑자기 자기도 모르는 무언가에 의해 보호막이 걷히고 나체로 노출된 듯한 기분이었다. 이제부터는 나체로 악몽을 통과하듯, 이렇게 벌거벗겨지고 노출된 피와 함께 살아가야 할 터였다. 새 피로 깡그리 갈음하는 기적이 일어나지 않는 한, 정체가 드러난 피는 어디든 도처에서, 벌거벗은 피가 매 순간, 대중교통 안이든 길을 걷는 도중이든 시종일관 나를 겨누는 화살처럼 따갑도록 의식될 터였다. 어쩌면 눈빛만으로도 들통나는 것은 아닐까? 걱정이란 더는 인간적인 시선을 유지하는 데 있지 않고, 너무도 인간적인 시선을 획득해야 한다는 데 있었다. 알랭 레네의 나치 독일 포로수용소에 관한 다큐멘터리 〈밤과 안개Nuit Et Brouillard〉에 나오는 수용자들처럼.

★   1968~1973년에 프랑스에서 방영되고 2000년에 재방송된 애니메이션 〈샤독Les Shadoks〉의 주인공 캐릭터. 새를 의인화한, 활짝 벌린 입이 동그란 몸통의 거의 절반을 차지하는 외모가 팩맨과 흡사하다.

거울 속에서, 거울 속의 내 눈빛에서 죽음이 다가오는 것이 느껴졌다. 죽음이 제대로 자리를 잡기도 전에. 혹시 내가 이 눈빛을 타인들에게도 이미 던진 걸까? 내 비밀을 지인 모두에게 고백하지는 않았다. 이제까지는, 이 책을 쓰기 전까지는, 모두에게 고백하지는 않았다. 나도 뮈질처럼 강인했더라면, 뮈질처럼 가공할 자존심과 관대함을 가졌더라면, 근심 걱정 없는 영원한 공기처럼 우정이 자유로울 수 있도록 아무에게도 고백하지 않았더라면 얼마나 좋았을까. 하지만 기진맥진하고, 병마가 우정을 위협하는 지점에 이르렀다면 어떻게 해야 할까? 몇몇 친구들에게는 비밀을 털어놓았다. 쥘 그리고 다비드, 귀스타브, 이어서 베르트. 에드비주에겐 말하고 싶지 않았지만, 병을 선고받고 난 뒤 처음으로 침묵과 거짓말이 뒤섞인 점심 식사를 하면서 이내 우리 사이가 끔찍하게 멀어졌음을 깨달았다. 즉시 진실에 굴복하지 않으면 때는 돌이킬 수 없을 만치 늦어버릴 터, 나는 우정을 유지하기 위해 에드비주에게도 고백했다. 빌에게도 속수무책으로 털어놓았다. 그 순간 나는 병에 대한 모든 통제력과 자유권을 상실했던 것 같다. 뒤이어 쉬잔 고모할머니한테도 고백했다. 그녀는 연로하여 아무것도, 더는 두렵지 않은 나이니까. 동물 보호소에 보내놓고서 펑펑 울었던 개를 제외하고는 누구도 좋아해본 적이 없으니까. 이 고백으로 나와 잠재 수명이 동등해진 아흔세 살의 쉬잔 고모할머니라면, 실제와 환상이 헷갈릴 테고 기억력도 가물가물하여 그런 엄청난 고백도 언제 들었냐는 듯 말끔히 잊을 수 있을 테니까. 외제니한테는 말하지 않았다. 라클로즈리 식당에서 함께 점심 식사를 했을 때, 내 눈빛에서 혹시 낌새를 알아챈 것일까? 그녀와 보내는 시간이 점점 지루해지고 있다. 내 비밀을 아는 이들을 제외한 다른 모든 사람들과의 관계에 더는 흥미가 없다. 모든 관계가 허무해졌고, 시들해졌으며, 가치도 없고, 즐거움도 없다. 이 새로운 상황 속에서 우정으로 다루어지지 않는, 내 스스로 거부감이 드는 모든 관계가. 부모님에게 고백하는 것, 그것은 온 세상으로 하여금 내 면상에 대고 동시에 똥을 누게 하는 것이리라. 이 땅의 모든 저열한 작자들로 하여금 내 면상에 똥을 누게 하고는 그 악취 나는 똥을 내 면상에 문지르게 하는 것이리라. 이 일에서 나의 주요 관심사는, 부모님을 피해서 죽는 것이다.

나는 에이즈를 내 식으로 이해했고, 샹디 박사가 내 몸에서 바이러스의 변화를 추적하기 시작했을 때 그러한 내 생각을 그에게 전달했다. 에이즈는 진짜 질병이 아니며, 에이즈를 질병이라고 하는 것은 사안을 단순화하는 것이라고 말이다. 에이즈는 우리 안의 짐승 우리가 열린 나약한 상태, 체념한 상태이며, 그 짐승에게 우리를 삼키도록 전권을 부여하고는 그것들이 시체를 해체하는 행위를 우리의 살아 있는 육체에 허용하는 것이다. 폐를 손상시키는 뉴모시스티스와 뇌를 손상시키는 톡소플라스마는 모든 인간의 몸속에 존재한다. 균형 잡힌 면역 체계가 그 병원체들로부터 인간의 몸속에서 살아갈 시민권을 박탈한다면, 반대로 에이즈는 그 병원체들에게 통행권을 내어주고 파괴의 수문을 열어주는 것이라고나 할까. 자신의 육체를 좀먹는 것들의 정체를 몰랐던 뮈질은 학자들이 에이즈를 정확히 규명하기 전에 병상에 누워 이런 말을 했었다. "아무래도 아프리카에서 왔다는 그것 같아." 그때만 해도 녹색원숭이들의 피를 통해 옮겨졌다는 에이즈는 마법사들, 주술사들의 병이었다.

샹디 박사에게 진료를 받은 지 1년 가까이 되었다. 전임인 나시에 박사는 일부 유명인 환자들의 불알이 늘어졌느니 어떠니 하는 험담을 늘어놓았고 나는 그 경솔한 언사가 마음에 들지 않아 예고도 없이 진료를 중단한 터였다. 하지만 나시에 박사를 못마땅해하게 된 결정적인 이유는, 실은 그가 내게 대상 포진 진단을 내리면서, 에이즈 바이러스 보균자들에게서 종종 이런 수두 증상이 재발하여 악화되기도 한다는 말을 덧붙였기 때문이었다. 이제껏 LAV* 그리고 HIV라는 이름의 바이러스에 의해 발병하는 에이즈의 검진을 위해 내 본명이나 가명을 기입한 갖가지 검진 신청서를 수년 동안 서랍 속에 쌓아두기만 한 채 검진을 거부해놓고서 말이다. 그것이 냉철한 판단이든 착각이든, 검진을 하기도 전에 결과를 확신하는 나같이 걱정 많고 선량한 사람을 행여 자살로 몰까 봐 저어되었다는 것이 그의 핑계였다. 아울러 그는 병에 걸린 남자의 경우 나이가 들수록

★ 림프절종연관바이러스Lymphadenopathy-Associated Virus, 'HIV'로 용어가 통일되기
전에 프랑스에서 에이즈 바이러스를 지칭하던 말이다.

빈도가 낮아지는 경향이 있는 육체관계 시에도 도덕성을 전혀 발휘할 수 없을 거라고 주장하며, 자신은 그저 희망적인 단계에 이르게 되기를 묵묵히 기다렸노라고 해명했다. 이 또한 변명에 지나지 않았으나, 치료법 없는 병의 검진은 불행한 자들을 절망의 나락으로 떨어뜨리는 것일 뿐 아무짝에도 소용없다는 그의 주장은, 나와 똑같은 걱정에 빠진 당신을 안심시켜달라고 애원하던 어머니의 편지에 내가 답신했던 내용이기도 하다. 끔찍한 이기주의자 같으니. 아무튼 나는 빌의 소개로 새로운 일반내과의 샹디 박사를 만났다. 빌은 샹디 박사가 에이즈에 걸린 이를, 내가 즉각 그것을 알아맞혔으며 우리 둘 모두와 친구인 이를 진료했다고 강조하면서 그를 입이 무거운 사람이라고 치켜세웠다. 환자가 유명인임에도 이제껏 소문에 휩쓸린 적이 없을 정도로 절대적으로 입이 무거운 의사라는 것이었다. 샹디 박사는 매 검진 시마다 내게 동일한 순서로 동일한 검사를 실시했다. 통상적인 혈압 측정 및 청진기를 이용한 진단에 이어 발가락들 사이와 발바닥 안쪽 패인 곳의 피부를 관찰한 다음, 극도로 예민한 요도의 입구를 살짝 피하여 양쪽으로 세모꼴을 이루는 치골 부위에서부터 배, 겨드랑이, 턱뼈 아래 목 언저리를 촉진하는 식이었다. 다음 차례, 즉 입안을 검진할 차례가 되면 나는 샹디 박사에게 어렸을 때부터 가느다란 나무 막대가 혀에 닿는 것에 몸서리를 쳐왔고 따라서 나무 막대를 내 입 쪽으로 내밀 필요도 없이 바로 내가 손전등 가까이로 얼굴을 가져가 입천장 제일 깊숙한 곳의 목젖이 오므라들도록 인후 근육을 수축

시키며 입을 최대한 크게 벌리는 편이 좋겠다는 것을 상기시켰지만, 그때마다 샹디 박사는 내가 제안한 방식이 자신의 두 손을 얼마나 자유롭게 만들어주는지를 잊었다. 그리하여 그는 상상의 가시들이 빼곡히 돋친 나무 막대로 내 입안을 검진했고, 추가로 입천장 뒤쪽의 연구개까지 살폈다. 이것은 치명적 병세의 진전과 관련하여 이 공간에서만큼은 아무런 결정적 징후도 발견되지 않았다는 것을 그가 개인적으로 확인하고, 또 나에게도 확인시키는 다소 과장된 방식이었다. 다음은 대체로 푸르스름하거나 선명한 붉은색인 신경 가장자리의 세포조직 검사였다. 이어서 한 손으로 내 두개골 뒤쪽을 잡고서 다른 손의 엄지와 검지로 이마 정중앙을 세게 누르는 것과 동시에 홍채 반응을 주시하면서 아프지 않느냐고 물은 다음, 마지막으로 최근에 지속적이고 잦은 설사를 한 적은 없는지 물으면 검진은 끝난다. 아무 이상 없어요. 모든 게 정상입니다. 당질 성분의 앰풀 주사를 몇 차례 맞은 덕분에 나는 대상포진으로 인해 수척해지기 이전의 몸무게, 즉 70킬로그램대를 회복했다.

소문만 무성하던 질병에 대한 이야기를 내게 처음으로 꺼낸 이는 빌이었다. 1981년이었을 것이다. 빌은 출장차 다녀왔던 미국에서, 관련 잡지를 들추다가 그 질병으로 발생한 죽음에 관한 첫 임상 보고서를 읽었다. 그는 스스로도 반신반의하며 무슨 미스터리라도 되는 것처럼 그 병을 언급했다. 빌은 백신을 생산하는 대형 제약 연구소에서 관리자로 근무하고 있었다. 이튿날 나는 뮈질과 단둘이 저녁을 들면서 빌이 퍼뜨린 공포스러운 소식을 전했다. 뮈질은 발작적으로 웃음을 터트리다가 급기야 몸을 비틀며 소파 밑으로 굴렀다. "동성애자들만 걸리는 암이라니. 허무맹랑한 것도 정도껏이어야지. 웃겨 죽겠네!" 그때 뮈질은 이미 에이즈 원인 바이러스인 레트로바이러스*에 감염되었던 듯하다. 언젠가 스테판이 알려준 바로는 뮈질의 잠복기가 거의 6년쯤 되었다니 말이다. 지금이야 모두들 아는 사실이지만, 당시엔 무수한 에이즈 바이러스 보균자들을 불안에 빠뜨리지 않기 위해 누구도 그 사실을 입 밖으로 꺼내지 않았다. 내

★ 아르엔에이RNA를 유전자로 가지는 종양 바이러스 무리.

가 뮈질을 폭소하게 만들고 몇 달 뒤, 그는 심각한 우울증에 빠져 피폐해졌다. 여름이었다. 전화기를 통해 들려오는 그의 목소리가 변했다는 걸 알 수 있었다. 나는 내 스튜디오에서 비애에 잠긴 채로 이웃집 발코니를 응시하다가 마음속으로 뮈질에게 책 한 권을 헌정했다. 헌사는 처음엔 '내 이웃에게'였다가, 나중엔 '죽은 내 친구에게'가 되어야만 했다. 문득 그가 발코니에서 뛰어내리는 건 아닌가 싶어 두려워졌다. 나는 그를 구하기 위해 내 스튜디오 창가에서 그의 집 창가로 보이지 않는 그물을 던졌다. 그의 병세를 정확히는 몰랐지만, 목소리로 미루어 중증이라는 것은 알 수 있었다. 그날 그의 고백이 나를 제외한 누구에게도 행해지지 않았다는 것 또한. "스테판이 나라는 병을 앓고 있어. 내가 스테판의 병이라는 걸 이제야 깨달았지 뭐야. 내가 없어지지 않는 한, 내가 무얼 해도 난 스테판의 병일 거야. 스테판을 병에서 해방시킬 유일한 방법은 확신컨대, 나를 제거하는 거야." 하지만 게임은 이미 끝나버렸다.

　나시에 박사와 내가 아직 친구였던 시절, 그는 국방의 의무를 이행하느라 알제리 비스크라 병원에서 기나긴 인턴 생활을 한 뒤 노인병학으로 전공을 정하고는 파리 근교의 요양원에서 근무하고 있었다. 어느 날 나시에가 내게 사진기를 지참하고 요양원에 와달라고 부탁했다. 그가 외래 진료 시에 동료로 보이도록 내게 걸치게 한 흰 가운의 주머니에 나는 사진기를 가뿐히 숨길 수 있었다. 당시 각각 여든다섯 살과 일흔다섯 살이었던 두 고모할머니에게 내가 사진소설*을 헌정했기 때문인지, 나시에는 죽어가는 육신들에 대한 어떤 끌림이 내 안에 감추어져 있다고 여긴 듯했다. 하지만 그것은 나를 철저히 오해한 것이었다. 나는 요양원에서 단 한 장의 사진도 찍지 않았을뿐더러, 그럴 시도조차 하지 않았다. 나로서는 의사 변장까지 감행한 그 방문이 여간 수치스럽고 불쾌한 게 아니었다. 나시에는 나이 든 여인들이 좋아할 만한 미남이었다. 그는 한때 모델이었고, 영화 배우로서 경력을 쌓으려다 실패하자 영혼이 죽은 채로 의과대

★　《쉬잔과 루이즈Suzanne et Louise: roman-photo》(Hallier, 1980)를 말한다.

학에 입학했다. 열다섯 살 때 부모님과 함께 갔던 스위스의 그랑토텔드베베 호텔에서 강간을 당했고 그러고 나서 얼마 뒤에 제임스 본드 역할을 맡았던 배우 중 한 명이 낸 자동차 사고로 부친이 죽음을 맞은 것을 자랑이랍시고 떠벌리던, 얼굴만 반반한 얼간이라고나 할까. 이 야심가는 한순간에 화장실 변기통으로 돌변하는 것은 일도 아닌 동네 병원에서, 퀴퀴한 냄새를 풍기는 좀스러운 배불뚝이 환자들과 오만 건강염려증 환자들이나 상대하며 회당 85프랑의 진료비를 받는 일반의一般醫 역할에 도저히 만족할 수 없었다. 그리고 그것이 바로, 그가 멀미가 날 정도로 길고 긴 임종의 순간을 특급 달나라 여행이라도 되는 양 신속히 다다르는 환상적인 종착지로 둔갑시키고, 보험 환급조차 되지 않는 첨단 클리닉 혹은 종합 클리닉 형태로 상표등록까지 마친 노인병원 설립에 뛰어든 이유였다. 나시에는 은행의 보증을 따내기 위해 자신을 지지해줄, 누구도 그에 맞서 병원 설립 의도가 모호하다고 따지지 못할 정도의 권위자를 찾아내야 했다. 그리고 뮈질은, 더할 나위 없는 적임자였다. 내 중재로 나시에와 뮈질의 만남은 쉽사리 성사되었다. 그들이 면담을 끝낸 후, 나는 뮈질과 저녁 식사를 했다. 반짝거리는 뮈질의 눈빛과 그로서는 이례적인 지나친 쾌활함에 나는 적잖이 놀랐다. 그는 나시에의 프로젝트에 동의하지 않을뿐더러 논리적으로도 전혀 신뢰할 수 없는 사업이라고 못 박으면서도 흥분을 주체하지 못했다. 죽음이 임박했을 때를 제외하고 뮈질이 그토록 미친 듯이 웃은 적이 또 있었던가. 나시에가 떠나고 나자 뮈질이 내게 말했다. "네 친구 녀석한테 이렇게 얘기해줬어. 당신이 설립하려는 요양원은 죽으러 가는 곳이 아니라 죽은 척하러 가는 곳이라고. 보나 마나 그곳의 모든 것이 호화롭겠지. 값비싼 그림들이 걸리고 감미로운 음악들이 은은하게 깔리겠지만, 그건 다 비밀을 더 잘 숨겨놓기 위한 수단에 불과해. 요양원의 가장 깊숙한 곳엔 작은 문이 숨겨져 있을 테니까. 어쩌면 사람들을 꿈꾸게 만드는 데 그만일 그 그림들 중 하나의 뒤편에 숨겨져 있을지도 몰라. 거기에 정신을 마비시키며 열반에 이르게 할 음악 주사 한 대면, 바로 그림 뒤로 미끄러져 들어가는 거지. 그러고는 짠! 그대로 사라져버리는 거야. 모두의 눈에 죽은 사람이 되는 거라고. 그런 다음 벽 너머 반대편, 뒤뜰에서 누구의 눈에도 띄지 않은 채 여행 가방도 이름도 없이 홀연히 다시 나타나는 거야. 새로운 정체성이 만들어지는 거라고."

뮈질에게 그의 이름은 어느새 강박이 되어버렸다. 그는 자기 이름을 지우고 싶어 했다. 한번은 내가 칼럼을 기고하던 신문을 위해 비평을 써달라고 부탁한 적이 있는데, 그는 내키지 않아 하는 것이 역력했지만 내게 상처를 주고 싶지 않았는지 딱 잘라 거절하는 대신 작업이 불가능할 정도의 두통을 핑계로 내세웠다. 결국 내가 가명으로 기사를 싣자는 제안을 하자, 그는 다음다음 날 예리하고 명료한 비평을 우편으로 보내오며 짤막한 글귀를 덧붙였다. "넌 대체 얼마나 영민하기에, 문제는 두통이 아니라 이름이었다는 걸 알아차린 거니?" 그는 줄리앙 드 로피탈*이라는 가명을 제안했다. 그로부터 2, 3년 뒤 나는 그가 죽어가고 있던 병원에 들를 때마다 결코 세상 빛을 보지 못했던 그 음울한 가명을 떠올리곤 했다. 당연히 내가 근무했던 대형 일간지는 '줄리앙 드 로피탈'로 서명된 비평만 실었고, 사본은 신문사 서랍장에 오래도록 보관되었다가 뮈질이 내게 돌려달라고 요청했을 땐 이미 어디론가 사라지고 없었다. 나

★　'병원의 줄리앙'이라는 뜻.

는 별수 없이 집에 있던 원본을 찾아내 갖다주었다. 뮈질이 죽었을 때, 스테판은 뮈질이 그의 무수한 다른 원고들과 더불어 그것들도 파기했다는 것을 알게 되었다. 세상을 뜨기 몇 달 전에 서둘러 없앤 듯했다. 에두아르 마네에 관한 뮈질의 원고가 송두리째 파기된 데는 내 책임이 클 것이다. 언젠가 내가 뮈질에게 그 원고의 존재를 환기시키며, 당시 내가 착수했던 작업의 자양분이 될 수도 있으니 믿고 내게 맡겨달라고 간청한 적이 있었다. '죽은 자들의 회화La peinture des morts'라는 제목의 그 작업은 아직까지 미완성으로 남아 있다. 내 청에 긍정적으로 답한 뮈질은 난잡하게 쌓인 서류 더미 속에서 어렵사리 원고를 찾아냈고, 오랜만에 다시 손에 들어온 원고를 재독한 뒤 그날로 파기해버렸다. 뮈질의 원고 파기는 스테판에게는 수천 만 프랑을 잃는 것을 의미했다. 그럼에도 뮈질은, 틀림없이 신중하게 숙고하여 내린 결론이겠지만, 자신의 모든 작품이 누구에게도 속하지 않고 분리되기를 바란다는 몇 마디의 간결한 유언을 남겼다. 원고를 동거인에게 물려줌으로써 가족들에게서 물질적으로 분리시키는 동시에, 남은 원고에 이미 출판된 원고를 짜깁기하는 방식을 포함하여 일체의 사후 출판을 금지함으로써 동거인에게서도 윤리적으로 분리시킨 것이다. 그는 자신의 모든 작품에 대하여 어떤 식으로든 그것을 재생산하지 않는 남다른 길을 동거인으로 하여금 걷게 함으로써 자신의 작품과 관련해 혹여 그가 겪게 될 송사의 피해를 제한시켰다. 그래서인지 스테판은 뮈질의 죽음을 바탕으로 작품을 써내는 데 성공했고, 어쩌면 뮈질은 그렇게, 동거인에게 자신의 죽음을 변호하는 자리를 맡김으로써 자신의 죽음을 선물하려 한 것인지도 몰랐다. 그 끔찍하고 독창적인 죽음을.

11

뭐질이 기를 쓰고 없애버리려 했던 것은 작품들에만 국한되지 않았다. 그는 전 세계에 걷잡을 수 없이 널리 퍼져 유명해진 자신의 이름과 마찬가지로 얼굴 또한 지우고자 애썼다. 하지만 그의 얼굴은 다양한 특징들과 함께 10여 년 전부터 언론이 뿌려온 무수한 사진들로 인해 알아보기가 쉬웠다. 죽음이 다가오는 몇 해 동안, 그는 지인들과 갑자기 교류를 중단하여 그들을 우정과 거리가 먼 지대로 밀어버리는가 하면, 때로 말 한마디나 전화 한 통화로 관계를 한정하면서 친구들의 수를 급속히 줄여나갔다. 그 몇 안 되는 친구들 중 하나가 그를 식당으로 불러낼 때가 있었고, 그럴 때면 그는 아직 함께 식사하는 것이 즐거운 이 드문 친구 가운데 하나를 불쾌하게 만들지도 모를 위험을 무릅쓴 채 거울과 좌중의 시선을 피할 수 있는 자리로 곧장 향했다가, 이내 마음을 바꾸어 문화인답게 다시 썩 내키지 않는 자리를 제안하여 좌중에 그 자체로 신비로운, 번들거리는 민머리 정수리를 드러내곤 했다. 그가 내게 문을 열어줄 때, 매일 아침 정성스럽게 손질하는 그 정수리에서 때로 점검의 눈길이 미처 미치지 못한 말라붙은 핏자국이 보일 때가 있다. 동시에 그가 내 양쪽 볼에 소리 나게 차례로 키스하며 인사할 때 느껴지는 상큼한 숨결에서 약속 전에 양치질을 하는 그의 섬세함을 새삼 깨닫는다. 그는 파리에서는 외출에 제약을 느꼈다. 얼굴이 너무 알려졌기 때문이었다. 하다못해 극장을 가도 그에게 이목이 집중되었다. 간혹 밤에 바크 거리 203번지의 내 스튜디오 발코니에서, 어깨에 금속 체인과 링들이 달린 검정색 가죽 재킷을 입은 뮈질이 자기 집에서 나와 바크 거리 205번지의 계단으로 이어지는 뒷골목을 통해 지하 주차장으로 향하는 것을 볼 수 있었다. 그는 지독한 근시처럼 차 앞 유리창에 코를 박다시피 한 자세로 서툴게 차를 몰아 파리 시내를 가로질렀다. 목적지는 12구의 술집 르켈러. 그가 제물들을 골라낼 곳. 스테판이 아파트 벽장에서, 가족들의 손길을 피해 커다란 가방 안에 숨겨져 있던 뮈질의 자필 유언장을 발견했는데, 가방 안에는 유언장 외에도 채찍이며 가죽 마스크며 개 줄, 재갈, 수갑 따위가 가득했다. 스테판은 자신은 존재조차 몰랐다고 주장하는 그 뜻밖의 물건들에서 역겨움을 느낀 듯했다. 마치 그것들도 이제는 죽어서 싸늘하게 식기라도 한 듯. 스테판은 뮈질의 원고 대부분이 파기되었다는 것을 아직 모른 채, 유언장 덕분에 그의 소유가 된 아파트를 뮈질의 형이 해준 조언에 따라 소독했다. 뮈질은 사우나 안에서 격정적인 난교 파티를 벌이는 것을 무척 즐겼다. 사람들이 알아볼지도 모른다는 두려움에 파리의 사우나를 자주 찾지는 못했다. 하지만 샌프란시스코 부근에서 개최되는 연례 세미나에 참석할 때면 그 도시의 무수한 사우나에서 신나는 시간을 만끽하곤 했다. 지금은 전염병으로 인해 폐쇄되었거나 슈퍼마켓, 또는 주차장으로 용도 변경된 그 장소들에서 샌프란시스코의 동성애자들은 온갖 무분별한 판타지를 실현했다. 변기가 있어야 할 자리에 가져다 놓은 낡은 욕조 안에 그날의 희생자들이 전라로 누워 밤새 오물이 쏟아지기를 기다리는가 하면, 고문실로 사용하던 무전여행자들의 낡은 트럭 내부 협소한 공간에 오르곤 했다. 1983년 가을, 뮈질은 세미나에서 돌아와 각혈을 했고 밭은기침 속에서 점차 쇠약해졌다. 하지만 기침하는 사이사이 샌프란시스코의 사우나에서 벌였던 마지막 광란을 회상하며 즐거워했다. 나는 말했다. "에이즈 때문에 거기도 이젠 쥐 새끼 한 마리 얼씬거리지 않을 줄 알았어요." 그가 대답했다. "모르는 소리. 외려 사우나에 그렇게까지 많은 사람들이 몰린 적은 일찍이 없었어. 그야말로 특별해진 거지. 그곳에 감도는 위험이 새로운 공모감과 새로운 애틋함, 새로운 결속감을 만들어냈거든. 전에는 한마디도 나누지 않던 이들이 이젠 대화를 해. 다들 자기가 왜 거기에 와 있는지 아주 잘 아니까."

12

스테판과 함께 참석한 뮈질의 장례에서 뮈질의 조교와 안면을 트고 나서 며칠 뒤, 버스에서 그와 우연히 마주쳤고 덕분에 몇 가지 새로운 사실들을 알게 되었다. 그때까지도 뮈질에게 자신을 죽음으로 이끈 질병의 성질에 대한 자각이 있었는지 아닌지는 알려진 바가 없었다. 조교는 뮈질이, 어쨌든 그 병이 불치라는 것은 자각했노라고 단언했다. 1983년 한 해 동안 뮈질은 인도주의 협회 회의에 정기적으로 참석했는데, 자연재해나 정치적 참사가 일어난 지역을 중심으로 전 세계에 의사들을 파견하는 그 협회에는 피부과 클리닉의 원장도 회원으로 있었다. 그의 클리닉은 에이즈 환자들의 피부 이상, 특히 발과 다리에서 시작되어 온몸으로 퍼지고 얼굴까지 번지며 붉다 못해 자줏빛 병변을 남기는 카포지육종을 진료하면서 초기부터 에이즈 환자들을 접해온 터였다. 쿠데타 이후의 폴란드 정세가 안건이었던 그 회의에서 뮈질은 계속되는 밭은기침을 주체하지 못했다. 스테판과 내가 아무리 종용해도 병원에 가지 않던 뮈질은 좀처럼 그칠 줄 모르는 그의 밭은기침에 놀란 피부과 원장의 강경한 권고에 마침내 고집을 꺾었다. 검사를 위해 아침나절을 병원에서 보낸 뮈질이 내게 말했다. 의료 기기들 속에 내던져진 몸이란 얼마나 정체성이 상실된 채 의지와 상관없이 이리저리 끌려다니는 살덩이에 지나지 않는 것인지 잊고 있었노라고. 이름이란 또 얼마나 개인의 내력이나 존엄성이 제거된 채 행정절차상 기입된 환자 명부에 지나지 않는 것인지도. 튜브가 그의 입속으로 미끄러져 들어가 폐를 탐사했다. 피부과 원장은 그와 같은 일련의 검사로 질병의 성질을 빠르게 추단해내면서 한편으로는 환자와 환자 파트너의 신원을 보호하기 위해 필요한 조치들을 취했다. 이 유명한 이름과 그 신종 질병을 연관 짓는 검사 기록이며 서류의 흐름을 통제한 것은 물론, 일부 정보를 위조하고 삭제했다. 비밀이 끝까지 봉합되도록, 죽는 날까지 뮈질이 소문의 수습에 신경 쓰지 않고서 자유롭게 작업할 수 있도록. 의사는 관례를 거스르면서까지, 그도 좀 아는 친구였던 스테판에게도 함구하기로 결단했다. 그 끔찍한 질병의 유령이 두 남자의 우정에 오점이 되지 않도록. 하지만 조교에게는, 스승의 의지를 그 어느 때보다 잘 받들어 그의 사상이 담긴 최후의 작업을 끝마칠 수 있게끔 후회 없이 보좌할 수 있게 하기 위해 사실을 통보했다. 버스에서 조교는, 피부과 전문의와의 면담은 뮈질에게 검사 결과가 전달되고 얼마 뒤에 이루어졌으며 뮈질이 보는 앞에서 원장과 그의 동료가 상황을 설명했다고 말했다. 몇 달 뒤 내게 당시의 정황을 보고하게 될 조교에게 피부과 원장이 사정 설명을 하던 때에, 뮈질의 눈빛이 유난히 집요하고 날카롭게 빛났다. 그는 손짓 하나로 모든 토론을 중단시켰다. "몇 시지?" 그에게 중요한 건 오직 일, 끝마쳐야 할 책이었다. 원장은 그가 걸린 병의 성질에 관해 그에게 진실을 털어놓았을까? 지금의 나로선 그 점이 의문이다. 어쩌면 뮈질이 의사가 말하지 못하도록 저지했던 것은 아닐까? 1년 전, 뮈질의 집 부엌에서 그와 함께 저녁을 들면서 나는 우리의 대화를 의사와 환자의 관계, 의사가 죽을병에 걸린 환자에게 진실을 밝혀야 하는지 아닌지에 대한 윤리적 문제로 이끈 적이 있다. 제대로 치료받지 못한 내 간염이 간암으로 발전한 것은 아닌지 조바심치던 때였다. 뮈질은 말했다. "의사라면 환자에게 불쑥 진실을 알리진 않겠지. 이런저런 이야기 속에서 환자 스스로 병을 깨달을 방법을 제시하며 선택의 자유를 줄 거야. 물론 의사가 자기 말의 본뜻을 전혀 모르게 하는 것도 가능해. 환자가 후자의 해결책을 선호한다면 말이지." 피부과 원장은 뮈질에게, 기침을 멎게 하고 피할 도리 없는 죽음을 불확실하게 유예시키는 다량의 항생제를 처방했다. 뮈질은 자신의 작업을, 그의 가장 아름다운 책 작업을 재개했고, 심지어 일정을 연기할 작정이었던 콘퍼런스까지 줄줄이 해치웠다. 그는 스테판이나 내게는 피부과 원장과의 면담에 대해 일절 함구했다. 언젠가 그가 나를 야릇한 표정으로 바라보며, 자신이 후원하는 인도주의 협회 팀과 함께 위험한 임무를 수행하기 위해 지구 반대편으로 떠나기로 결정했고 어쩌면 영영 돌아오지 못할 수도 있다고 말한 적이 있다. 하지만 그의 눈빛에서, 나는 그가 나의 조언을 구하고 있고 아직 확실하게 결정된 건 아무것도 없다는 것을 읽었다. 그는 혹시 이상적인 양

로원의 그림같이, 그 뒤로 꿈처럼 사라질 작은 문을 지구 반대 편에서 찾으려 했던 것일까. 나는 그의 계획에 질겁했지만 속내를 들키지 않으려 애쓰며, 어서 책이나 끝내세요, 라고 가볍게 응수했다. 끝나지 않을 그의 책을.

뮈질은 나와 인연을 맺기 전인 1977년 초반,《행동의 역사
Histoire des comportements》* 집필 작업에 돌입했다. 나의 첫 소설《선
전용 죽음La Mort propagande》이 1977년 1월에 출간되었고 이 책의
출간을 계기로 나는 그의 극소수 친구 그룹에 끼는 행운을 얻
을 수 있었다. 기념비적인 작업이 될 그의《행동의 역사》는 이
미 첫 권이 출간된 터였다. 본래 서론을 쓰려던 것이 심화되어
그 자체로 책 한 권이 되었고, 본문은 자동적으로 2권으로 밀
려났다. 인쇄될 준비가 된 본문에 서론이라는 운석이 난데없
이 날아든 1976년 봄, 그때만 해도 나는 뮈질과 아는 사이가 아
니었고, 그는 내가 그의 어떤 저서도 읽은 적이 없는 그저 유명
하고 감탄스러운 이웃일 뿐이었다. 서론이 출간되자 악평이 쏟
아졌는데, 당시 검열 기준과 근본적으로 대치되는 주제에 대
해 의견을 개진하고 있다는 것이 그 이유였다. 뮈질은 출간을
계기로 〈아포스트로프Apostrophes〉라는 교양예능 방송에 출연했
고 그것이 처음이자 마지막 방송이 되었다. 이후로는 일체의

★   《성의 역사Histoire de la sexualite》를 가리킨다.

방송 출연 의뢰를 거절했기 때문이다. 당시 나는 방송을 보지 못했고, 대신 뮈질이 각별히 아끼던 앵커인 크리스틴 오크랑*이 1984년 6월, 그러니까 뮈질의 사망 당일 저녁 뉴스에서 내보낸 그 방송의 짤막한 발췌 영상을 본 것이 전부였다. 뮈질이 크리스틴 오크랑을 어느 정도로 아꼈느냐 하면, 한번은 내가 그녀 때문에 뮈질의 집 근처를 하릴없이 서성여야 할 정도였다. 그날 나는 뮈질의 집으로 저녁 식사 초대를 받았는데, 조금 이르게 도착하자 뮈질이 8시 반까지 크리스틴과 단둘이 있게 해달라고 부탁했던 것이다. 뮈질이 반색하며 갖가지 친근한 애칭으로 부르던 크리스틴 오크랑이었지만, 정작 그가 마지막으로 출연한 교양예능 방송에서 크리스틴이 잡아낸 영상이라곤 뮈질이 끝도 없이 폭소를 터뜨리는 장면이 전부였다. 화면 속 뮈질은 스리피스 정장에 넥타이까지 매고서, 교황처럼 근엄하게, 사고의 근간을 파헤친 《행동의 역사》에 대해 표본이 될 만한 규칙 하나쯤은 제시하리라 모두가 기대한 순간에, 문자 그대로 몸을 비비 틀며 그저 폭소를 터뜨릴 뿐이었다. 하지만 그를 싸늘하게 느끼던 나는 그 파안대소에 심장이 따뜻해지는 기분이었다. 그날 저녁, 나는 쥘과 베르트의 집으로 피신하여 뉴스에서 그의 부고를 어떻게 다루는지 훑기 위해 텔레비전을 켰던 터였다. 그것은 내가 마지막으로 목격한 뮈질의 살아 움직이는 모

습이었고, 이후로 나는 뮈질의 존재를 떠올리게 하는 또 다른 이미지들과 싸우며 괴로워할 것을 지레 두려워한 나머지 그 모든 것을 거부한 채, 오직 지금도 여전히 나를 황홀하게 하는 그의 파안대소, 그 정지된 절대적 이미지만을 뮈질의 모습으로 간직하리라 마음먹었다. 비록 그토록 멋지고 빛나며 활력이 넘치던 뮈질의 한바탕 웃음이, 우리가 우정을 맺기 직전의 것이었다는 사실에 다소 질투를 느꼈을지언정. 뮈질은 자신의 새로운 작품으로써 시대를 지배하던 성적 합의의 근간을 무너뜨린 것과 마찬가지로, 자기 안의 미로도 샅샅이 파고들기 시작했다. 그는 기념비적인《행동의 역사》첫 권 뒤표지에, 뒤이어 차례로 출간될 속편 네 권의 제목들을 명시했다. 속편들의 초고 집필을 이미 마친 데다 필요한 참고 자료도 모두 확보한 상태였기 때문이다. 그에게 세계적 명성을 안겨준 이전의 저작들에서 효과가 입증된 규칙과 체계에 따라 그는 철탑, 정지선, 음지陰地 등 갖가지 통행로들이 표시된 대형 설계도를 그렸고, 공사가 3분의 1가량 진행된 시점에서 문득 복병에, 또는 끔직한 의혹에 사로잡혔다. 그는 공사를 중단했다. 설계도에 줄을 좌좍 긋고, 오선지의 음표들처럼 현란한 논법에 따라 사전에 정리되었던 그 기념비적인《행동의 역사》집필을 중단했다. 다른 각도에서 접근하여 기존의 내용을 변경하고 새로운 탐색 방법을 모색하기 위해, 일단 천천히 기다리며 2권의 출간을 보류할 생각이었다. 외곽 차선으로 우회에 우회를 거듭하노라면, 애초의 계획에서 부수적으로 딸려 나온 이론들이 몇 문단을 훌쩍 넘어 그 자체로 책 한 권이 되었다. 그는 길을 잃고 낙담했다. 죄다 폐기하고 포기하는가 하면, 다시 수습하여 조각조각 이어 붙이면서 점차 내면 깊은 곳에서 비롯된 무기력감에 사로잡혔다. 출간일이 계속해서 번복되었고, 그는 능력 밖의 일에 손을 댔다는 둥 망령이 들었다는 둥 무의미한 작업임을 인정했다는 둥 시기심 가득한 이런저런 소문의 대상이 되었다. 그는 가능한 한 모든 질문이 열려 있고, 그 무엇으로도 종결되지 않을 것이며, 죽음이나 기진_{氣盡} 이외의 그 무엇도 중단시키지 못할, 길이 남을 책을 쓰겠다는 꿈으로 마비되어갔다. 그것은 세상에서 가장 강력하고 가장 허약한 책이었고, 불쑥 생각이 솟구친다거나 불꽃이 아주 미세하게 일렁거릴 때마다 심연에 가까워졌다가 다시 뒤로 움츠러드는 손으로 붙들고 있는 진보하는 보물이었으며, 지옥에 헌정된 성경이었다. 죽음이 임박했다는 확신이 그의 꿈에 종지부를 찍었다. 카운트다운이 시작되자 그는 냉철한 지성으로 작품을 다시 다듬기 시작했고, 이를 위해 1983년 봄, 스테판과 함께 안달루시아로 떠났다. 나는 그가 2, 3등급 수준의 호텔을 예약한 것에 적잖이 놀랐다. 사망 당시 그의 집에서 그가 은행에 예치하기를 소홀히 한 수백만 프랑의 수표들이 발견됐음에도, 그에겐 그런 절약 정신이 배어 있었다. 사실 그는 무엇보다 사치를 질색했다. 하지만 모친의 인색함에 대해선 비난을 서슴지 않았다. 아닌 게 아니라, 그가 우리와 함께 즐겁고 학구적인 여름휴가를 보낼 목적으로 구입한 전원주택을 위해 작게라도 성의를 보여달라고 모친에게 요청하자, 그녀는 이가 빠지고 금이 간

사발 몇 개만을 보내왔었다. 안달루시아로 떠나기 전날, 뮈질이 나를 집으로 불렀다. 그는 책상에 나란히 놓인 두툼한 서류 파일 두 묶음을 가리키며 엄숙하게 말했다. "내 원고들이야. 여행 중에 만에 하나 나한테 무슨 일이 생기거들랑 네가 집에 와서 저 파일들을 파기해줘. 부탁할 사람이 너뿐이야. 그러겠다고 해줘." 나는 그런 짓은 할 수 없노라고 대답했고, 끝내 거절했다. 뮈질은 내 반응에 경악을 금치 못하며 몹시 실망하는 기색이었다. 몇 달 뒤, 그는 마지막으로 원고를 완전히 갈아엎고 나서 정말로 작업을 종결해야만 했다. 부엌에서 피의 홍수 속에 정신을 잃고 쓰러진 그를 스테판이 발견했을 때, 그는 이미 편집자에게 속편 두 권의 원고를 넘긴 뒤였고, 그럼에도 본문 하단 각주 내용의 정확성을 위해 매일 아침 쇼수아르 도서관으로 출근하고 있던 터였다.

1983년 10월, 나는 최악의 상태로 멕시코에서 귀국했다. 멕시코의 에어프랑스 대리점 점장에게 애걸하다시피 하여 비행기 표를 구했다. 점장은 맹렬하게 쏟아지는 폭우에 물이 고여 볼록해진 천장으로부터 똑똑 떨어지는 빗물을 바라보며 나를 사무실 안으로 들였다. 내 몸에서도 빗물이 방울방울 떨어져 내렸다. 그것이 그에게 연민을 불러일으켰을까. 그는 변경이 불가능한 망할 특별 연휴 할인 비행기 표의 날짜를 앞당겨 나를 프랑스로 급히 귀국시켜주었고, 그렇게 나는 열이 펄펄 끓는 채로 비행기에 탑승하여, 챙 넓은 남미 모자에 우스꽝스럽고 희한한 옷차림으로 마지막 테킬라를 들이켜며 재잘거리는 관광객들의 틈바구니 속에서 마치 구세주에게로 향하듯 조국에 가까워져갔다. 공항에 도착해서 쥘에게 전화를 걸었고, 내가 멕시코의 병원에 몸져누워 있는 동안 쥘도 온몸에 멍울이 진 채 내내 고열에 시달렸다는 것을 알게 되었다. 쥘은 시테유니베르시테르 병원에서 이런저런 검사 끝에 아무런 결과도 얻지 못하자 검사를 중단하더니 자기를 집으로 돌려보냈다고 말했다. 택시의 차창 너머로 파리 근교의 잿빛 풍경이 휙휙 지나가는 것을 바라보고 있으니, 택시가 앰뷸런스처럼 느껴졌다. 쥘이 내게 묘사한 증상들이 저 유명한 질병의 초기 증상들과 흡사했기 때문이었다. 아무래도 우리 둘 다 에이즈에 걸린 것 같다는 생각이 들었다. 그리고 그 생각이 일순, 모든 것을 뒤바꿔버렸다. 그런 확신이 들자 천지가 뒤흔들리고, 주변 풍경이 돌변했다. 마비된 동시에 날개를 얻은 기분이었고, 에너지가 열 배로 증가하는 동시에 축소되는 기분이었다. 두려웠고, 우울했으며, 허둥거리게 되면서도 차분해지는 기분이었다. 어쩌면 나는 마침내 목적을 달성한 것인지도 몰랐다. 물론 지인들은 확신에 찬 나를 회유하려 애썼다. 우선 내가 당장 그날 밤으로 전화를 걸어 자초지종을 털어놓은 귀스타브. 뮌헨에 있던 그는 회의적인 어조로 단순한 공포심에 휘둘리지 말라고 충고했다. 이어서 뮈질. 다음 날 저녁, 그의 집으로 식사하러 간 내게, 병이 상당히 진전되어 살날이 채 1년도 남지 않은 그가 말했다. "이 딱한 친구야, 뭘 상상하는 거야? 전세기傳貴機가 유행하고부터 온 세상을 떠도는 바이러스가 모조리 죽을병이었다면 지구상에 살아남을 사람이 그리 많지 않을 거라고, 안 그래?" 에이즈를 일으키는 원인이 바이러스라는 게 아직 판명되지 않아 그 성질이나 작용에 대해 세상에 알려진 바가 전혀 없었기에, 황당하면서도 그럴싸한 풍문이 떠돌던 시기였다. 말들을 공격하는 것과 유사한 렌토나 레트로바이러스가 에이즈로 확산되었다거나, 마약의 일종인 아밀 아질산염을 코로 흡입하다 갑자기 중단하면 감염된다거나, 누군가는 브레즈네프*가 또 누군가는 레이건이 일으켰

41

다고 주장하는 세균 전쟁 도구와 관련이 있다는 말들이 나돌았다. 1983년 말, 뮈질은 동네 약사로부터 그 정도 복용량이면 아닌 게 아니라 말도 죽게 할 수 있겠다는 얘기를 듣고서 항생제 복용을 중단했고, 그 때문에 기침이 더 심해졌다. 나는 말했다. "진짜로 에이즈에 걸리고 싶은가 보죠?" 그가 찌를 듯이 험악한 눈빛으로 나를 쏘아보았다.

★   소련의 정치가. 1966년 말부터 1981년까지 소련 공산당 서기장이었다.

멕시코에서 돌아오고 나서 얼마 뒤, 큼지막한 종기가 목 안 깊숙한 곳에 자라나 음식을 넘기기가 불편하더니 이내 더 는 아무것도 삼킬 수 없게 되었다. 나는 간염도 제대로 치료하 지 않고서 나의 모든 통증, 특히 간암으로 의심되는 오른쪽 복 부의 지속적인 통증을 가볍게 취급해온 레비 박사를 원망하 며 그에게 진료받기를 중단했다. 레비 박사는 얼마 뒤 폐암으 로 사망했다. 나는 외제니가 추천해준 장기 기능 연구센터로 병원을 바꾸었고, 신문사 동료의 형인 노쿠르 박사가 나를 담 당했다. 나는 그에게 잠시의 틈도 주지 않고 적어도 한 달에 한 번은 찾아가 오른쪽 복부 통증에 대한 상담을 받았다. 그를 닦 달하다시피 하여 트랜스아미나아제 수치 확인을 위한 혈액 검 사는 물론 복부 초음파 검사까지, 생각할 수 있고 실행 가능한 모든 종류의 검사를 받았고, 초음파 검진 시에는 뾰족한 탐침 을 움직여 지방질에 둘러싸인 복부를 촉진하는 의사와 함께 나도 화면 속의 장기들을 직접 관찰했다. 그와 동시에 화면을 응시하고 있는 의사의 안색도 살폈는데, 눈빛이 어찌나 차갑고 흔들림이 없던지 무언가를 숨기지 않고서는 저럴 수 없겠다는 생각이 들었다. 내가 의사에게 거짓말을 하는 눈빛이라며 의혹을 밀어붙이자 그는 너털웃음을 터뜨리더니, 스물다섯 살에 간암으로 사망하는 일은 그리 흔치 않다고 대꾸했다. 마지막 검사인 요도 엑스선 촬영은 수치스럽고 끔찍한 시련이었다. 알몸인 채로 차가운 금속 테이블 위에 한 시간 이상 누워 유리 천장을 멀뚱히 올려다보고 있어야 한다는 사실을 아무도 알려주지 않았던 것이다. 아울러 지붕에서 일하던 인부들이 유리 천장 너머로 나를 내려다볼 수 있다는 것도. 다들 내 존재를 잊은 듯했기에 누군가를 부를 수도 없었다. 팔의 정맥에 꽂힌 굵다란 주삿바늘이 혈액 속으로 보랏빛 액체를 주입하며 피를 뜨겁게 덥히는 동안 칸막이 너머로, 초음파 검사를 담당한 여의사가 돌아오는 소리와 그녀가 막간을 이용하여 동료와 비프스테이크를 사왔다는 등 레위니옹섬으로 다녀온 최근 휴가는 어땠냐는 등 잡담을 나누는 소리가 들려왔다. 검사는 결국 헛된 투자가 아니었던 것으로 밝혀졌고, 나는 결과에 안도하는 동시에 실망했다. 노쿠르 박사가 자신의 30년 남짓한 경력 동안 단 한 번도 접해보지 못한 극히 드문 사례이면서 전혀 심각할 것 없다는, 신장 기형이라는 진단을 내렸기 때문이었다. 의사의 설명에 따르면, 선천적인 기형이 분명하고 신장 바닥에 결석이 쌓이면서 오른쪽 복부에 통증을 유발했다는 것이다. 의사는 탄산수와 레몬을 다량 섭취함으로써 결석을 배출할 수 있을 것으로 예상했다. 하지만 나로서는 이제 원인을 알고 나니, 레몬을 광적으로 섭취하기도 전에 오른쪽 복부 통증이 가

신 듯 느껴졌고, 잠깐 동안 나는 아무 아픈 데도 없이, 바보가
된 기분이었다.

16

그사이 외제니는 내게 동종요법으로 치료하는 레리송 박사의 진료를 받아보라고 권했다. 마린과 외제니는 레리송 박사에게 완전히 빠져 있었다. 외제니는 남편과 아들들을 대동하고 부유층 여성들과 가난뱅이들로 붐비는 병원 대기실에서 하늘의 별 따기처럼 어려운 의사와의 면담을 잡기 위해 밤을 꼴딱 새우기도 했다. 레리송 박사는 고관대작의 부인들한테는 1,000프랑의 진료비를 받지만, 노숙자들한테는 똑같은 시간을 할애하고도 한 푼도 받지 않았기 때문이다. 외제니는 저러다 환시를 일으키는 것은 아닌가 싶을 정도로 의사의 진료실 문을 뚫어져라 응시하다가, 때로 새벽 3시경에 레리송 박사가 나타나 지친 손짓을 보내면 건강하기 짝이 없는 온 가족을 이끌고서 진료실로 들어가서는, 식전에 하나씩 복용하는 땅콩 크기의 노란색 연질 캡슐 열 개와 중간 정도 크기의 빨간색 캡슐 다섯 개, 파란색 알약 일곱 정, 혀로 녹여 삼키는 다량의 과립 환약들을 처방받아서 나오곤 했다. 외제니의 아들이 통상적인 맹장염에 걸렸을 때 이러한 특유의 약물 치료 때문에 죽을 뻔한 적이 있었다. 레리송 박사는 수술이나 화학 치료 등의 고통스런 의료 처치에 반대하며 자연적인 치유와 식물 추출물 치료법에 의지했고, 외제니의 아들은 각종 중복 감염으로 복막염을 일으킨 끝에 결과적으로 치골에서부터 목 근처에 이르는 선명한 흉터를 남긴 세차례의 수술을 받아야 했다. 마린도 레리송 박사가 개인의 삶을 희생한 성자이며, 심지어 그의 가엾은 아내 또한 남편이 자신의 의술 철학의 실천을 위해 그녀를 나 몰라라 하는 것을 기꺼이 받아들인다며 열에 들떠 그를 칭송했다. 마린은 일주일에 서너 번 진료를 받으러 갔고 대기실을 거치지 않는 특별 대우를 받았다. 마린의 선글라스를 알아본 간호조무사가 비밀 문을 통해 그녀를 레리송 박사의 진료실 옆에 붙은 내실로 들어가게 해준 것이다. 그 내실은 레리송 박사가 유명 인사 고객들에게 특단의 실험을 행하는 곳으로, 고객들은 약초, 토마토, 보크사이트, 파인애플, 계피, 파촐리, 무, 점토, 당근 등의 농축액으로 가득 찬 침들을 전신에 꽂은 채 금속 상자 속에 알몸으로 누워 있다가 거의 취한 것처럼 얼굴이 상기되어선 휘청거리며 내실을 나서곤 했다. 레리송 박사는 예약이 차면 더 이상 호구들을 받지 않았다. 나는 외제니와 마린의 특별 추천 덕에, 비서와 비밀리에 상담을 나누고 나서 석 달 뒤로 예약 날짜를 받았다. 진료 당일, 짓눌리고 지친 표정의 사람들에게 둘러싸여 네 시간이나 멍하니 기다리고 있는데, 평범한 흰색 가운을 걸친 남자 간호조무사가 문을 열며 나를 호명했다. "아니, 전 레리송 박사님과 약속이 돼 있는데요." 내가 말하자 그가 대꾸했다. "들어오세요." 나는 착오를 의심하며 재차 말했다. "아니, 아니, 전 레리송 박사님과 직접 이야기하고 싶어요." "내가 바로 레리송이요, 들어오시죠!" 그가 짜증이 난 듯 나를 안으로 들이며 쾅 소리가 나도록 문을 닫았다. 외제니와 마린이 합심해서 보여준 맹목적인 추종 탓에, 나는 그를 동 쥐앙*쯤 되는 인물로 상상했었다. 레리송 박사가 첫눈에 내 상태를 알아차린 듯, 내 눈꺼풀을 뚫어져라 보면서 내 입술을 꼬집더니 말했다. "평소에 현기증이 잘 나죠?" 내가 그렇다고 대답하자 그가 덧붙였다. "선생은 정말이지 놀랍도록 중증인 경련증 환자요. 이제껏 본 적이 없을 정도로. 아마 체질적으로 같은 문제를 겪고 있는 선생 친구 마린보다 더 심하지 싶소." 레리송 박사가 경련증은 육체적 질병이 아님은 물론 정신적 질병은 더더욱 아니며 다만 칼슘 결핍이 발단이 되어 신체를 고통스럽게 만드는, 무시무시한 고통의 근원이라고 설명했다. 경련증은 심인성 통증은 아니나, 통증이 무엇에 대해 그리고 어디서 발생하는지 그 결정은 거의 자발적이거나 더 빈번히는 무의식적으로 이루어진다는 것이었다.

★ 14세기 에스파냐의 전설적인 바람둥이 귀족으로, 스페인어로는 '돈 후안'으로 발음된다. 동 쥐앙의 이야기는 몰리에르, 바이런 등 수많은 예술가들의 작품 소재가 되었다.

17

경미한 신장 기형이라는 진단에 이어 경련증 이론까지 듣고 나자, 나는 기력이 떨어지며 육체가 일시적으로 무방비 상태가 되었고 곧 탐욕스러운 고통이 그런 육체의 가장 깊숙한 곳까지 파고들어 무차별적으로 헤집기 시작했다. 간질 발작을 일으키진 않았지만 매 순간 통증 때문에 문자 그대로 몸이 비비 꼬일 지경이었다. 에이즈에 걸렸다는 것을 알게 된 뒤로 그런 고통을 느껴본 적이 없었다. 나는 바이러스의 변화를 나타내는 징후들에 매우 민감했고, 바이러스들이 공격과 후퇴를 반복하며 내 몸에 그려나가는 식민 지도를 감지했다. 바이러스가 매복한 곳과 공격하는 곳을 알 수 있었고, 그것이 아직 침투하지 않은 곳들도 느껴졌다. 하지만 실제로 유기적으로 진행되고 있고 과학적 검사들로도 입증된 내 안의 전투는, 나를 무너뜨리는 가공할 고통들에 비하면 아무것도 아니니 지금으로선 호인인 양 내가 참을 수밖에. 내게서 의사들의 진단을 전해들은 뮈질이 먹먹해하며 아롱이라는 이름의 연로한 의사를 만나보라고 권했다. 아롱 박사는 일선에선 물러났으나, 선친으로부터 물려받은 진료실에서 하루에 두세 시간씩 꾸준히 진료를 이어오고 있었다. 한 세기 전 모습에서 변한 것이 아무것도 없는 듯한 진료실의 고색창연한 대형 방사선 기계들 사이로 생쥐가 오락가락하는 게 훤히 보였다. 아롱 박사는 나를 괴롭히는 것들을 귀담아듣더니 내게 진료실 건너편에 있는, 막대 손잡이와 핸들과 둥근 창들이 있어 흡사 잠수함 선실 같은 거대한 기계 속에 들어가 옷을 벗으라고 지시했다. 희멀건 피부의 왜소한 노인이 내 발치에 쪼그리고 앉아 헝가리 민속 악기인 침벌롬의 그것과 흡사한 작은 망치로 내 발가락과 발목과 무릎을 차례로 톡톡 두드렸고, 그때마다 저릿한 전율이 몸을 훑고 지나갔다. 이윽고 그가 이마에 졸라맨 검안경으로 내 홍채 깊숙이 불빛을 비추더니, 긴 한숨을 내쉬며 말했다. "말하자면 선생은 코믹한 인물이요." "제가 선고받았다는 걸 알려주는 이가 있다면 그의 손에 입을 맞출 겁니다." 그의 책상 앞에 앉아 나는 이 문장을 읊었다. 그렇다, 1981년, 내가 그에게 토씨 하나 틀리지 않고 그렇게 말했던 것을 똑똑히 기억한다. 빌이 그 현상과 관련이 있는 우리 모두, 요컨대 뮈질이며 마린이며 다른 많은 친구들이 무지몽매할 수밖에 없었을 때, 실재하는 그 현상에 대해 우리에게 처음으로 말해주기 전이었다. 아롱 박사는 백과사전을 들추다가 한 대목을 유심히 읽고 나서 말했다. "선생의 병명을 알아냈소. 희귀병이긴 하나 너무 걱정하지 않아도 돼요. 물론 적잖이 고통스럽긴 할 테지만 일반적으로 나이를 먹으면서 해결되니까. 30대가 되면 사라질 청춘의 병이라고나 할까. 이해하기 쉽게 병명으로 얘기하자면 신체이형장애라는 거요. 이를테면 신체의 결점이란 결점을 죄다 못 견디는 병이죠." 의사가 처방전을 작성했고, 나는 그것을 보여달라고 요청했다. 그는 내게 항우울제를 처방했다. 그는 그것이 내게 도움이 되기는커녕 위험이 될 수 있다는 것을 고려하지 못한 것일까? 테오가 항우울제를 손에 쥔 채로 들려주었던 연극연출가 이야기가 떠올랐다. 무대장식가가 자고 있던 옆방에서 자기 머리에 권총을 쏘았다는 연출가 이야기. 테오는 손에 쥔 항우울제를 책임자처럼 들이밀며 바로 이것들, 대체로 오직 이것들만이 행복감을 주며 정신의 몽롱함을 이겨내고서 충동을 행동으로 옮기게 해준다고 말했다. 나는 아롱 박사의 진료실에서 나오며 처방전을 찢어버렸다. 뮈질에게 진료실에서 있었던 일을 이야기하자 그가 분개하며 말했다. "아무튼 동네 의사들의 허무맹랑함이란. 가래나 설사 환자들한테 시달리다 못해 이젠 정신분석학으로 눈을 돌려 어처구니없는 진단들이나 내리고 앉았으니!" 뮈질이 부엌에서 의식을 잃고 쓰러지기 직전이었고, 사망하기 바로 전달이었다. 숨통을 틀어막는 밭은기침이 재발한 것에 놀라 스테판과 내가 의사에게 가보라고 종용하자, 뮈질은 체념한 듯 순순히 동네 병원의 늙은 의사를 찾아갔고, 진료를 마친 의사는 명랑한 목소리로 그가 완벽한 건강체라고 호언했다.

18

1989년 1월 4일 오늘, 내 병력을 되짚어볼 날까지 정확히 일주일 남았다. 물론 나의 불안정한 정신 상태로는 기다릴 수도, 견딜 수도 없는 유예기간이다. 12월 22일에 클로드베르나르 종합병원에서 처음으로 실시한 검사 결과를 듣기 위해서, 1월 11일 오후에 샹디 박사에게 전화를 걸기로 되어 있기 때문이다. 내 병의 새로운 전기가 된 그 검사는 그야말로 고역이었다. 이른 아침 공복 상태로 병원에 가야 하는 상황에서, 한 달 전 샹디 박사가 전화로 내 이름이며 주소며 생년월일을 철자 하나하나 확인해가며 예약해준 날을 놓칠까 두려워서, 또한 내 병을 자백한 새로운 전기로 나를 떠밀었다는 사실에, 무시무시한 양의 혈액을 내 몸에서 뽑아낸 저 끔찍한 검사가 이루어지기 전날 밤, 그날을 고대한 것도 아니건만 나는 거의 한숨도 자지 못했다. 그렇게 나의 생존에 결정적인 검사가 예약된 시간에 맞춰 병원에 가기까지는 여러 방해 요인이 있었는데, 거기에 부분적인 파업으로 인해 파리의 교통까지 마비된 상태였다. 실은 이 글은, 혹여 내가 밤에 쓰러지기라도 할까 두려워, 나의 목표, 그 미완성을 향해 맹렬한 기세로 3일 날 밤에 쓴 것이다. 공복 상태에서 차갑게 얼어붙은 거리로 나서야 했던 그날 아침의 공포가 선명하게 되살아난다. 파업 탓에 거리는 비정상적인 혼란에 지배당하는 분위기였고, 나는 천문학적인 양의 혈액을 추출당한 뒤 무언지도 모르는 검사를 위해 그 피를 국립 보건원에 빼앗기는 동시에 그 피의 마지막 생명력마저 제거당해야 할 처지에 놓여 있었다. 내 혈액 속에서 바이러스를 한 달 만에 파괴하는 T4 림프구의 수를 조절하고, 살아 있는 내 몸속의 저장 물질에서 추가량을 추출하여 연구원에 보냄으로써, 내가 죽은 뒤 다른 이들의 목숨을 구할 불활성백신, 또는 감마글로불린으로 그것을 전환하거나 원숭이 감염 실험에 사용한다는 구실로 말이다. 하지만 그 전에, 파업으로 운행 시간이 불규칙해진 지하철로 꾸역꾸역 밀려드는, 악취를 풍기는 체념한 승객들에게 이리저리 치여야 했다. 나는 숨이 막힐 것 같아 지하철에서 빠져나왔고, 거리로 올라가 공중전화 부스 앞에서 차례를 기다렸다. 여행 가방이 여러 개인 외국인 아가씨가 전화 부스의 유리문 너머, 내 몸짓을 통해, 카드를 어느 방향으로 삽입해야 하는지, 문을 열려면 어느 방향으로 밀어야 하는지를 이해했다. 그녀가 친절하게도 내게 순서를 양보하고는, 추위 속에서 내 통화가 끝나기를 기다렸다. 절망적으로 반복되는 탁시블루*의 시그널뮤직에 넌더리가 날 때쯤, 파리시 소속 청소부가 전화 부스 앞에 소형 밴을 세우더니 살수장치를 작동시켰다. 전화 부

★   택시 회사명.

스 안 전체가 순식간에 컴컴해졌다가 푸르스름해지는 동안, 수백 번째는 될 법한 탁시블루의 시그널뮤직이 다시금 들려왔다. 설탕을 넣지 않은 블랙커피를 들이킨 탓에 욕지기가 났다. 샹디 박사가 블랙커피를 제외한 일체의 음식물을 금지했는데, 폐쇄된 통에 세상 끝에 서 있는 유령 병원처럼 보이며 괴괴한 안개 속을 통과해야 이를 수 있었던 클로드베르나르 종합병원에서 아직 생동하는 유일한 섬, 내가 언젠가 방문한 적이 있는 다하우의 강제수용소를 연상시키는,* 불투명한 유리창 너머로 하얀 그림자들이 얼비치는 에이즈 환자들의 섬, 그 생동하는 마지막 섬에 당도했을 때, 정작 간호사는 커다란 용기에다 잠시 뒤에 나의 뜨겁고 시커먼 피들로 채워질 시험관을 하나, 둘, 셋, 이어서 더 큰 것 하나, 작은 것 두 개의 순으로 족히 열 개 남짓 되도록 쌓으면서, 내게 아침 식사를 든든히 했는지를 물었다. 마치 파업으로 혼잡한 지하철에서 갈팡질팡하는 승객들처럼, 시험관들이 커다란 용기 안에서 각자의 자리를 찾아 서로 부딪치며 구르다가 포개어졌다. 샹디 박사가 단호하게 대답했던 것과 달리 어쨌든 나는 아침 식사를 할 수도 있었고, 그래야만 했을 것이다. 샹디 박사도 내가 굳이 물었기에 대답했던 것이리라. 간호사가 다음엔 아침 식사를 하고 오라고 말하며, 어느 쪽 팔에서 채혈하기를 원하는지 물었다. 내가 다음에도 와야 하는 것이 기정사실이라는 듯이. 두려웠다, 껄껄 웃고 싶을 만큼 두려

★   다하우는 제2차 세계대전 당시 사용된 강제수용소가 있는 독일 남부의 도시다.

왔다. 아직 온통 뿌연 전화 부스 바깥에서 파리시 소속 청소부가 전화 부스의 물기를 뽀드득거리며 닦아내고 있다. 청소부가 이제는 전화 부스 내부를 공략하기 위해, 다음 차례인 외국인 아가씨도 제치고 들어올 기세로 팔짱을 낀 채, 내가 탁시블루의 시그널뮤직을 그만 듣기를 기다리다가, 이내 지쳤는지 소형 밴을 타고서 사라졌다. 그와 동시에 택시 회사 직원의 목소리가 들려왔고, 마침내 전화가 연결된 순간에 전화 부스 유리 너머로 다급하게 찾아낸 레몽로스랑 거리의 번지수를 일러주자, 10여 분 뒤 이쪽까지 보낼 수 있는 빈 차가 없다는 대답이 들려오는가 싶더니 바로 전화가 끊겼다. 나는 외국인 아가씨에게 전화 부스를 내어준 뒤, 다시 지하철로 뛰어들었다. 이번에는 무엇이든, 강력함에 가까운 허약함과 역겨움으로, 어느 면으로는 명랑하게, 최악의 경우라도 견딜 각오였다. 이를테면 오늘 아침처럼 우연히 얼굴을 부딪친다거나, 혹여 미치광이에 의해 철로로 내던져지는 한이 있더라도. 나는 두 번째로 열차 속에서 짓눌리며 고개를 든 채 숨을 참으며 오직 코로만 숨을 내쉬었다. 이러다가, 신문 보도에 따르면 이미 250만 명의 프랑스인이 감염되었다는 홍콩 독감에 걸리는 것은 아닐까 하는 생각에 오싹해졌다. 샹디 박사가 7호선 포르트드라빌레트 역이나 12호선 포르트드라샤펠 역에서 내려 순환도로 진입 램프를 따라 10분 정도 걸으라고 조언해두었다. 내가 택한 7호선 메리디시 역과 포르트드라샤펠 역 구간 운행 열차는 한산했다. 포르트드라샤펠 역 출구에서 털 달린 귀마개 모자를 쓴 남자가 수 킬로미터는 더 가야 한다는 뜻으로 팔을 크게 내저으며 길을 알려줬다. 그가 내가 찾는 포르트도베르빌리에 대로의 정확한 번지수를 묻기에 별수 없이 클로드베르나르 병원 이름을 대자, 그는 내 처지와 절망스러운 상황을 즉각 알아차린 것 같았다. 별안간 웃음이 날 정도로 조심스럽고 심상한 태도를 유지하면서, 비할 바 없이 친절해졌기 때문이다. 여전히 속을 느글거리게 하는 블랙커피만큼이나 씁쓸하게 느껴졌다. 남자는 20년 역사의 클로드베르나르 병원 건물에 위생상의 문제가 발생하자 샹트메스 병동을 제외하고 전부 새 건물로 이전했으며, 이 샹트메스 병동은 새로운 지시가 내릴 때까지 에이즈 환자 전용 병동으로 기능한다는 내용의 그저께 자 신문 기사를 읽었으리라. 샹디 박사는 내게 샹트메스 병동에 가라고 지시하면서 이 병동의 기능에 대한 사정 설명은 생략했다. 나는 꼭 일부러 그런 것처럼, 한 달 전에 진료 관련 상세 정보를 메모해둔 종이를 분실했던 터라, 샹디 박사에게 전화를 걸어 특히 파업이 계속되는 요즘 상황에서 병원에 어떻게 가야 할지를 물었다. 그는 단지 이 말만을 내뱉었다. "아, 혈액검사 결과가 내일 나오던가요? 맙소사, 시간이 참 빨리도 가는군요!" 혹시 그가 이제 내게 남은 시간은 카운트다운에 돌입했고, 다른 사람 명의로 원고나 쓰며 시간을 낭비할 때가 아니라는 것을 나로 하여금 상기하도록 만들기 위해 의도적으로 꺼낸 말은 아닐까 의문이 들었다. 아울러 한 달 전, 혈액검사 결과에서 바이러스가 급증한 것이 확인되자, 내 몸에 면역력이 있고 바이러스가 잠복하지 않았다는 증거인 P24 항원을 찾기 위해 다시 혈액검사를 해야 하고 그래야만 당시로서는 말기 에이즈의 유일한 치료약인 지도부딘을 얻기 위한 행정 절차에 들어가는 것도 가능하다고 설명하면서 그가 던진 의례적인 문장이 떠올랐다. "이제는 방치하면, 정말 몇 년이 아니라 몇 달의 문제가 될지도 몰라요." 나는 주유소 직원에게 다시 한 번 길을 물었다. 씽씽 달리는 차들의 물결이 점령한, 상점 하나 없는 대로에는 길을 물을 만한 행인이 전혀 보이지 않았기 때문이다. 주유소 직원의 시선에서, 아무도 병문안을 가지 않는 새벽 1시에 폐쇄된 병원으로 가는 길을 묻는 스무 살에서 마흔 살가량의 남자들의 표정이며 눈빛에서 무덤덤함과 태연함을 가장한 불안정한 태도에 깃든, 무언가 정확히 규정할 수 없는 공통점을 그가 간파했다는 것이 느껴졌다. 나는 순환도로의 두 번째 진입 램프를 건너 클로드베르나르 종합병원 정문에 당도했다. 경비원도 접수창구 직원도 없었지만, 샹디 박사가 내게 철자를 하나하나 불러주었던, 샹트메스 병동으로 소환된 환자들을 위한 안내문이 있었다. 화살표가 가리키는 위치로 간호사를 직접 찾아가라는 내용이었다. 건물은 도적 떼가 휩쓸기라도 한 듯, 파란색 차양만이 바람에 펄럭거리는 채, 황량했고 텅 비어 있었으며 서늘하고 눅눅했다. 나는 벽돌색 바리케이드가 둘러쳐지고 각각의 박공벽에 병동명이 쓰여 있는 병동들을 따라 걸었다. 감염성 질병 병동, 아프리카 전염병 병동을 지나, 유일하게 불이 켜진 채 불투명한 유리창 너머에서 감염된 피를 쉼 없이 추출해내느라 윙윙거리는 소리가 끊이지 않는 죽을병 병동까지. 거기까지 가는 동안, 나는 출구를 잃고 공중전화 부스가 어디에 있는지를 묻는 흑인 남자 외에는 아무와도 맞닥뜨리지 않았다. 샹디 박사는 내게 이곳의 간호사들이 매우 친절하다고 귀띔했었다. 아마도 샹디 박사가 매주 수요일 오전, 회진차들를 때에만 친절한 모양이었다. 나는 나와 같은 가련한 자들의 대기실로 용도 변경된, 타일 깔린 복도를 가로질렀다. 그들은 서로를 유심히 뜯어보며, 겉으로는 건강해 보이고 나아가 젊음과 아름다움이 넘치는 저 얼굴들의 이면은 자신들처럼 질병으로 뒤덮여 있을 것이고, 그래서 정작 본인은 거울을 볼 때 죽은 얼굴을 보리라고 생각할 것이다. 반대로 본인은 절망적인 검사 결과에도 불구하고 거울을 볼 때마다 아직은 건강하다고 자신하지만, 그 황망한 시선에서 대번에 병색이 간파된다고 느낄 수도 있다. 나는 복도를 걷다가 어깨 높이의 불투명한 유리 칸막이 너머로, 나와 관계했던 낯익은 얼굴의 4분의 3가량을 알아보았고, 내가 경멸감만을 느낄 뿐인 저 사내와 애써 평정심을 가장하여 알은체하는 시선을 교환해야 한다는 생각에 섬뜩해져 바로 시선을 돌려버렸다. 간호사 세 명이 좁은 공간에 사람들을 욱여넣는 서커스라도 하듯, 한 사물함 벽장에 몰려들어 정신없이 차트를 넘기며 환자들의 이름을 외쳐댔다. 내 이름이 불렸다. 하지만 내 병은 비밀이 보장되어야만 하는 단계였다. 그것이 이제는 지긋지긋하고 성가신 것이 되어버렸다. 간호사 중 하나가 자기가 꾸민 크리스마스트리에 대해 재잘거렸다. 공포에 휘둘리지 말아야지, 안 그랬다간 이 병이 모든 것을 잠식하리라.

이 병은 기껏해야 일종의 암일 뿐이며, 이제는 암도 의학 기술의 발달로 그 정체가 거의 완벽하게 밝혀지지 않았는가. 나는 채혈실 한 칸으로 숨어들어 허둥지둥 문을 닫았다. 안면이 있는 앞서의 사내가 행여 나를 알아볼까 두려워 의자 깊숙이 최대한 몸을 웅크렸다. 하지만 간호사 하나가 자꾸만 문을 열어 내 이름을 묻거나, 내가 채혈실을 잘못 찾아 들어왔다고 지적했다. 내 채혈을 맡은 간호사가 '넌 나보다 먼저 죽겠구나'라고 말하는 듯한 부드럽기 그지없는 눈빛으로 나를 응시했다. 그런 생각 때문인지 그녀는 친절했고, 장갑도 끼지 않은 손으로 내 정맥에 바로 주삿바늘을 꽂은 뒤, 손끝으로 큰 용기 안의 시험관들을 굴리며 개수를 세었다. 그녀는 말했다. "이건 지도부딘 투여 전 상태 검사를 위한 거예요! 검사는 언제부터 시작하셨나요?" 나는 곰곰 생각하고 나서 대답했다. "1년 전입니다." 진공의 힘으로 혈액을 빨아들이는 피스톤 기기에 아홉 개째의 시험관을 장착하며 간호사가 말했다. "혹시 아침 식사를 좀 가져다드릴까요? 네스카페 커피에 버터와 잼을 바른 바게트가 있는데, 어떠세요?" 내가 의자에서 벌떡 일어나자, 그녀가 기겁하며 나를 다시 앉혔다. "안 돼요, 좀 더 앉아 계세요. 얼굴이 창백해요. 정말 아침 식사 안 하셔도 되겠어요?" 속히 이곳을 벗어나고 싶었다. 분명 다리가 후들거리겠지만, 달리고 싶었다. 이토록 달리고 싶었던 적이 없었다. 마치 도살장에서 먹이 따인 뒤 옆구리로 피를 철철 흘리며 허공 속을 미친 듯이 질주하는 짐승처럼. 사물함 벽장에서 몸 쌓기 기예를 벌이던 서커스 단원들이 샹디 박사와의 진료 일시를 11일 오전으로 잡아주었다. 한기 속으로 나오며, 아까의 흑인처럼 이 유령 병원에서 길이라도 잃는다면 정말로 가관일 거라는 생각이 들었다. 세상에 단 하나뿐인 이 병원에서 길을 잃거나 실신을 한다니, 생각만으로도 헛웃음이 났다. 만일 그런 일이 벌어진다면 누군가 지나다가 나를 일으켜 세우기까지 아마 몇 시간이고 기다려야 하리라. 화살표를 따라 걸으며 길을 잃지 않도록 온 신경을 기울였건만, 이대로 곧장 걷다가는 폐쇄된 출구에 이르리라는 것이 명백해졌다. 왔던 방향으로 되돌아가 다른 출구를 찾아야 했다. 오토바이를 탄 남자가 기세 좋게 들어왔다. 마스크를 쓴 펜싱 선수처럼 헬멧을 쓰고 있어서 얼굴이 식별되지 않았다. 나는 죽을병 병동을 거쳐 아프리카 질병 병동, 감염성 질병 병동 앞을 차례로 지나쳤다. 이제는 길을 묻는 이조차 없었다. 여전히 미친 듯이 웃고 싶었고, 이야기하고 싶었다. 가능한 한 빨리 내가 사랑하는 이들에게 전화를 걸어 이 모든 것을 이야기로 배출하고 싶었다. 편집자와 점심을 들며 새로 맺은 계약의 선인세에 대해 이야기하기로 되어 있었다. 그 돈으로 폐에 인공호흡기를 단 채 세계 일주를 하거나 내 머리에 황금 총알을 박을 수도 있으리라. 오후에 샹디 박사의 진료실로 전화를 걸어 오전에 치른 곤욕에 대해 이야기했다. 그는 말했다. "내가 미리 알려드릴 것을. 선생이 하신 말씀은 전부 사실이에요. 하지만 난 이제 아무 느낌이 없거든요. 일주일에 한 번, 그것도 오전에 잠깐 들르는 것뿐이라서. 그거라도 계속하려면 내가 건강해야 하지 않겠소?" 나는 그가 나를 그곳에 보냈다면 그것이 불가피했기 때문이었을 거라 생각한다고 대답한 뒤, 하지만 이제부터는 가능한 선에서 클로드베르나르로의 내원을 줄이고, 그가 직접 나를 치료해줄 수 있는지 물었다. 지난 면담 때 내가 자살과 새 책 집필 중에 하나를 선택할 거라며 남겨놓았던 위험의 여지에 불안해진 샹디 박사는, 가능한 한 내 희망을 들어주겠지만 지도부딘의 유출은 감시위원회를 거쳐야만 가능하다고 대답했다. 편집자와 점심을 들고 나서 오후를 고모할머니와 병원에서 보낸 뒤, 저녁에 빌과 만나자마자 샹디 박사와 나눈 이야기를 들려주었다. 빌이 말했다. "사람들이 혹시나 지도부딘을 되팔까 봐 관리하는 거야. 예컨대 아프리카인들한테 말이야." 아프리카에서는 의약품이 고가인 까닭에, 환자들은 죽어가게 하는 대신 차라리 그 돈을 연구에 쏟아붓는 실정이었다. 12월 22일 오후, 나는 샹디 박사와 의논 끝에, 예약 날인 1월 11일에 클로드베르나르 병원에 가지 않기로 결정했다. 샹디 박사가 병원에 가면 나를 대신하여, 의사와 환자 두 가지 역할을 동시에 함으로써 필요한 것을 얻어낼 터였다. 혹은 그렇게 예약 시간에 내가 병원에 온 것처럼 꾸며 감시위원회를 속여야만 바라는 약을 얻을 수 있다고, 내가 믿게끔 하려는 것인지도 몰랐다. 아무튼 검사 결과를 듣기 위해 1월 11일 오후에 샹디 박사에게 전화를 걸기로 약속했고, 그 때문에 1월 4일 오늘, 내가 내 병력을 되짚어볼 날이 일주일 남았다고 이야기하는 것이다. 왜냐하면 1월 11일 오후에 샹디 박사에게 듣게 될 내용은 어떤 방향으로든, 비록 내가 마음의 준비를 했듯이 불길한 방향일 수밖에 없겠지만, 이 책에 위협이 될 여지가 크다. 이 책을 근본부터 해체하고, 내 시계를 원점으로 되돌리고, 내가 권총의 탄창을 돌리기 전에 이미 써놓은 57장의 원고를 지워버릴지도 모른다.

19

1980년은 쥘이, 그가 "보보"라고 부르던 영국인에게서 옮은 간염을 다시 내게 옮긴 해였다. 베르트는 감마글로불린 면역주사로 가까스로 간염을 피했다. 1981년은 쥘이 미국으로 여행을 다녀온 해였다. 쥘은 볼티모어에서는 벤의 연인이 되었고, 샌프란시스코에서는 조지프의 연인이 되었다. 빌이 내게 그 병의 존재에 대해 처음으로 말해주고 나서 얼마 뒤였으니, 빌에게 그 말을 들은 것이 적어도 1980년 말쯤은 되리라. 1981년 12월, 쥘은 비엔나에서 맞은 내 생일날 저녁, 사우나에서 얼어걸린 금발의 곱슬머리 안마사 아르투르에게 내가 보는 앞에서 키스했다. 당시만 해도 재앙에 대해 우리는 상대적인 믿음만을 가졌기 때문이었다. 아르투르는 내가 다음 날 의식이 흐릿한 채 일기에 썼을 정도로 온몸이 멍과 딱지로 뒤덮여 있었다. '우리는 다른 사람의 몸을 통해 병에 걸린다. 그럴 수 있었다면 우리는 문둥병에 걸렸으리라.' 1982년은 쥘이 "아르투르"라 불릴 뻔했으나 결국 화장실 변기에서 생을 마감한 첫 아이의 출산을 암스테르담에서 선언한 해였다. 그 선언은 내가 쥘에게 내 몸에 부정적인 힘, 즉 '유해한 병원균'을 배양해달라고 사정했을 정도로 내겐 충격적이었다. 그날 밤, 나는 양초 불빛으로 어슴푸레한 암스테르담의 식당에서 눈물지으며 쥘에게 사정했으나, 쥘은 이렇다 할 어떤 반응도 보이지 않았다. 내가 매질과 노예 취급과 조련을 원했기 때문이었다. 나는 그의 노예가 되고 싶었으나, 정작 그가 간헐적인 방식으로 나의 노예가 되었다. 1982년 12월, 버르토크 벨러*의 무덤에 묵상하러 갔던 부다페스트에서, 나는 나를 "베이비"라고 부르던 미시건 캘러머주 출신의 양키 얼간이 톰에게 엉덩이를 내주었다. 1983년은 쥘이 멕시코에서 목의 림프절종으로 고생한 해였다. 1984년은 마린 그리고 내 편집자가 나를 배신한 해이자, 뮈질이 죽은 해였고, 일명 '이끼절'이라고 하는 교토의 사원 사이호지에서 소원을 빈 해였다. 1985년은 우리의 이야기에서 아무런 자리도 차지하지 않는다. 1986년은 사제가 죽은 해였다. 1987년은 대상포진이 발병한 해였다. 1988년은 절망적인 가운데 내 병을 발견하고 석 달 뒤, 내게 구원을 믿게 했던 우연에 희망을 건 해였다. 스테판에 따르면, 잠복기가 네 해 반에서 여덟 해에 이르고 이제는 자각하게 된, 그 여덟 해에 걸쳐 내 곁에 어른거리며 나를 위협하던 그 병의 징조들의 연대기에서 육체적 이상異常들은 성적인 만남들보다 덜 결정적이지 않았고, 예감 또한 그 예감들을 지워버리려는 시도였던 기도보다 덜 결정적이지 않았다. 이 연대기는, 병의 진행이 방탕에서 비롯되었음을 발견했을 때를 제외하고는, 나의 도식이 되었다.

★   헝가리를 대표하는 작곡가이자 피아니스트.

20

1983년 10월, 멕시코에서 돌아왔을 때 내 목에 종양이 자라났고, 이제 어느 의사를 더 찾아가야 할지 막막했다. 노쿠르 박사는 집에서는 진료를 하지 않는다는 핑계를 댔고, 레비 박사는 죽었으며, 신체이형장애 사건 이후로 아롱 박사를 찾아가는 것도, 나를 연질캡슐의 산더미로 질식하게 만들었던 레리송 박사를 찾아가는 것도 더는 어불성설이었다. 결국 나는 노쿠르 박사의 젊은 후임을 집으로 오게 하여 항생제를 처방받았고, 항생제를 복용한 지 사나흘이 지나도록 아무 효과도 보지 못했다. 종양이 계속해서 자라났고, 음식물을 삼킬 때마다 심한 통증을 느끼다가, 급기야 파리에 잠시 들른 귀스타브가 매일 가져다주는 무른 음식을 제외하고는 거의 아무것도 삼킬 수 없게 되었다. 쥘은 시간 여유가 나지 않았다. 고열에서 가까스로 해방된 뒤, 도무지 짬이 나지 않는 연극제작 관련 일을 맡았기 때문이다. 내 목을 잠식하는 악성 종양이, 멕시코 매음굴 '봄베이'의 댄스홀에서 늙은 매춘부에게 받았던 키스를 끊임없이 연상시켰다. 내게 연정을 품었던, 내 모친과 같은 해에 태어난, 이탈리아 여배우를 쏙 빼닮은 그 매춘부가 느닷없이 미친 뱀 같은 혀를 내 목구멍 깊숙이 쑤셔 넣으며, 미국인 영화제작자가 맬컴 라우리의 《화산 아래서》를 각색한 영화에 등장할 매춘부 무리를 물색하기 위해 나를 이끌고 간 봄베이의, 조명으로 환히 밝혀진 무대 위에서 내게 몸을 밀착했다. 《화산 아래서》는 뮈질이 가장 좋아했던 소설 중의 하나로, 내가 이곳으로 출발하기 전에 뮈질이 노란색 양장본을 빌려준 바 있다. 매춘부들은 가장 어린 여자들부터 가장 나이 든 여자들까지 그들의 주인인 말라 파시아의 테이블로 행렬하면서, 차례차례 나를 가까이에서 들여다보고 어루만지더니 댄스홀로 이끌었다. 내가 금발이었기 때문이다. 매춘부들은 지독한 화장품 냄새를 풍기던, 나를 사랑했고 내게 입술을 내밀었던 이탈리아 여배우의 화신 같은 늙은 매춘부와 같은 방식으로 나를 부둥켜안으며 깔깔거리는가 하면, 흐느적거리면서 나를 위해서라면 2층의 칸막이 중 하나로 올라갈 수도 있다고 속삭였다. 내가 금발이었기 때문이다. 살덩이들이 행렬하던 포석 깔린 안마당과, 방 한구석의 성모마리아상이 내뿜는 긍휼한 불빛에 어슴푸레 밝혀진 방들이 일렬로 배치되어 있는 어둑한 복도의 그 매음굴들을 정부에서 폐쇄한 터였다. 경찰이 바리케이드를 치고 감시하던 그 건물들이 미국식 대형 댄스홀로 변형되는 참사가 발생했다. 며칠 전 불행히도 나는 쥘의 멕시코인 친구가 일러준 동성애자 클럽에 가게 되었고, 거기서도 마찬가지로 사내들은 내 앞에 줄을 서서 나를 관찰하고, 그중 대범한 몇몇은 내가 행운의 부적이라도 되는 양 내 몸을 더듬기도 했다. 늙은 매춘부의 그것은 내가 이탈리아 여배우를 거절했을 때의 수위를 넘어섰다. 예고도 없이 내 목구멍 깊숙이, 몇천 킬로미터는 더 멀리, 혀를 쑤셔 넣었다. 종양이, 마치 활활 타는 불에 달군 쇠꼬챙이가 목구멍을 헤집는 듯한 통증을 유발할 때마다 그녀의 키스가 기억 속에 되살아난다. 늙은 매춘부는 자신의 키스가 내게 공포를 불러일으킨다는 것을 깨닫고는 사과하며 슬퍼했다. 나는 에드거앨런포 거리의 호텔방으로 돌아와 거울을 보며 비누칠해 혀를 씻어냈고, 혐오감과 취기로 황폐해진 우스운 내 얼굴을 촬영했다. 통증을 견딜 수 없었던 어느 일요일 오후, 나는 무기력한 귀스타브 앞에서, 찾아갈 의사가 아무도 없는 것에 절망하여 오열했고, 단지 친구였을 뿐 이제껏 결코 의사로서는 진지하게 생각해본 적 없는 나시에 박사의 집으로 체념하여 전화를 걸었다. 그가 즉시 달려와 내 목을 검진하더니 매독성 궤양의 가능성을 언급하고는, 다음 날 아침 우리 집으로 급히 간호사를 보내어 내 혈액 및 세균과 박테리아를 채취하고 특별 항생제를 처방했다. 나의 고통에 대해 나시에 박사가 즉각적으로 보여준 효율과 성의에 나는 이제부터 그를 의사로 여기기로 마음먹었고, 게다가 그의 진료실이 집에서 멀지 않았기에 일주일에 두세 번씩 그를 찾아갔다. 나의 끊임없는 방문에 기진하고 창백해진 나시에 박사의 용기를 북돋워줄 사람은 이제 나였다. 나는 원기를 회복한 채 진료실을 나와 진료실 옆의 제과점에서 애플파이며 초콜릿파이로 배를 채웠다. 나시에 박사가 자기도 에이즈 검사를 실시했고 양성반응이 나왔다는 것을 지체 없이 고백하며, 바로 산업재해보상보험을 들었다고 말했다. 환자에게서 에이즈가 옮을 수 있다는 공론이 먹히던 무지한 시기인바, 그의 병이 환자에게서 옮은 것으로 간주될 시 차지하게 될 막대한 보상금으로, 최후의 며칠을 스페인 마요르카섬의 팔마데마요르카에서 조용히 보내기 위해서였다.

21

멕시코 가리발디 광장의 행위예술 극장인 테아트로콜로니
알에서, 여인의 성기로 목을 축이기 위해 몸싸움을 벌이는 사
내들을 바라보며 나는 얼떨떨하여 넋을 잃었다. 그들은 자기 친
구나 늙은 호색한에게 주먹을 휘둘러 그들을 낙오시킨 뒤 의자
에서 몸을 앞으로 길게 빼어, 어슴푸레한 빛줄기 속에서 여자
들이 행렬하는 무대 가까이로 고개를 디밀었고, 여자들은 군
중 속에서 자신들의 가랑이에 쑤셔 넣을 얼굴을 선택했다. 나
는 기겁하여 얼이 빠진 채 그 나무 의자들 중 하나에 몸을 뒤로
빼고 앉아 있었는데, 세상에서 가장 원시적이고 아름다운 공연
이 진행되어감에 따라 점점 더 의자 깊숙이 몸을 웅크렸다. 여
자들의 음모 속에서 벌어지는 이 영성체, 가장 나이 지긋한 사
내들마저 도달하고 마는 이 청년 같은 충동을 나는 심장의 두
근거림과 함께 눈으로 빨아들이며, 혹여 스트리퍼에게 선택당
할까 두려워 의자 속으로 더 숨어들었다. 만일 내 주둥이가 저
들의 삼각지대 속에 묻힌다면, 나는 그야말로 정신을 잃고 미쳐
버릴지도 몰랐기 때문이다. 스트리퍼 하나가 나를 비웃으며 다
가오더니, 나와 완전히 가까워지자 웃음거리인 양 내 얼빠진 얼

굴을 가리키며 다른 젊은 사내들의 조소를 이끌어냈다. 그녀는 내 얼굴 앞에 웅크리고 앉아, 여전히 그곳에서 유일한 금발인 내 곱슬머리를 움켜쥘 태세였다. 그렇게 내 입술이 강제로 벌려져서 삼각지대의 가느다란 틈새를 영광스럽게 하고 그곳에 모인 젊은 사내들의 갈증을 해갈시키려는 찰나, 돌연 불이 훤히 켜졌다. 스트리퍼들이 몸을 떨며 의자에 널브러져 있던 가운을 주워 들더니, 휘파람 또는 더한 경우 채찍질 속에서 짐승처럼 퇴장했다. 해갈했거나 목이 마른 젊은 사내들이 착시 현상을 일으킨 듯 환영을 본 듯 일순 혈기를 잃고는, 환한 조명 속에 옆자리에 각자의 아내를 숨긴, 몸을 옭아매는 지루한 정장 차림의 지친 근로자들로 되돌아갔다.

22

지금으로서는 마치 말이나 원숭이의 피로가 인간의 몸에 이식된 듯, 인간의 것으로 생각되지 않는 피로감만이 느껴질 뿐이다. 아무리 참아도 눈꺼풀이 내려앉고, 모든 것이, 심지어 우정마저도 귀찮고 오직 자고만 싶다. 이 괴물 같은 피로의 근원은 뇌를 보호하기 위해 뇌 주변에, 고막 뒤에, 상악골 밑 목 속에 림프의 띠처럼 분포한 자그마한 림프샘들 속에 있다. 그것이 바이러스에 포위되어 방어벽을 만드느라 파열하면서 방어 체계가 무너졌고 그 결과가 안구를 통해 확산된 것이다. 내 책은 바이러스의 공격에 저항하는 육체의 투쟁 과정에서 생겨난 피로와 투쟁하고 있다. 나는 가빠지는 내 호흡의 전위계電位計인 유리창의 블라인드를 걷어 일단 햇빛이 들어오게 한 뒤에 일을 시작하는데, 하루에 오직 네 시간만 일할 수 있다. 어제는 오후 2시부터 더는 일을 계속할 수 없었다. 수면병이나 시쳇말로 "키스병"이라고 부르는 단핵백혈구증가증의 그것과 초기 증상이 비슷한 바이러스의 힘에 눌려 나는 기진맥진했다. 하지만 손을 놓고 싶지 않았다. 나는 다시 작업에 몰두했다. 내 피로에 대해 이야기하는 이 책이 내 피로를 잊게 하는 동시에, 작은 림프의 띠가 양보하는 즉시 침투하는 바이러스의 위협을 받는 뇌로부터 쥐어짜낸 문장들이 번번이 내 눈꺼풀을 더욱 내려앉게 만든다.

23

내 병의 내력에 대해 이야기하기로 결정한 중요한 순간인 최근 며칠 동안, 이 책 작업을 전혀 하지 못한 것은 틀림없는 사실이다. 새로운 선고, 또는 실은 내가 모르는 척하지만 이미 내용을 낱낱이 아는 그 선고를 기다리며 고통스럽게 시간을 흘려보냈다. 또한 샹디 박사로 하여금 내가 실낱같은 희망을 품고 있다 여기게 만들었고 나도 실제로 그렇다고 믿었지만, 막상 선고일인 1월 11일 오늘, 나는 손톱을 물어뜯고 있다. 내가 이미 알고 있는 것에 대해 전혀 모르는 게 되어버렸기 때문이다. 작년에 올해 수첩에다 메모까지 해가면서 전화로 약속한 대로 오늘 오전에 샹디 박사가 클로드베르나르 병원에 가서 내 검사 결과를 받아 왔을 테지만, 진료실로 전화해도 그는 받지 않는다. 내게 이 면담을 예약해준 간호사를 속이고 그가 내 자리와 자신의 자리에서 의사와 환자, 이 두 가지 역할을 맡기로 한 터였다. 어쩌면 그가 두 가지 역할을 한다고 내가 믿게끔 만든 것인지도 모르지만. 전화가 되지 않는 것은 단순히 수요일은 진료가 없는 날이기 때문이리라. 오늘 밤, 나는 검사 결과를 알지 못하고 있고, 12월 22일부터 기다려온 이 1월 11일 밤에도 여전히 검사 결과를 알지 못한다는 사실에 애가 타서 기진해 있다. 실은 검사 결과를 알게 되지 못할 것을 꿈꾸며, 다른 식으로 같은 상황을 꿈꾸며, 지난밤을 보냈으면서 말이다. 이를테면 이런 식이다. 오늘 나는 샹디 박사와 통화를 하긴 하나, 그의 태도가 뻣뻣하기 이를 데 없다. 내가 새해 인사를 건네자 내 인사말과 토씨까지 똑같은 인사말을 되돌려준 뒤, 무슨 음울한 셈속인지, 자기는 내게 검사 결과를 보고하는 것보다 더 중요한 다른 할 일이 있으니 진료에 방해가 되지 않는 다른 시간에 다시 전화하라고 말하는 것이다. 답답한 상황이지만 동시에 그의 무심함을 긍정적으로 해석할 수도 있지 않을까. 요컨대 나를 파리로 불러들일 어떤 시급함도 없다는 신호로 말이다. 파리에서 친구들 속에 섞여 있으면서 다른 평범한 환자들처럼 예약된 시간에 병원에 가서 약을, 내 피로를 억제할 수 있는 유일한 약을 처방받아 오는 것이 자연스러운 순간에, 굳이 내가 외국에 나감으로써 상황을 극적으로 만들고 그는 나를 파리로 불러들이는 식의 송환놀이나 생각해낸 것이라면. 하지만 나를 파리로 시급히 불러들일 필요가 없다는 것은, 새로운 검사 결과를 확인한 샹디 박사가 속수무책으로 오직 내가 하루 속히 혼수상태가 되기를 바라는 것 외에는 더는 할 일이 없음을 깨달은 경우일 수도 있다. 이틀 전인 1월 9일, 부모님이 전화를 걸어와 여동생의 아들이 태어났다고 알렸다. 어쩌면 예감했을지도 모르나 내 병에 대해 전혀 모르는 여동생이 아들의 이름을 '에르베'로 지었고, 나를 놀래주려고 마지막까지 숨긴 끝에 루이즈 고모할머니와 크리스마스 날 점심 식사를 하는 자리에서 그 사실을 선포했다. 나는 병원에서 쉬잔 고모할머니의 점심 식사를 챙겨주고 온 참이었다. 여동생은 아울러 자기 아들을 성까지 나랑 똑같이 하여 '에르베 기베르'라고 부르기로 했다고 덧붙였다. 자기가 처녀적 성을 되찾은 데다, 아이의 새아버지도 아이에게 자신의 성을 특별히 고집한다거나 하지는 않기 때문이라면서. 내가 늘 완벽히 균형 잡힌 사람이라고 생각했던 여동생이, 내게 그 모든 것을 설명했다. 최근 며칠간, 내게 예정된 최후통첩에도 불구하고, 나는 기대 밖으로 내 병의 내력을 황무지 상태로 방치했으며, 그저 이전 원고들이나 교정하면서 힘겹게 세월을 보냈다. 다비드는 내 원고를 전혀 좋아하지 않았고, 나는 그의 영역, 즉 '학살 게임'의 영역으로 진입한 터였다. 그를 몰랐더라면, 그가 쓴 책을 읽지 않았더라면, 단언컨대 나는 결단코 이 책을 쓰지 못했으리라. 그는 나를 자격 없는 제자라고 나무라는 것도 모자라, 내가 9월 15일부터 10월 27일에 걸쳐, 완성하지 못할지도 모른다는 두려움에 사로잡혀 격렬하고 맹렬하게 타자기를 두드려 써낸 312장 분량의 내 원고를 두고 그저 초안에 지나지 않는다고 내게 일갈했다. 정녕코 아픈 지적이었다. 아마 다비드는 내가 죽음의 선고로 인해, 글을 쓰는 데 따르는 육체적 고통에도 불구하고 가능한 한 모든 책을 쓰고 싶다는 욕구, 내가 이제껏 쓰지 않았던 모든 것, 기이하고 불친절한 책, 이어서 철학적인 책을 쓰고 싶다는 욕구에 문득 사로잡힌 것을, 여유가 줄어드는 시간 속에서 동시에 그 책들을 삼켜버리고 책들

75

과 함께 시간까지 게걸스럽게 삼켜버리고, 나의 앞당겨진 장년에 대한 책뿐만 아니라 나의 노화로 여물어가는 매우 느린 책도 쓰고 싶은 욕구에 사로잡힌 것을 이해하지 못했으리라. 나는 그러는 대신 지난 이틀 동안, 샹디 박사의 전화를 기다리며 321장에 달하는 내 원고를 처음부터 끝까지 훑은 뒤, 그림만을 그렸을 뿐이었다.

최근 내가 이곳 로마에서 자초한 고독 탓에, 샹디 박사를 위시하여 나의 신체 건강보다 정신 건강을 염려하던 쥘이 이런 조언을 던졌다. "그림을 그려봐." 나는 곰곰 생각에 잠겼고, 그 뒤로 내가 간혹가다 지나치며 젊음 자체보다는 젊음의 향기에 이끌려, 이제는 젊은 피조물들에 대해 육체적으로 초월했으며 유령 같은 무력한 충동만을 느낄 뿐이고 더는 욕망을 입에 올리지 않는 터라, 이런저런 젊은 피조물들을 찾아다니기보다는 젊음의 바다 속에서 다른 목적을 지닌 산책을 포함하여 잠시 표류하며 헤엄을 치거나 잠시 떠다니는 것이 좋기 때문에, 활기가 넘치는 골목길에서 시선을 지체할 뿐 직접 다가가 어슬렁거리지는 않는 중학교 건너편 리페타 거리에 있는 예술서적 전문 서점에 들러서 선 채로 예술서들을 들춰보다가, 얼마 전 폐쇄된 밀라노의 팔라초레알레에서 열린 전시회의 19세기 이탈리아 미술 도록 한 쪽에서 시선이 멎었다. 안토니오 만치니라는 화가가 그린, 상복을 입은 소년의 초상화였다. 헝클어진 숱 많은 검정색 곱슬머리는 손목에 레이스가 달린 검정색 재킷의 단정함에 살짝 위배되었고, 하의로는 검정색 바지를 입고 검정색 스타킹에 버클 달린 검정색 구두를 신었으며, 검정색 장갑은 한 손에만 끼고 있었는데 그 손으로 가슴을 누르며 절망을 표현하면서, 머리는 뒤로 젖혀서 정맥 같은 실금이 군데군데 보이는 노란색 벽에 기대어 있었다. 그림의 양 가장자리는 가짜 대리석 기둥과 잦아든 얼룩덜룩한 불길로 장식돼 있었고, 장갑을 끼지 않은 다른 손으로는 주먹의 힘과 고통의 힘으로 벽을 밀어버리려는 듯, 벽 안으로 고통을 밀어버리려는 듯 벽을 누르고 있었다. 그림의 제목은 〈결투 후에〉였다. 다음으로 그림의 오른쪽 하단에 말라가는 핏자국으로 얼룩진 남자의 셔츠가 보였다. 셔츠는 손으로 몸에서 잡아떼어낸 듯 피 묻은 손자국이 나 있고 흡사 수의처럼, 인간이 빠져나간 껍질처럼, 표면을 보일락 말락 뚫고 드러난 검 끝에 매달려 있었다. 그림만으로는, 내가 늘 좋아하듯, 수수께끼로 둘러싸인 그림 속 인물의 사연을 알 수 없었다. 소년이 그림 밖에 있을 희생자를 살해한 것일까? 아니면 목격자? 혹시 희생자의 동생? 연인? 아니면 아들? 그 뛰어난 그림은 그 뒤로 이어진 도서관이며 서점이며 고서적상에서의 내 열정적인 조사의 근원이 되었다. 나는 만치니가 스무 살 때 이 그림을 그렸다는 사실을 알아냈다. 모델은 루이지엘로라는 이름의 나폴리 문지기의 아들이었고, 만치니는 그에게 은색 스타킹을 신기고 공작 깃털로 장식한 곤돌라에 태워 어릿광대로, 교활한 몽상가로, 날치기로, 떠돌이 음악가로 변장시켜 수차례 그림을 그렸으며, 파리에서 개최되었던 첫 전시회에 데리고 갈 정도로 그를 아꼈다. 하지만 이내 나폴리에 있는 루이지엘로의 부모의 강압에 못 이겨 소년을 돌려보내야 했고, 이 가족에 의해 그는 정신병원에 수용되었다. 피폐해져서 정신병원을 나온 만치니는 이후 관습적인 고위 부르주아의 초상화 외에는 그림을 그리지 못했다. 나는 이 뜻밖의 경탄을 계기로 그림을 시작해볼 생각을 했고, 또한 이 똑같은 경탄 때문에 그림에 대해 무력감을 느꼈다. 즉 공사를 이유로 여전히 폐쇄되어 있는 토리노의 현대미술관에 전시된 만치니의 〈도포일두엘로Dopo il duello〉*라는 그림의 원작과 복제품을 떠올리며 모방에만 급급한 채, 그 그림과 비슷해졌다가 멀어지는 무능을 반복하는 학살 끝에 마침내 그림과 완전히 동화되기까지, 복제만 할 뿐이었다. 하지만 물론 나는 목표와는 또 다른 것을 해내기도 했다. 내가 조금 가까워진 유일한 화가의 조언대로, 마침내 매우 기초적인 내 꿈의 그림에 접근할 수 있었던 것이다. 우선 주변에서 찾을 수 있는 가장 단순한 사물들, 예컨대 잉크병부터 그리기 시작해서 살아 있는 얼굴로 넘어갔고, 이어서 죽어가는 내 얼굴, 내가 리스본 여행에서 가지고 온 아이들을 위한 봉헌물인 밀랍 얼굴 모형에 도전하게 되었다.

★   〈결투 후에〉. 앞서 언급된 〈결투 후에Après le duel〉와 같은 그림이다. 기베르는 이 대목에서 굳이 이탈리아어 원어로 화제畵題를 다시 말하고 있다.

　만치니는 자신이 쓰던 붓 그리고 에픽테토스의《담화록》
과 함께 땅에 묻혔다. 이《담화록》에 지대한 영향을 받은 마르
쿠스 아우렐리우스의《명상록》을 뒤질이 그가 사망하기 몇 달
전, 플라마리옹 출판사에서 출간된 투명 표지의 노란색 판본
을 서재에서 꺼내 자기가 가장 좋아하는 책 중의 하나라며 내
게 주더니 심신 안정을 위해 일독해보라고 권했다. 내가 특별히
불안정하고 불면증에 시달리던 시기였고, 내 친구 코코가 조언
한 침술 치료를 받아보기로 결심하기 전이었다. 나는 팔귀에르
병원으로 갔고, 중국식 이름을 가진 의사가 나를 난방이 잘되
지 않는 텐트 속에서 팬티 바람으로 한참 동안 기다리게 하더
니, 내 맥박의 리듬에 멈칫거리며 정수리 꼭대기부터 팔꿈치를
거쳐 무릎, 샅굴, 발가락까지 기다란 침을 꽂았다. 내 피부로 가
느다란 핏줄기가 흘러내려도 중국 이름의 의사는 닦아내는 수
고를 하지 않았다. 내가 계속해서 내 몸을 맡긴, 비대하고 손톱
이 지저분한 그 의사는 아무튼 나중에는 일주일에 두세 차례
추가로 처방해주던 칼슘 정맥주사를 면제해주었다. 그가 불결
한 침들을 꺼림칙한 알코올 병에 담그는 걸 내가 역겨워하며 보

게 된 날 이후로 발길을 끊기까지 말이다. 뮈질에게서 《명상록》 판본을 받으면서 알게 된 마르쿠스 아우렐리우스는 선배들, 그리고 가족 구성원, 스승들, 특히 죽은 이들에게 먼저, 그들이 그의 존재에 가져다준 것과 가르쳐준 것에 대해 각각 특별한 헌사를 바쳤다. 그러자 몇 달 뒤 죽게 될 뮈질이 자기도 다음 책에선 그런 식으로, 내게 바치는 헌사를 쓸 계획이라고 말했다. 그에게 아무것도 가르쳐준 것이 없는 내게.

마린은 내가 멕시코에 있을 때 연극 공연을 시작했다. 귀
국하자마자 그녀의 연극이 재앙이라는 소문이 들려왔다. 그녀
는 순간적인 변덕으로 선택한 역할로부터 비롯된 연극을 무대
에 올리기 위해 오류들을 축적했다. 우선 믿을 만한 연출가들
과, 관록의 연기 천재들에게나 적합한 그 2인극에서 그녀의 대
사를 받아쳐줄 노련한 스타 남배우들이 비상식적인 프로젝트
에 난색을 표한 탓에, 유럽 전체로 눈을 돌려 헛되이 연출가를
찾아야 했다. 그 결과 악재들이 중첩되었다. 마린은 술주정을
문제 삼아 사이비 연출가를 해고시키면서 기자들의 입을 단속
했다. 또한 상대역을 맡았던 이류 남배우도 해고했는데, 실의에
빠져 움츠러든 연기를 펼치는 그녀를 그가 매일 조금씩 밟고 올
라섰기 때문이었다. 그는 또한, 그녀처럼 여성잡지 화보에서가
아니라 진짜 연극 무대에서 경력을 시작하여 재능을 갈고닦아
온 자신의 연기와 비교당한 끝에 어느 날 재능이 결여되었음이
마침내 만천하에 폭로될 위기의 스타를 자신이 덜덜 떨게 만든
다는 것에 흥분한 나머지, 성적으로도 그녀를 위협했다. 첫 기
사는 혹평이었다. 마린은 자신의 역할에 대한 확신이 없는 상

태에서 설상가상으로, 남성 캐릭터와 여성 캐릭터 간에 형성된 권력의 폭력성을 극명하게 드러내 보여야 한다는 구실로 공연마다 절대 같은 동선으로 움직이지 않겠다는 상대 배우의 계략에 말려들었다. 또한 그는 그녀를 물리적으로 난폭하게 다루었는데, 그녀를 내동댕이치는 장면에서 있는 힘껏 높이 들어 올렸다가 바닥에 내던지는 식이었다. 마린은 연출자의 교체로 무너지고, 상대 배우의 간교함으로 표류하고, 스스로의 불안과 광기적 성향으로 인해 해체된 자신의 연기에 외관상 일관성을 부여하기 위해 어느 스승을 찾아가야 할지 더는 알지 못했다. 6년 전부터 자신에게 약속된 공쿠르상을 이제나저제나 기다리는 소설가가 있었다. 그는 오직 그 문학상을 수상하기 위한 책만 쓰는 듯하더니, 언젠가부터 그마저도 더는 능력이 안되는지 수상작이 발표되기 3개월 전에 아무 제목이나 발표해버려서 편집자가 언론사에 헛되이 그 책을 홍보한 뒤에야 그 제목들로 쓰인 어떤 원고도 존재하지 않는다는 것을 알아차리는 경우가 빈번했다. 마린은 그녀 생각에 자신의 연기가 돋보일 수 있는 히스테릭한 여인 캐릭터를 창조하기 위해, 바로 그 절망에 빠진 교활한 자에게 도움을 청했다. 마린은 세상에서 혼자였다. 출연한 영화의 엄청난 흥행으로 가면이 벗겨지고 자기들이 만들어낸 성공에 대한 대가를 치르게 하는 세상의 온갖 냉혹함에 노출된 가련한 젊은 스타였다. 마린의 아들의 아버지인 리샤르는 사막에서 영화를 촬영하고 있었는데, 마린에게 탁 트인 사막의 하늘에서 관측되는 별들과 불면의 밤을 보내게 만드는 가스통

83

바슐라르의 책들에 대해 이야기하는 장문의 편지를 매일 보냈다. 마린의 가방은 그녀가 쉼 없이 읽고 또 읽는 꼬깃꼬깃한 편지들로 가득 찼다. 극장 여대표가 첫 공연이 시작되기 전에 마린에게 다이아몬드를 선물했다. 그 여성 사업가는 마린이 배역소화에 어려움을 겪건, 어쩌면 돌이킬 수 없을 지경으로 의욕이 꺾이기 일보 직전이건 아랑곳하지 않았다. 그이에게 중요한건 오직 공연 첫날 객석의 앞 열을 채우도록 투우에 초대된, 모나코 공주며 스타 발레리나며 스타 의상디자이너 같은 손님들의 명단이었다. 그들의 박수소리는 우레 같았지만, 속마음은 비웃음이었다. 그들이 서둘러 퍼뜨리는 소문은 비평가의 정당성 없는 신랄한 평가와 일치했다. 요컨대 마린이 우리의 창살에 이리저리 부딪치며 빽빽거리는 고삐 풀린 망아지 같다는 거였다. 영광의 월계관은 마린의 상대 배우에게 돌아갔다. 나도 멕시코에서 돌아와 연극을 보았는데, 아닌 게 아니라 그 비열한 돼지가 요령부득으로 연기하는 마린을 상대로 야비한 호연을 펼쳤다. 그는 무대 뒤에서는 마린에게 한마디 말도 건네지 않았다. 공연 시간 내내 초대석 전체가 꽉 찼던 것에 안심한 여대표는 복도에 붙여놓은 비평을 잔인한 변태처럼 무시했고, 마린의 대기실 문 앞을 지키고 서서 마린의 친구들의 출입을 통제하는 한편 엉뚱한 숭배자들만을 들여보냄으로써, 마린의 고독을 강화하고 그녀의 정신적 붕괴에 박차를 가했다. 또 다른 연극 홍보가 될 예기치 못한 사고를 노린 것이었다. 공연이 끝난 뒤 나는 여대표와 입씨름을 벌인 끝에, 마린을 데리고 식당에 갔다.

나는 공연이나 마린의 연기에 대해서는 언급하지 않은 채, 그녀를 좌절시키는 그 연극을 무슨 수를 써서라도 중단하라고 조언했다. 마침 그녀도 나와 같은 생각이었으나, 억대의 위약금을 물게 되는 상황을 피하기 위한 방법을 찾아야 했다. 마린이 재앙을 피하기 위해 맹장 수술을 받을 수 있다고 말했다. 다음 날로 그녀는 레리송 박사를 찾아가 상담했고, 맹장 수술을 할 필요도 없이 검사를 통해 손쉽게 전염병을 찾아내고 꾸며낼 수 있다는 대답을 들었다. 다음다음 날, 마린은 앰뷸런스에 실려 뇌이 병원으로 갔고, 연극은 중단되었으며, 언론은 마린의 위중한 건강 상태를 보도했다. 극장 여대표의 부추김을 받은 하이에나 같은 연예잡지 기자들이 연극을 중단한 이유를 캐기 위해 마린의 병실 문을 강제로 밀치고 들어와 카메라 플래시를 터뜨려댔다. 마린은 울부짖으며 이불 속으로 숨어들었고, 병실 문을 지킬 경호원이 고용되었다. 병문안을 갈 때 마린이 연기하고 싶어 하는, 내가 쓴 시나리오에 대한 메모를 가져갔다. 마린이 점점 빠져들어 읽더니 원고를 접어 나이트테이블 위에 놓았다. 우리는 함께 웃었다. 그날 그녀가 손목에 붕대를 둘렀던 것으로 기억한다. 나는 가브리엘 폰 막스가 그린 성 테레사 마리아 에머리히의 초상화를 그녀와 함께 리메이크하고 싶다고 말했다. 상처를 감추기 위해 하얀 베일을 머리에 왕관처럼 두른 투명하고 푸르스름한 얼굴, 그리고 마린과 정확히 똑같이 붕대를 두른 손목. 나는 마린에게 기자들을 속이기 위한 것이냐고 물었다. 그녀는 아니라고 대답했다. 이제 막 수혈을 받았다면서.

　나는 물론 마린을 생각하며 이 시나리오를 썼다. 영화에서 극한까지 밀어붙인 신경쇠약증 환자의 이미지부터 그녀의 얼굴을 한없이 변화시키거나 마비시키는, 한편으로는 긍정적이고 다른 한편으로는 부정적인 그 강박증을 거쳐서 상징적인 불안까지, 그녀의 전기적 요소들을 상당 부분 훔쳐내어 내 주인공의 모델로 삼았기 때문이다. 영사기 조명이 그녀를 산 채로 불태우는 것, 그 치명적 광선으로 그녀의 골수를 비추는 것, 바로 그것이 내 시나리오의 창의성이었다. 하지만 바로 그런 마린과 내 주인공의 촘촘한 흡사함 때문에, 이 배역을 맡을 사람은 그녀가 아니라는 생각이 들었다. 그럼에도 나는 미리 알리지도 않고 그녀의 사생활을 이용한 것에 어느 정도 양심의 가책을 느꼈던지라, 우정 어린 정직함으로 그녀의 지적도 들을 겸 어쨌든 그녀에게 내 시나리오를 읽게 하기로 결심했다. 내가 우편함에 시나리오를 놓아두고 온 바로 그날 저녁, 마린이 전화를 걸어왔다. 사소한 몇 가지를 제외하고는 시나리오가 매우 훌륭하다고, 자기가 꼭 주연을 맡고 싶다고 말하기 위해서였다. 이상하리만치 혼란스러웠다. 내 영화 제작을 순조롭게 만들어줄 마린의 호평이 감격스럽고 뛸 듯이 기쁘면서도, 동시에 영화제작을 복잡하게 만들 우려가 있는 그녀의 모호한 성격이 염려스러웠다. 당시에 나는 과학잡지의 기사와 연구를 통해, 천문학자들이 최근에 그 존재를 발견한 천체, 즉 빛을 퍼뜨리기보다는 빨아들이는 거대한 공간인, 그들의 용어를 따르면 '블랙홀'이 자급자족 시스템에 의해 스스로를 갉아먹고 주변 영역을 증대시키기 위해 자신의 가장자리를 삼켜버린다는 것을 알게 되었다. 천문학자들은 이 새로운 블랙홀을 '제밍가Geminga'라는 이름으로 불렀고, 이번엔 내가 내 여주인공을 "제밍가"라고 불렀다. 마린의 아들의 아버지인 리샤르가 사막에서 돌아왔다. 리샤르 또한 내 모델이, 영화를 만드는 사람이자 마린의 연인으로서 당연히 내 시나리오의 남자 주인공이 되었다. 나는 이번에도 정직하고자 그에게 시나리오를 보여주었다. 그는 내게 시나리오를 돌려주며, 마치 내가 5년 전에 그의 신발에 흘려 넣었던 도청기를 어느 날 갑자기 발견하기라도 한 것처럼, 수년 동안 자기도 모르게 염탐을 당한 끔찍한 기분이라고 말했다. 나는 시나리오를 발전시키기 위해 마린과 수차례 만났다. 그녀는 몇몇 등장인물들의 이름을 바꾸게 하는가 하면 어떤 장면들은 다시 쓰게 했고, 어떤 장면들은 삭제하거나 추가했다. 마린이 영화를 수락하자 영화제작이 가시화되었다. 그녀가 몇몇 관계자들을 증인 삼아 자신의 출연료를 영화제작에 투자하겠다고 약속한 뒤 제작자 크레디트에 이름을 올리자, 공동 제작사며 배급사며 티브이 방영사가 속속 따라붙었다. 당시 나는 생계 수단이었던 신문사 일에서 벗어나기 위해 돈이 필요했건만, 마린은 자신이 무한히 아끼는 이 프로젝트를 우리가 완전히 자유롭게 보존해야 한다고 주장하면서, 그들에게 내 시나리오를 팔지 못하게 했다. 연극 무대의 막이 오를 시간이 임박하여 택시를 잡으려 했으나 통 잡히지 않아 결국 버스를 타고서 마린을 극장까지 바래다주었던 날 밤, 나는 내 재정 상태가 그녀가 강요하는 독립성을 오래 지속시킬 만큼 탄탄하지 않다고 고백했다. 그녀가 나를 이상하다는 눈초리로 바라보았다. 언젠가 샤르가 한번에 300만 프랑을 버는 마린이 걸핏하면 자기한테 돈을 빌린다고 말했던 적이 있다. 이따금 내게서도, 돈 한 푼 없는 내게서도 푼돈을 빌렸듯이 말이다. 나는 당시 신문사 직속 상사였던 외제니와 함께 뉴욕의 한 기업가로부터 새로 창간되는 문화잡지에 대한 후원 약속을 얻어내고 돌아오는 비행기 안에서, 영화제작 준비 때문에 그녀의 요청대로 새 문화잡지의 창간 팀에 합류하여 개척자 중한 사람이 되는 것은 힘들 것 같다고 말했다. 나는 신문에 사실상 더는 칼럼을 쓰지 않았고, 매절로 고료를 받았기에 경제적으로 위태로운 상황에 내몰렸다. 우리는 제작사나 배급사와 회의를 거듭하며 서류상으로 수십억의 돈을 굴렸고, 우리가 내 영화 제작을 위한 투자금을 찾아내면 찾아낼수록, 내 통장의 대출액도 한도에 가까워져갔다. 마린이 퇴원했고, 사건은 잠잠해졌다. 마린은 상대 배우와 극장 여대표를 상대로 소송을 걸었다. 내가 마린을 다시 만난 것은 3월 초, 오스카 시상식에서였다.* 그녀는 할머니처럼 동그랗게 틀어 올린 머리에, 진주가 장식된 기괴망측한 하얀 드레스 차림이었고, 발에 맞지도 않으면서 굽은 지나치게 높은 구두를 신고서, 아직 서른 살도 되지 않았음에도 거나하게 취한 마에 웨스트**처럼 절뚝거렸다. 옷이 불길하네, 하고 나는 생각했다. 다음 순간, 마린은 그녀가 실패를 맛본 이후 떠난 연극 무대에서 갑작스럽게 그녀의 역할을 대신 맡더니 이번엔 영화제에서 강력한 여우주연상 후보로 그녀와 경쟁하게 된 여배우에게 끝내 상까지 빼앗기면서, 두 번의 수모를 당한 꼴이 되고 말았다. 나는 생각했다. 내가 아는 마린이 이 음울한 잔치에 참석했다면 그건 누군가에게서 그녀가 수상하리라는 귀띔을 받아서였을 텐데. 같은 잔치에서 나는 최우수시나리오상을 수상했다. 티브이로 시상식을 시청한 뮈질은 내가 "진심으로 만족한" 표정이었다고 말해주었다. 사실이었다. 며칠 뒤, 마린과 다시 만나 단둘이 저녁 식사를 하기로 되어 있었다. 나는 전화로 그녀가 인터뷰에서 우리의 공동 프로젝트에 대해 이야기하지 않은 것을 나무랐고, 그녀는 독촉에 짓눌린 짜증스럽고 애원하는 듯한 목소리로 기다리라고 대답했다. 나는 인도 요리 식당을 예약했고, 마린은 약속 시간 한 시간 전에 매니저를 통해 만남을 취소했다. 그녀와 통화하기 위해 수차례 전화를 걸었으나 실패한 나는 다소 늦은 밤에 다시 통화를 시도했다. 그녀는 평소엔 시간에 상관없이, 밤에도 개인 전화

★   실제로는 프랑스의 세자르 영화제다.
★★ 1920~1940년대에 활동했던 미국의 섹스 심벌 가수이자 배우.

89

로 거리낌 없이 내게 전화하곤 했었다. 신호음이 떨어지기도 전에, 저쪽에서 전화를 받았다. 억제된 숨소리가 느껴졌다. 내가 말을 하려는 순간, 전화가 끊겼다. 나는 침대에 누운 자세였다. 배신의 조짐에 순간 복부에 말뚝이라도 박힌 듯한 통증을 느꼈다. 침대의 네 다리가 마린이 작동시킨 회전목마처럼 빙글빙글 돌며 나를 고문했다. 다음 날, 리샤르를 만나 비밀을 지키겠다는 약속을 한 끝에 마린이 변심한 이유에 대해 들을 수 있었다. 그녀는 이제는 어느 정도 한물간 미국인 백만장자 배우와 연애 중이었던 것이다. 그는 마린에게 혼인증명서와 교환하는 조건으로 그녀의 꿈이었던 미국 영화 세 편의 주연 자리를 약속했다. 나보다 더 상처받은 리샤르가 내 생각을 물었다. 나는 이렇게 대답했다. "얼마 지나지 않아서 돌아올 거예요. 사고를 당한 여자처럼." 당시 내가 했던 말을 또렷이 기억한다. "조금은 심한 화상 환자처럼." 그때부터 나는, 마린이 약속을 취소한 다음 날 늘 그렇듯 이기심에 의해 자신의 양심을 달래고자 매니저의 편지를 통해서 우리의 프로젝트가 유효하다는 것을 알려왔음에도, 그녀의 참여 여부를 의심하면서, 그간 함께 회의를 진행했던 제작사며 배급사들과 밝은 표정으로 계속해서 프로젝트를 진행하는 한편, 주연 여배우 교체 방안을 제안해보았으나 당연히 일언지하에 거절당했다. 날로 불어나는 대출금에 물질적으로 위협을 느꼈으나, 신문사로 돌아가는 것은 내게는 도살장에서 목을 내미는 것과 같았기에, 나는 오늘까지 노트 세 권 분량의 내 일기와 내 목을 조르는 그 모든 불행 더미를 죄다 타이핑

해서, 내 책을 이미 다섯 권이나 출간한 바 있는 출판사 편집자에게 가져다준 뒤 가격을 협상하기로 마음먹었다. 나는 제작자에게 선불을 요청했듯 편집자에게도 선금을 요구할지 말지 망설였다. 뮈질은 말했다. "그 작자들한테 돈을 꾸는 인간이 되지 마. 그렇지 않으면 네 고기로 갚게 될 테니까." 내 머릿속에 난폭하게 울려 퍼지는, 한 번도 들어본 적 없는 표현이었다. 뮈질은 사망하기 몇 달 전, 내게 돈을 빌려주겠다고 고집했다. 어찌어찌 갚는 것이 불가능해져버린 돈을.

28

내가 내 책을 이미 다섯 권이나 출간한 출판사에 일기 원
고를 갖다놓자, 정직한 편집자가 다음 날로 계약서를 작성했고,
나는 내용을 단 한 줄도 읽어보지 않은 채 서명했다. 통상적인
계약서였고, 그를 전적으로 신뢰했기 때문이다. 그는 내 원고를
읽을 여유가 없다고 말했다. 분량이 400여 쪽에 이르기 때문이
라는데, 그는 평소 내게 등장인물이 여러 명 나오는 두툼한 소
설을 쓰라고 권해왔던 터였다. 평론가들이 너무 멍청해서 서사
가 탄탄하게 구축되지 않은 책은 이해하지 못하고 헤매다가,
결국 기사화하지 않기 때문이었다. 적어도 서사가 촘촘하게 짜
인 이야기는 내용 요약 기사라도 낼 수 있고, 그들은 그 외에
는 다른 것을 쓸 능력이 없었다. 그러니 미치지 않고서야 누가
400여 쪽에 이르는 일기를 읽는 것을 받아들이겠는가. 일단 인
쇄되면 분량은 두 배로 늘어날 테고, 종이값까지 계산하면 대
략 150프랑에 책을 판매해야 할 터였다. 나의 가엾은 친구가 내
책을 150프랑에 팔고 싶단다. 나는 무례하고 싶지 않았지만, 최
근에 출간된 내 책의 판매 실적이 그리 양호하지 않았음을 그
에게 상기시켰다. 당장 내 회계사한테 전화해서 물어볼까요?

이 남자는 2년 동안 내 책들을 2만 권 가까이 판매하면서 내 책들을 단 한 줄도 홍보하지 않았다. 이쯤 되면 내가 이 남자 앞에서 벌벌 떨며, 선인세가 아니라 그가 내게 응당 치러야 할 인세의 차액을 요구해야 할 상황이 아닌가. 그가 대꾸했다. "오! 선생의 저열한 감수성에 이제 슬슬 짜증이 치미는군요! 이번에야말로 머릿속에 똑똑히 새겨둬요, 내가 선생의 아버지가 아니란 걸!"

29

오스카 시상식 다음 날, 시상식을 티브이로 시청한 쥘이, 모르긴 몰라도 아마 내가 그를 초대하지 않은 것에 질투를 느꼈을 수도 있었을 텐데, 내 집에 와서는 머리를 잘라주었다. 우리에겐 익숙한 일이었으나 그 일요일 아침엔 예고도 없이, 내 상황을 묻지도 않고 찾아와, 사람들의 인식 속에 아기 천사의 그것처럼 약간 동그스름한 얼굴과 함께 내 이미지로 각인된 곱슬머리 금발에 거의 전적으로 헌신했다. 그가 급진적으로 머리칼을 싹둑싹둑 쳐내자, 돌연 조각이라도 한 듯 기름하고 각이진 내 얼굴이 드러났다. 다소 여윈 얼굴에 이마는 넓었고, 입술은 살짝 일그러져 쓸쓸해 보였다. 내게도 다른 이들에게도 낯선 얼굴이었다. 변화된 내 얼굴을 발견한 지인들은 충격으로 멍해졌다가, 이제껏 내가 아닌 캐릭터, 정확히 내가 그들이 사랑했던 캐릭터인 척 그들을 속인 것에 대해 다소 거칠게 나를 비난했다. 첫 희생자는 쥘이었고, 다음은 외제니였다. 그녀는 신문사에서 나를 보자마자 기겁하며 비명을 밀어낸 뒤 내게 사나워 보인다고 말했다. 마지막으로 뮈질은 자기 집 문을 열어주며 나를 발견하고는 방망이로 명치를 얻어맞기라도 한 듯, 잠시 충격에서 벗어나 적응할 시간을 달라고 요청했다. 전날 저녁까지만 해도 티브이로 이전의 내 얼굴을 보았던 터였다. 지금의 나는 뮈질이 사망하기 정확히 석 달 전 그에게 곧 서른 살이 될 내 얼굴을, 양 볼이 다소 팬 죽음의 얼굴을 보여줄 수 있었다는 사실에 만족한다. 쥘의 행위로 인해 내가 살아 있는 뮈질에게 곧 서른 살이 될 나의 진짜 얼굴을 숨기지 않아도 되었다는 사실에 행복하다. 왜냐하면 그날 뮈질은 공포에 질린 동작과 뒷걸음질을 자제하느라 스스로와 투쟁하며, 집중력의 힘으로 관대함을 되찾고서 마침내 나의 진짜 얼굴을 받아들이고는, 자기는 자기로 하여금 나를 사랑하게 만들었던 예전의 얼굴보다 지금의 내 얼굴이 더 좋다고 선언했고, 더 정확히는 천사 같은 곱슬한 금발의 사랑스러운 얼굴보다 지금이 나란 사람에게 더 어울리고 마침맞다고 덧붙였다. 결국 그는 쥘의 희생을 환영한다고 선언했고, 그것에 손뼉까지 쳐가면서 기뻐했다. 이제 뮈질이 어떤 사람이었는지 알겠는가. 누구도 대체할 수 없는 내 친구. 당시 뮈질이 내 공증인의 연락처를 물었다. 나는 빌에게도 내 공증인을 빌려주었는데, 젊은 남자와 사랑에 빠진 빌이 '돌연한 사고로 죽지 않는 한', 이 말은 살해당하지 않았을 경우를 의미하는데, 젊은 남자에게 재산을 물려주겠다는 유언장을 작성했기 때문이었다. 뮈질은 내 공증인을 만나고 나서, 착잡한 표정으로 돌아왔다. 그는 당연히 전 재산을 스테판에게 물려주고 싶어 했는데, 공증인의 설명에 따르면, 혈연관계로 맺어지지 않은 사람들 간의 상속에는 막대한 상속세가 따르는바, 뮈질이 그의 재산을 값비싼 그림으로 대체하여 그가 사망한 뒤 아파트에서 아파트로 그림을 옮김으로써 은밀하게 상속하지 않는 한, 스테판에게 불리하게 작용할 터였기 때문이다. 뮈질이 집을 나서는 나에게 자신의 입술을 검지 끝으로 가리키며 마지막 키스를 보낸 뒤, 사랑스러운 표정으로 말했다. "너한테도 조금 남길까 생각했었는데."

30

마린은 미국으로 이민을 떠났다. 이제 그녀의 소식은 선글라스를 낀 채 늙고 잘생긴 애인과 손을 잡고서 로스앤젤레스 거리를 나란히 걷는 모습을 망원렌즈로 뿌옇게 잡아낸 사진을 보여주는 연예잡지들을 통해서만 접할 뿐이다. 하지만 나는 작은 사진으로나마 그녀가, 내가 그토록 질겁했던 그 손을 감추고자 절대 벗지 않던 작고 새하얀 삼베 장갑 한 짝을 여전히 끼고 있는 것을 알아보았다. 그러니까 그녀가 리샤르나 나, 우리를 완전히 속인 것은 아니었다. 나는 6개월 전에 넘겼던 시나리오의 영화제작 지원금에 대한 답변을 기다렸다. 한때는 내 영화가 실제로 제작될 수 있으리라 믿었건만, 마린이 프로젝트에서 빠지는 바람에 이번 심사 결과가, 언젠가 내 시나리오가 영화로 제작될 수 있는 마지막 기회가 되고 말았다. 내게서 저간의 사정을 들은 뮈질은 내가 겪는 수모가 점점 심해지자, 내게 자존심을 꺾고 베벌리힐스에 사는 마린에게 편지를 보내라고 조언했다. 그가 내게 하이든의 〈고별〉이라는 교향곡에 얽힌 이야기를, 아마도 조금은 미화시켜서 들려준 적이 있다. 유미주의적 전제군주였던 에스테르하지 공의 궁정 작곡가로 고용된 하이든은 격문

형식으로 마지막 교향곡을 작곡했는데, 에스테르하지 공의 변덕 탓에 차가운 안개에 휩싸인 이 여름 궁전에 계절이 다 지나도록 붙들려 있느라 고향의 가족들을 만나러 가지 못하는 것에 불만을 품고 있던 연주자들을 그 마지막 교향곡에 참여시켰다. 오케스트라의 악기를 총동원한 그 교향곡은 성대하게 시작되었다가 연주자들의 눈앞에서 점차 규모가 줄어간다. 하이든은 마지막 독주만 남을 때까지 악기가 하나둘 사라지도록 악보를 썼고, 연주자들이 보면대 위에 놓인 촛불을 훅 불어 끄는 숨소리며 반질반질 윤이 나는 연주장 바닥을 삐걱대며 슬그머니 퇴장할 때 나는 발소리까지도 음악에 포함시켰다. 두말할 나위 없이 멋진 아이디어였고, 그것은 목숨이 사그라지고 있는 뮈질과 자취를 감춰버린 마린 둘 모두에게 적용이 가능했다. 나는 뮈질의 조언대로 마린에게 그 이야기를 편지로 써 보냈고, 결코 답신을 받지 못했다.

31

성신강림대축일의 긴 주말을 앞두고 뮈질이 부엌에서 쓰러졌다. 피가 흥건한 채 의식을 잃고 쓰러진 그를 스테판이 발견했다. 스테판은 그것이야말로 뮈질이 정확히 피하고 싶어 하는 일이라는 것을 잊고서, 그의 병은 멀찌감치 제쳐둔 채 뮈질의 남동생에게 연락했고, 동생은 자기 집 근처의 생미셸 종합병원으로 형을 옮겼다. 이튿날 나는 주방 가까이에 위치한 탓에 구내식당의 대구 튀김 냄새가 고스란히 스며드는 병실로 뮈질을 보러 갔다. 날이 화창했고, 뮈질은 웃통을 벗고 있었다. 완벽한 근육질의, 가녀리면서도 탄탄하고 주근깨가 흩뿌려진 멋진 구릿빛 육체가 시야에 들어왔다. 뮈질은 자기 집 발코니에서서 신나게 햇볕을 쐬곤 했다. 그가 쓰러지기 몇 주 전, 완공되기도 전에 폐쇄된 그의 시골 별장에서 함께 지낼 예정이었던 그의 조카가, 들어 옮기기도 힘든 웬 가방에서 아령들을 발견했다. 삼촌이 주폐포자충 폐렴 때문에 호흡이 가쁜데도 불구하고 폐를 점령한 세균이 걷잡을 수 없이 번식하는 것을 막고자 매일 들어 올리며 운동하던 것이었다. 내가 도착하자 뮈질의 누나가 우리를 단둘이 남겨둔 채 병실을 나갔다가 동생을 위해 간식과 과일 젤리를 가져다놓았다. 나는 그의 누나와는 한 번도 만난 적이 없었다. 그녀는 잿빛 머리를 틀어 올렸고 건강해 보였지만, 외과의사인 또 다른 남동생에게 들어 알게 된 진실이나 상황 때문에 계속해서 눈물을 글썽였고, 그렇지 않을 때면 가라앉아 있었다. 뮈질은 성신강림대축일 주말을 맞아 한산하고 적막한 병원의 대구 튀김 냄새가 풍기는 병실에서, 볕이 잘 드는 창문 앞의 기울기 조절이 가능한 1인용 흰색 인조가죽 소파에 앉아 있었다. 그가 내 눈을 피하며 말했다. "어떤 상황이든 할 말이란 있기 마련일 거라 생각했는데, 정작 이렇게 되고 보니 아무 할 말이 없네." 그는 이제 안경을 쓰고 있지 않았다. 아주 미세하게 주름이 잡힌, 청년 같은 그의 상체와 함께 안경을 쓰지 않은 그의 얼굴이 내 눈에 들어왔다. 무슨 말을 해야 할까. 나는 뮈질의 모습을 애써 담아두지 않았다. 내가 번번이 떠올리기를 피하는 뮈질의 이미지는, 그럼에도 불구하고 그가 내 앞에서 안경을 벗은 뒤 잠시 눈을 비비던 순간을 제외하고는 그의 안경과 함께 나의 기억 속에, 나의 가슴속에 각인돼 있다. 쓰러질 때의 충격으로 뮈질의 뒤통수엔 피가 조금 말라붙어 있었고 그가 다시 침대로 가기 위해 기력이 쇠한 몸을 일으키자 그것이 보였다. 침대 상단엔 손잡이가 달려 있어 그것을 잡고 몸을 뉘거나 일으킬 수 있었다. 뮈질은 그 손잡이에 의지하여 몸을 일으켰고, 그것은 발작적인 신경성 경련으로 다리가 뻣뻣해지면서 온몸을 경직시키고 가슴을 쥐어짜내는 듯한 근육운동이자 호흡운동이었다. 뮈질은 끊임없이 쏟아지는 발작적인 기침에 숨을 헐떡였고, 그가 기침을 하지 않을 때는 내게 방에서 나가달라고 요청할 때뿐이었다. 나이트테이블 위엔 가래를 뱉을 갈색 종이봉투 하나가 놓여 있었다. 간호사는 병실에 들를 때마다 그에게 가래를 뱉어야 한다고, 최대한으로 뱉어야 한다고 말했고, 간호사의 말을 들은 누나도 방을 나갈 때면 그에게 가래를 뱉어야 할 봉투를 가리키며 최대한으로 가래를 뱉으라고 말했다. 뮈질은 짜증스러워했다. 더는 뱉어낼 것이 없었다. 그는 허리천자를 받아야 했고, 두려워했다.

32

생미셸 병원으로 매일 뮈질을 보러 갔다. 병실에선 여전히 대구 튀김 냄새가 풍겼고, 여전히 쨍쨍한 햇살이 사각형의 창문 언저리에 머물렀으며, 뮈질의 누나는 내가 병실에 들어서자 자리를 피해주었다. 뮈질은 과일 젤리에 입도 대지 않았고, 가래를 뱉는 종이봉투는 비어 있었으며, 허리천자는 실패로 돌아갔다. 그래서 다시 시도해야 했는데, 그것은 끔찍한 고통이었다. 간호사들은 뮈질의 나이에 따른 척추 압박 때문에 골수에 바늘이 삽입되지 않는다고 설명했다. 뮈질은 그 고통을 경험한 만큼 세상 무엇보다 그것을 두려워했다. 이제는 그의 눈에서도 고통의 공포가 읽혔다. 체내에서 더는 통제되지 않고, 병을 억제한다는 구실로 외부적 처치를 하느라 인위적으로 발생하는 고통의 공포. 뮈질에게는 이 고통이 이미 익숙해진 내부의 고통보다 더 끔찍함이 분명했다. 나는 지원금을 따내지 못하는 한 사실상 제작이 무산될 양상에 접어든 내 영화 프로젝트의 잠정적 실패에 뜨겁게 데인바 마지못해 신문사 일을 다시 시작했고, 이런저런 칼럼들을 작성했다. 얼마 전엔 어린이들의 천진한 얼굴이 담긴 사진을 수집하는 컬렉터를 인터뷰했는데, 그때 받았던 그의 전시 도록을 뒤질을 위해 가져온 신문들과 함께 여기 이렇게, 내 무릎에 올려놓고 있다. 소파까지 가서 앉는 초인적인 노력을 포기한 채 침대에 누워 있는 뮈질 옆에 나란히 앉아 도록을 보여주려고 마음먹었기 때문이다. 우리는 이내 〈슬픈 소년〉이라는 제목이 붙은 사진에 눈이 멎었다. 한 번도 그 나이 때 뮈질의 사진을 본 적은 없었지만 분명히 뮈질의 어린 시절 사진이 될 법한 얼굴이었다. 학구적이고 우수에 젖은 표정. 완고하면서도 열정적이고, 내성적이지만 경험을 갈구하는 얼굴. 뮈질이 불쑥 내게 요즘 무얼 하고 지내는지 물었다. 돌연, 뮈질의 총기가 흐려지는 가운데, 전에는 매일 통화했기 때문에 그가 시간별로 꿰고 있던 내 일상이 그에게 미스터리가 되었다. 뮈질은 의심스럽다는 듯 내게 질문했는데, 마치 한순간 친구에게서 자신이 혐오하는 한가함이 만성이 된 게으름뱅이의 모습을 보았거나, 혹은 내가 그의 적들에게 매수되어 그들의 동지가 된 뒤에 그의 영락을 가속화하기 위한 음모를 꾸미느라 시간을 보내기라도 한다는 듯한 태도였다. "아니, 대체 하루 종일 뭘 하면서 지내?" 그는 매일 같은 질문을 되풀이했다. 자기는 신체 활동이 마비된 채, 프랑스오픈 롤랑가로 테니스 대회를 생중계하는 티브이 화면으로 테니스공의 움직임을 좇아 눈동자를 반복적으로 굴리는 것이 운동의 전부였으면서. 나는 맹인들에 관한 원고에 다시 손을 댔다고 대답했다. 순간 그의 눈빛에, 예정된 시리즈의 마지막 권을 완수할 수 없다는 무력감을 인식한 극심한 고통이 번뜩였다. 나는 그를 병문안한 첫날부터 일기를 썼다.

세부 사항 하나하나, 동작 하나하나, 상황 때문에 잔혹하게 걸러진 극히 드문 대화도 단어 하나 빠트리지 않고 기록했다. 이와 같은 일과에서 나는 안도감과 역겨움을 동시에 느꼈다. 만일 뮈질이 내가 첩자처럼, 적처럼 그 모든 것을, 그 모든 비루한 사소한 것들을 일기장에 옮기고 있다는 걸 알았다면 크게 상심했으리라는 것을 나는 알고 있다. 내 일기의 목적이 어쩌면, 이 점이 가장 혐오스러운데, 어쩌면 뮈질보다 오래 살아남아서, 그가 자기 속에 단단히 품은 비밀이 전혀 보이지 않도록, 불투명하게 반짝이는 검은 다이아몬드의 매끄러운 면들만을 남겨둔 채, 자신의 삶에서 지워버리고 싶어 하는 진실을 증언하는 것일 수도 있기 때문이다. 이 일기가 그의 전기傳記가, 불확실성으로 가득 찬 진정한 애물단지가 될 위험이 있기 때문이다.

33

기억은 아마 불쑥 고개를 쳐들겠지만, 이 일기장을 다시 들
추고 싶지는 않다. 5년이 흐른 지금, 이 일기의 기원에 지나치게
밀착되어 고약하게 되살아나는 슬픔과 마주하고 싶지 않으니
까. 뮈질이 피티에살페트리에르 병원으로 이송되었다. 내가 새
병실에 들어섰을 때, 친구들만 가득할 뿐 뮈질은 보이지 않았
다. 다들 그가 마지막으로 시도하는 허리천자를 마치고 돌아오
기를 기다리고 있었다. 뮈질은 골수를 도둑맞는 중이었다. 스테
판은 집에서 우편물을 한 아름 가져와, 뮈질이 수고롭게 우편
물들을 개봉하지 않아도 되게끔, 어떤 용건으로 온 것인지 읽
어주며 차례차례 쓰레기통에 버렸다. 그날은 우편물 중에 마투
의 책이 섞여 있었다. 시체 냄새를 연상시키는 제목의 책이었는
데, 뮈질이 책을 뒤적여 헌사를 찾아내더니 그것을 읽었다. "그
향기." 당황한 그가 내게 무슨 뜻인지 물었고, 나는 짐짓 껄렁
하게 딱 마투스럽다며, 특별히 이해해야 할 아무 의미도 없다
고 대답했다. 그 자리에 있던 여성 지인이 침묵을 무마하기 위
해 그랑팔레에서 열린 전시회 이야기를 꺼냈다. 전시장엔 뮈질
이 한 에세이에서 길게 설명한 바 있는 유명한 그림도 걸려 있

었다. 하지만 뮈질은 그것이 어떤 그림이었는지 기억하지 못했고, 빛이 꺾인 자신의 총기에 당혹스러워하는 좌중을 의식하며 그는 그림의 주제에 대해 물었다. 치료 시간이 되어 다들 병실에서 나왔을 때, 스테판이 병원 안뜰에서 모두에게 뮈질의 병이 중병이라고 알렸다. 이제껏 우리가 뮈질 앞에서 편안한 모습을 보일 수 있게 하기 위해 숨겨왔고, 그 자신도 안 지 얼마 되지 않았으며, 뇌 곳곳에서 복구 불가능한 손상이 발견되었다고 덧붙이면서, 무엇보다 이 사실이 파리에 퍼지면 절대 안 된다고 신신당부했다. 그는 우리 중 몇몇이 기꺼이 베풀겠다는 '정신적 도움'을 거부하더니 불쑥 혼자서 자리를 떴다.

34

이튿날 뮈질과 단둘이 병실에 있게 되었을 때, 나는 오래도록 그의 손을 잡고 있었다. 여름에 그의 아파트에서, 활짝 열어둔 덧문으로 비쳐들어 천천히 저무는 태양빛을 받으며 하얀 소파에 나란히 앉아 종종 그랬던 것처럼. 이윽고 나는 그의 손등으로 입을 가져가 키스했다. 집으로 돌아와 부끄러움과 안도감 속에서 비누칠로 입술을 씻어냈다. 마치 전염이라도 된 것처럼, 마치 내 목구멍 깊숙이 늙은 매춘부가 혀를 쑤셔 넣은 뒤에 에드거앨런포 거리의 호텔 방에서 입술을 씻어냈던 것처럼. 부끄러움과 안도감이 깊었던 나머지 나는 일기장을 펼쳐 이전의 병문안들에 대해 연달아 기록했다. 하지만 이 치사한 행위를 글로 옮기고 나자 부끄러움과 안도감이 한층 깊어졌다. 나는 무슨 권리로 이 모든 것을 썼단 말인가? 대체 무슨 권리로 우정에 그와 같은 흠집을 냈던가? 그것도 온 마음으로 사랑한 사람에게? 당시엔 믿을 수 없으리만치 놀라운 어떤 환각, 또는 현기증을 느꼈다. 이 환각, 또는 현기증이 내게 전권을 부여하여 이 비열한 기록 행위를 하도록 위임하고, 내게 그럴 자격이 충분하다고 알려줌으로써, 그러니까 우리가 계시나 강렬한 예감이라고 부르는 것 말이다, 내 행위를 정당화시켜주었다. 왜냐하면 나는 내 친구의 단말마가 아니라, 내 친구의 것과 동일할, 나를 기다리고 있는 단말마를 기록하는 중이었고, 이제부터 우리는 우정뿐만 아니라 공통적인 타나토스의 운명으로도 연결되었다고 확신했기 때문이다.

35

뮈질이 복도 끝 중환자실로 옮겨졌다. 스테판이 면회 전에 손을 소독하고 비닐장갑과 비닐로 된 실내화와 위생복과 위생모를 착용해야 한다고 알려주었다. 중환자실로 들어가니 그런 아수라장이 또 없었다. 흑인 사내 하나가 뮈질의 누나에게 악을 쓰고 있었다. 누나가 뮈질에게 몰래 음식물을 가져다주었기 때문이다. 사내가 작은 바닐라푸딩 통들을 바닥에 집어 던지면서 이것들은 반입 금지이고, 마찬가지로 나이트테이블 위에 쌓여 있는 저 모든 것들도 금지라고 외쳤다. 위생상의 이유로, 그리고 위급 상황 시 중환자실 간호사인 자신의 동선을 확보하기 위함이라며. 이어서 여기는 도서관이 아니라며 스테판이 출판사에서 가져온, 인쇄소에서 갓 나온 뮈질의 책 두 권을 집어 이것도 여기서 필요 없는 물건이라고, 여긴 오직 환자의 몸과 의료기기만 있어야 한다고 호통을 쳤다. 뮈질이 내게 아무 말 말고 나가달라고 애원하는 눈빛을 보냈다. 그는 정신적으로도 혹독한 고통을 겪고 있었다. 불행한 자에게 가장 심한 욕이 되어버린 6월의 태양으로 환한 병원 앞마당에서, 나는 처음으로 뮈질이 이제 곧 죽으리라는 것을 깨달았다. 스테판에게 들었을 땐 믿고 싶지 않았었다. 그런 확신이 들자 나를 지나치는 사람들의 시선 속에서 내 얼굴이 일그러졌다. 비틀린 내 얼굴이 눈물 속으로 흘러내리며 형체를 잃더니 나의 절규 속에서 갈가리 찢겨 흩어졌다. 미치도록 고통스러웠다. 나는 곧 뭉크의 〈절규〉였다.

36

다음다음 날, 병원 복도에서 유리창 너머로, 하얀 이불을 덮고 눈을 감은 채 누워 있는 뮈질을 바라보았다. 그는 허리천 자를 받은 뒤였고, 이마에 구멍 자국이 나 있었다. 전날에 뮈질은 내게, 자기는 눈을 감고 있겠으니 대답이 없더라도 계속해서 이야기를 해달라고 부탁했었다. 그저 내 목소리를 들을 수 있도록 이야기를 하다가 내가 지치면, 그때 인사 없이 떠나라고. 그런 그에게 나는 멍청이처럼 오전에 알게 된, 영화제작 지원금을 받을 수 없게 되었고 따라서 마지막 남은 희망마저 사라졌다는 소식을 전했다. 뮈질은 스핑크스처럼 수수께끼를 내듯, 이렇게만 말했다. "1986년에 총선을 치르고 나면 모든 것이 다시 시작될 거야." 간호사 하나가 복도에서 나를 뒤쫓아 와, 가족이 아니면 사전 허가 없이 병실에 들어갈 수 없으니 의사에게 들러 면회 허가를 받으라고 주의를 주었다. 뮈질의 병실로의 출입이 통제되고 있었다. 언제 어디서 하이에나 같은 작자들이 나타나 뮈질의 사진을 찍어 갈지 몰랐기 때문이다. 젊은 의사가 내게 누구냐고 묻더니 마치 내가 자기가 암시하는 바를 정확하게 알고 있다는 듯 우회적으로 얘기했으나, 실상은 전혀 그렇지 않았다. "아시겠지만, 솔직히 말씀드리면, 명백히 밝혀진 바 없는 이런 종류의 질병은, 조심하시는 게 좋아요." 그는 내가 살아 있는 뮈질을 다시 보러 가는 것을 허가하지 않으면서, 친구보다 가족을 우선시하는 혈연 우선의 법칙을 상기시켰고, 내가 뮈질의 최측근이라는 사실은 전혀 고려해주지 않았다. 그자의 면상에 침을 뱉어주고 싶었다.

37

다비드도 나도 뮈질을 다시 만나지 못했지만, 뮈질은 우리가 곁에 있어주기를 바랐다. 우리가 소식을 듣기 위해 매일 전화하는 스테판이 확인해준 사실이다. 나는 피티에살페트리에르 병원으로, 뮈질에게 사랑한다고, 이 순간을 기다릴 필요가 있었노라고 쓴 짧은 편지를 보냈다. 이집트의 아스완 호텔 발코니에서 귀스타브가 찍어준, 나일강으로 떨어지는 석양을 등지고 선 내 컬러사진 한 장과 함께. 우편물은 적어도 뮈질에게 전달은 되었다. 스테판은 나를 기쁘게 해주려는 심산으로, 자기가 병실에 들어섰을 때 뮈질이 그 사진을 손에 들고 있다가 들킨 적이 한두 번이 아니라고 말해주었다. 스테판의 설명에 따르면, 뮈질은 이제 암시적인 문장들만을 이따금 던질 뿐 의사 표현도 제대로 하지 못했다. 가령 "포틀래치*가 너한테 불리하게 작용할까 봐 걱정이다"라든가 "소련이 다시 하얘졌으면 좋겠어"라고 하는 식이었다. 혈연 우선의 법칙 때문에, 가장 우선적인 스

★ 북서부 아메리카 인디언 사회에서 족장이나 여유 있는 사람들이 부족원들에게 음식이나 선물을 나누어주던 풍습.

테판 외에도, 애정이 있었음에도 지난 수십 년간 뮈질과 적잖이 멀어졌던 누나에게 그를 면회할 권리가 주어졌다. 그녀는 매일 동생을 보러 왔다. 젊은 의사는 자기가 이따금 뮈질과 장시간 이야기를 하며 밤을 보내기도 한다고 스테판에게 보고했다. 어느 날 오후 집으로 돌아와서는, 뮈질의 사진을 좀 갖고 있는지 묻는 신문사 동료의 전화를 받았다. 내가 영문을 몰라 하니 동료가 울음을 터뜨렸다. 나는 전화를 끊은 뒤 택시를 타고 병원으로 갔다. 중환자실이 있는 건물 앞마당에서 다른 지인들과 함께 있는 스테판과 마주쳤다. 그가 평소와 다름없는 어조로 내게 말했다. "어서 올라가서 키스해. 널 정말 사랑해." 한달음에 달려가서 엘리베이터에 올라 혼자가 되자, 의문이 일었다. 스테판은 현재형으로 얘기했어. 어쩌면 그저 소문이었는지도 몰라. 그러고 보니 진짜라기엔 스테판의 태도도 지나치게 평범했어. 복도를 걸었다. 아무도 없었다. 병실을 지키는 이도, 당직 간호사도. 마치 사력을 다한 뒤에 모두가 휴가라도 떠난 듯이. 나는 병실 유리창 너머로, 하얀 이불을 덮은 채 눈을 감고 누워 있는 뮈질을 보았다. 네임밴드를 찬 손목과 다리가 이불 밖으로 나와 있었다. 더는 안으로 들어갈 수 없었다. 더는 뮈질에게 키스할 수 없었다. 나는 간호사 하나의 옷깃을 붙들고 그녀를 복도 쪽으로 밀어붙였다. "정말 죽은 겁니까? 네? 정말 죽었어요?" 무엇보다, 대답을 듣고 싶지 않았다. 나는 밖으로 뛰쳐나갔다. 오스테를리츠 다리를 내달리며 가수이자 작곡가인 에티엔 다오가 내게 외우게 했던 프랑수아즈 아르디의 노래를 목이 터져라 불렀다. "내가 당신보다 먼저 떠난다면 / 내가 아직 거기 있을 거라 생각해 / 나는 비와 바람 / 태양과 원소들에 스며들어 / 언제나 당신을 어루만질 거야 / 공기는 온화하고 상쾌하겠지 / 당신이 좋아하는 대로 / 설령 당신이 몰라본다 해도 / 머지않아 나를 알아차릴 거야 / 내가 짓궂어질 테니까 / 폭풍우가 되어 / 당신을 괴롭히고 춥게 할 테니 / 공기도 나의 고통만큼 절망적이 되겠지 / 그런데도 당신이 우리를 잊는다면 / 그땐 나도 비와 / 태양과 원소들을 떠날 수밖에 / 정말로 당신을 떠날 수밖에 / 우리를 떠날 수밖에 / 그땐 바람만이 불겠지 / 망각처럼." 나는 오스테를리츠 다리 위를 전속력으로 달렸다. 행인들은 아직 모르지만, 나는 세상 사람들의 표정을 바꿔놓을 비밀을 지닌 자였다. 그날 저녁 뉴스에서, 뮈질이 아끼던 크리스틴 오크랑이 자료 화면을 통해 뮈질에게 그의 파안대소를 되돌려주었다. 나는 다비드의 집으로 갔다. 그는 장과 함께 있었는데 둘 다 웃통을 벗은 채 온몸을 긁어대고 있었다. 충격을 이기기 위해 헤로인을 흡입한 상태였다. 내게도 권했지만 나는 도로 나와 계속해서 노래를 불렀다.

　　뮈질이 죽은 다음 날, 스테판과 함께 그의 집 근처 피자집에서 점심을 먹었다. 스테판은 뮈질이 에이즈로 사망했다고 알려주었다. 자기도 전날 저녁까지 몰랐는데 뮈질의 누나와 함께 병원 영안실 사무처에 갔다가 명부에 '사인: 에이즈'라고 적힌 것을 보았다고 했다. 누나는 그 부분을 삭제해달라고, 완전히 말소시켜달라고 요구했다. 그 부분만 긁어내든지, 아니면 아예 그 한 장을 찢어내고 다시 작성했으면 좋겠다고. 물론 그 명부는 비밀이 보장되는 서류였으나 또 누가 알겠는가. 혹시 10년 내지 20년이 지나 어느 전기 작가 넝마주의가 찾아와 명부를 들쑤시며 그 장을 복사하거나 다음 장에 들러붙어 찍힌 자국을 정밀 감식할지. 스테판은 뮈질의 가족이 아파트에 들이닥칠 것에 대비하여 안전한 곳에 숨겨두었던 뮈질의 유일한 친필 유언장을 서둘러 공개했다. 하지만 유언장의 용어들이 지나치게 암시적이었고, 스테판을 명백한 상속인으로 지목하지도 않았다. 나는 뮈질이 지난 수개월간, 내가 연락처를 알려준 공증인과 상담해왔다는 사실을 말해주며 스테판을 안심시켰다. 스테판은 공증인과 만났지만 별다른 성과 없이 돌아왔다. 유언장은 존재했고, 물론 그에게 유리한 내용이었지만, 공증인과 뮈질의 대화를 기초로 작성된 초안에 지나지 않았다. 그 뒤 뮈질은 공증을 위해 서명하러 오지 않았고, 설상가상으로 유언장은 그의 자필로 작성되지 않은바, 아무런 법적 효력이 없었다. 스테판은 아파트 소유권과 아파트에 있는 원고들을 얻기 위해, 그에게 법적 권리가 없는 저작권과 저작자인격권을 포기하는 조건으로 가족과 협상을 벌여야 했다.

39

화장터에서 멀지 않은 피티에살페트리에르 병원 안뜰에서 발인이 있던 날 아침, 부분적인 교통 파업 탓에 제시간에 도착할수 없었다. 알레지아 광장에 택시가 없어서, 하는 수 없이 지하철을 타러 내려갔다. 두세 번 환승해야 해서 늦기는 매한가지였지만. 앞을 지날 때마다 등골이 오싹해지는 그 시체 공시소, 그영안실 가까이에 왔다고 생각하며 센강 변에 위치한 오래된 동네의 잿빛 골목에 들어서니 많은 인파가 지정된 장소를 찾아몰려들고 있었다. 스테판이 일간지 두 곳에 부고를 냈기 때문이었다. 그는 수년 전에 먼저 사망한 다른 저명한 철학자의 성대한 장례식과 비교하여 뮈질의 장례식이 초라해 보일 것을 우려했던 것인데, 막상 가보니 골목은 경찰차들로 둘러싸인 데다발인이 있는 안뜰에 너무 많은 인파가 운집한 탓에 나는 사람들을 비집고 안쪽으로 들어가기를 포기한 채 뒤꿈치를 들어 올려 안을 들여다보아야 했다. 뮈질과 가까웠던 한 철학자가 모자를 손에 들고 궤짝 같은 곳에 올라가 추도문을 속삭이듯 낭독하고는 원고를 스테판에게 헌정했다. 더 크게 읽으라는 소리가 터져 나왔다. 관이 출발하자 인파가 흩어졌다. 나는 스테판과 다비드에게 다가갔다. 스테판이 내게 시신을 다시 보지 않아 다행이라고, 아름다운 볼거리가 아니었노라고 말했다. 다비드는 뮈질의 가족이 살고 있는 마을인 모르방에서 거행되는 장례식에는 가고 싶어 하지 않았다. 장례식을 지켜볼 정신력이 없다면서. 나는 그와 함께 가고 싶었지만, 그는 끝까지 거부했다. 하지만 그가 틀렸다. 장례식은 불행했던 지난 몇 주에 비하면 상당히 밝고 유쾌한 분위기였다. 차들이 출발하기 전에, 숱한 사람들이 스테판 주위를 분주히 오갔다. 뮈질의 친구였던 한 유명 여배우는 관이 땅에 묻힐 때 대신 던져달라며 자기 집 정원에서 꺾어 온 장미 한 송이를 스테판에게 주었다. 바로 그때 나로서는 처음 보는 뮈질의 여비서가 내게, 뮈질과 마지막으로 회의했을 때 뮈질이 전 세계에서 들어온 초청이란 초청에 죄다 긍정적인 답신을 보내게 했다는 말을 들려주었다. 그중에는 날짜가 겹치는 것도 있었는데 그럴 때면 뮈질은 애석해했고, 캐나다에서 열리는 콘퍼런스니, 조지아주에서 개최되는 세미나니, 뒤셀도르프에서 열리는 낭독회니 가리지 않고 참석할 생각에 미리부터 손을 비비며 신나했다는 것이다. 뮈질의 조교 그리고 스테판과 함께 모르방으로 향하는 길에 휴게소에 들러 식사를 했는데, 뮈질이 생전에 이 집의 소시지 구이를 좋아했던 것을 떠올린 스테판의 아이디어였다. 뮈질의 모친이 우리를 맞았다. 태도가 뻣뻣하고 풍채가 좋으며 솔직한 기질의 그녀는 눈물 없는 담담한 표정으로 18세기 그림 밑에 놓인 등받이 높은 1인용 소파에 파묻힌 채, 애도를 표하러 온 마을의 여성 유지 몇몇에게 둘러싸여 있었다. 방 한가운데 있는 작은 원탁에는, 뮈질의 사진으로 표지를 장식한 주간지가 보란 듯이 놓여 있었다. 우리는 뮈질의 남동생과 함께 저택을 둘러보았다. 대궐 같은 집이었다. 두말할 것 없이 위풍당당한, 지방의 부르주아 집안. 도청 소재지에 위치한 데다 외과 의사 가장을 둔, 마을에서 가장 존경받는 명망 높은 집안. 뮈질이 그토록 부유한 가정에서 태어났으리라고는 전혀 생각지 못했었다. 그럼에도 곰곰 생각해보면 모든 것이 아귀가 맞아떨어졌다. 돈에 대한 무책임성이 덧대어진 예리한 경제 감각, 내가 외려 소시민적 반응으로 오해했던 모든 종류의 사치에 대한 정색과 경계심. 뮈질과 쌍둥이라고 해도 믿을 법한 남동생이 우리에게 멋진 정원을 보여주면서, 한순간 고개를 떨구더니 말했다. "치료할 수 없는 병이었다네요." 그는 우리를 뮈질의 서재로 데려갔다. 뮈질이 대학생이었을 때 공부하던 곳으로, 그 집에서 가장 열악한 장소였다. 본래 정원용품 창고인 곳에 책장을 들여 서재로 꾸민 양 난방조차 되지 않는 곳이었다. 이후 뮈질의 모친은 그의 책들을 죄다 그곳에 보관했다. 나는 우선 책장에서 책 한 권을 꺼내어 헌사를 읽었다. '이 책의 탄생에 기여했고 이 책의 첫 판본을 받아 마땅하실 엄마께.' 이튿날 내 어머니가 전화를 걸어와 라디오에서 뮈질의 모친이 한 인터뷰를 들었노라고 말했다. 뮈질의 모친은 공동묘지 벽 앞의 접이식 의자에 앉아 기자들을 맞았다. 그녀는 일종의 기자 회견을 열고 선언했다. "뮈질이 어렸을 때 빨간색 금붕어가 되고 싶다기에 내가 말했죠. 아가, 그건 불가능하단다. 넌 찬

물을 싫어하잖니. 내 말에 아이가 깊은 혼란에 빠지는 것 같더니 이렇게 대답하더군요. 그럼, 아주아주 잠깐 동안만요. 금붕어는 대체 무슨 생각을 하는지 너무나 알고 싶거든요." 뮈질의 모친은 묘지의 석판에 뮈질이 생애 말에 강의를 했던 명망 높은 교육기관*의 이름을 명시하라고 주문했다. 스테판이 그녀에게 말했다. "안 그래도 다들 아는걸요." 그녀는 이렇게 대답했다. "물론 지금이야 다들 알겠지. 하지만 20년, 30년 후엔 아무것도 없이 오직 책으로만 평가받게 될 거야." 우리는 차례로 우리 앞에 내밀어진 바구니에서 꽃 한 송이씩을 받아 구덩이 속으로 던졌고 그때마다 한 명 한 명, 언론사 기자들의 카메라 플래시 세례를 받았다. 저녁에 집으로 돌아와 쥘에게 전화를 걸었다. 그는 오래 통화할 수 있는 상황이 아니었다. 나이트클럽에서 건진, 그도 약간 겁을 먹었을 정도로 마약에 찌든 두 청년과 한창 재미를 보는 중이었기 때문이다. 베르트는 5개월 된 그들의 딸과 함께 시골에 내려가 있었다.

---

* 콜레주드프랑스. 당대 최고의 석학들만이 교수로 초빙되는 프랑스 최고 권위의 평생교육대학.

40

갑작스럽게 친구의 상을 당했을 때 흔히 그러하듯 나도 반발심을 느꼈고, 따라서 상속 문제로 진퇴양난에 빠져 있는 스테판에게 잠시 그것에서 벗어나 여행을 하면서 머리를 식히라고 부추겼다. 내가 친구들과 함께 휴양하고 있는 엘바섬으로 오라고. 실은 뮈질이 사망하지 않았더라면, 뮈질과 스테판도 이곳에 함께 와 있었을 것이기도 했다. 뮈질이 죽기 전 반년 동안, 우리 셋은 종종 이 여행에 대해 이야기하곤 했었다. 스테판과 나는 정말로 갈 생각이었고, 뮈질은 현실에 대한 자각과 허황된 꿈이 뒤섞인 이중적 언사로써 우리로 하여금 그 또한 출발일이 머지않은 이 여행을 갈 생각이 있다고 믿게 만들었다. 본격적인 여행 준비 때문에 그가 나 몰래 스테판에게 진실을 고백할 수밖에 없는 날이 왔을 때까지 말이다. 뮈질이 죽고 나서 스테판이 내게 들려준 바에 의하면, 뮈질은 애초에 자신이 여행을 할 수 있으리라고는 조금도 생각지 않았다. 스스로의 건강도 염려되었고, 그를 죽음으로 몰고 간 병원균이 다른 이에게 전염될 가능성도 거의 확실했기 때문이다. 스테판은 피부과 전문의를 찾아가 상담했고, 그 자신도 많은 것을 알지 못하면서 스테판을 안심시키고 싶었던 의사는, 자기가 알기로 에이즈는 한 육체 내에 적어도 두 종류의 감염원, 함께 있으면 폭발 작용을 일으키는 감염된 두 정액이 존재할 때 전염되는바, 스테판이 위기를 모면한 것이 확실하다고 선언했다. 나는 스테판에게 엘바섬의 우리에게로 오라고 청했다. 귀스타브가 이 미망인에게 자기 방까지 양보했는데도 스테판은 계속해서 못나게 굴었다. 모두가 보는 앞에서 통곡하는가 하면, 모두 모여 저녁 식사가 한창일 때 자리를 박차고 일어나 자기 방으로 가서 벽이 울릴 만큼 세게 문을 쾅 닫아버리는 식이었다. 나는 15분 남짓 지난 뒤에 눈물의 홍수를 막기 위해 그의 방문을 두드리는 임무를 맡았다. 스테판은 처음에는 거부하다가 한참 만에 문을 연 뒤, 울먹이는 중간중간 이런 말을 내뱉었다. "네가 이 정도로 나쁜 놈일 줄은 상상도 못 했어. 뮈질도 꿈에도 몰랐을 거다. 넌 우리둘 다를 속였어. 교활한 배신자 같으니. 뮈질만 불쌍하지. 너란놈을 단단히 착각했으니 말이야!" 나는 그에게 실은 나도 사람들 속에 끼어 있을 때 어떻게 처신해야 할지 잘 모르겠다고, 좌절한 듯 오만상을 짓고 있어야 할지 적극적으로 희희낙락해야할지, 그 사이에서 원만한 중간 지점을 찾기가 어렵다고, 그런데 어느 날 뮈질한테 이 딜레마를 토로했더니 무엇보다 억지로 애쓰지 말라고, 억지로 애를 쓰는 것이야말로 친구들한테는 최대의 모욕이라고, 나는 나일 뿐이고 친구들은 그런 나를 받아들인 거라고, 왜냐하면 친구들은 있는 그대로의 나를 좋아하기 때문이라고 그가 조언해주었다고 말했다. 나의 말에 스테판은 하마터면 내 손에 입을 맞출 뻔했다가, 나를 사랑스럽다는 듯 하염없이 바라보더니, 다른 사람들을 대하는 내 태도를 양해했다. 아울러 그는 뮈질의 죽음 때문에 자기가 이토록 잘생긴 남자들로 가득한 이토록 멋진 집에서 지내게 되었다는 사실에 극도의 죄책감을 느꼈노라고 털어놓았다. 당연히 나는 그 여름에, 수영을 한 뒤 바위 위에서 알몸으로 내 옆에 나란히 누워 일광욕을 하던 귀스타브에게 이렇게 말했다. "우리 모두 그 병으로 죽을 거야. 나, 너, 쥘, 우리가 사랑하는 이들 모두가." 스테판은 엘바섬을 떠나 런던으로 갔고 그곳에서 에이즈 환자 협동조합과 접촉했다. 그리고 귀국해서는 프랑스에 유사 기구를 설립하기로 결심했다.

41

스테판은 뮈질의 아파트 소유권을 이전받기 전에, 내게 뮈질이 남겨둔 그대로의 아파트 모습을 촬영해달라고 부탁했다. 그는 내가 아파트 상속의 증인이 되어주고, 뮈질 연구자들을 위한 자료를 만들어주기를 바랐던 것이다. 아파트 마당에 들어서는데, 요란한 소리로 쩍쩍거리는 참새 떼를 쫓아버리기 위해 담장을 감고 올라가던 담쟁이를 모조리 치운 것이 눈에 들어왔다. 뮈질의 집으로 저녁 식사를 하러 가기 위해 아파트 마당을 통과할 때마다 들려오던 소리였다. 약속된 날 아침, 뮈질이 죽은 이후 처음으로 그의 아파트에 발을 들였던 그날, 날이 흐리다가 내가 카메라를 꺼내자마자 기적처럼 다시 해가 비쳤다. 나의 자그마한 롤라이 35 카메라로는 흑인 가면들과 뮈질을 닮은 프란시스 피카비아의 그림이 있는 거실의 전체 숏을, 쥘에게 빌린 라이카 카메라로는 세부적인 것들을 찍었다. 예컨대 뮈질이 주소를 적다 만 구겨진 봉투가 그대로 담긴 휴지통 같은 것을. 넉 달 동안, 그의 부재의 고통이 털어낼 수 없게 된 먼지처럼 사물들 위로 내려앉았고, 그것들은 이미 범접이 불가했다. 바로 그렇기에, 그것들이 새로운 혼란으로 뒤덮이기 전에 사진으로 남겨야 했다. 스테판은 내게 벽장 안에 수북이 쌓인 원고들과 찢어버리지 않고 남겨둔, 모든 마무리되지 않은 책의 초안과 초고들을 보여주었다. 소파에는 사회주의 관련 자료들이 쌓여 있었다. 뮈질은 사회주의자들과 문화에 대한 에세이를 준비하고 있었는데, 뮈질의 조교가 버스에서 내게 귀띔한 바에 의하면, 그 에세이를 기획하던 당시에 이미 정신이 온전하지 않았다. 스테판은 뮈질의 침대도 촬영하기를 원했다. 뮈질이 신경 써서 방문을 꼭꼭 닫으며 내게 절대 공개하지 않았던 침대였다. 어쩌다 매우 드물게 외식을 하러 갈라치면, 그는 다른 재킷의 주머니에 열쇠나 수표책을 넣어두고는 깜빡했다는 걸 알아차리곤 했다. 아닌 게 아니라 뮈질의 방은 거의 개집처럼, 창문도 없이 매트리스 하나만 달랑 깔린 골방이었다. 그는 책장이 있는 널따란 서재만 제외하고, 아파트에서 가장 안락하고 가장 독립된 공간을 스테판에게 양보하고 싶어 했다. 스테판은 이제는 그 사실을 자책하고 있었다. 나는 매트리스가 뮈질 연구자들에게 귀중한 자료가 되리라고 생각하는 스테판에게 등이 떠밀려, 바닥에 깔린 초라한 매트리스를 마지못해 카메라 렌즈에 담고 초점을 맞췄다. 사실 사진으로 찍을 만한 깊이가 없는 데다, 나는 그 사진이 아무것도 '주지' 못하리라는 것을 경험으로 알고 있었다. 그런데 셔터가 눌러지지 않았다. 필름이 더는 없었다. 나는 그날 찍은 사진들을 한 장도 인화하지 않은 채 스테판에게 밀착인화본을 주는 것으로 만족했다. 내 우정이 침공당한 장면을 테두리 안에 가둠으로써, 주술사처럼 나의 강박에서 해방되었다. 그것은 망각의 계약이 아니라, 이미지로 봉인된 영원의 행위였다. 스테판의 인도주의 협회가 기세 좋게 출범했다. 협회에서 한자 리를 맡은 나시에 박사의 중재로 나와 다비드와 쥘은 회비를 낸 첫 회원이 되었다. 하지만 스테판은 매일 재미있는 건 아니라고, 신경 줄이 탄탄해야 한다고 말했다. "지금은 한 아이티 가족을 떠안았는데, 아빠에 엄마, 아이들까지 죄다 에이즈야. 어때, 그림이 좀 그려져?" 아파트를 나서다가 문득, 서재에서 고골의 책에 대한 참고 문헌들을 보고 싶어졌다. 책을 펼쳐 읽으려는 찰나, 내가 무슨 꿍꿍이짓을 하는지 보려고 뒤에서 다가온 스테판이 말했다. "아니, 고골은 안 돼. 원한다면 투르게네프 책은 죄다 가져가. 그것들은 읽지 않을 거니까."

42

신문사 일을 다시 시작했다. 외제니가 자기 그리고 자기 남편 알베르와 함께 일본에 있는 구로사와 아키라 감독의 새 영화 촬영장에 가자고 제안했다. 맹인들에 관해 쓴 내 책*이 아직 출간되지 않았고, 안나와 내가 아사쿠사의 보도 위를 걷다가 우리 둘 다 맹인이라는 같은 주제로 작업을 이미 시작했거나 고려 중이라는 사실을 알고는 깜짝 놀랐을 때니, 1984년 겨울이다. 안나와는 도쿄의 임페리얼 호텔 로비에서 우연히 다시 마주쳤다. 안나와 알베르가 호텔 로비에서 만나기로 돼 있었던 것이다. 그녀와 나는 냉전을 벌였던 사이다. 이 모험가 여자가 3주간의 시베리아 횡단 열차 여행에서 돌아와 녹초가 되었을 때였다. 그녀가 한 일이라곤 블라디보스토크 출신 소비에트 공산당 간부의 캐비어와 보드카를 거덜 낸 것이 전부인 그 여행을 떠나기 전에 나는 그녀를 인터뷰했고, 그녀는 인터뷰 기사에 들어갈 삽화를 위해, 자기가 애지중지하는 한 장밖에 없는 사진이라며 일곱 살 때 부친이 찍어준 사진을 내게 맡겼다. 나

★　《맹인들Des aveugles》(Gallimard, 1985).

는 신문사에서 8년 동안 일하면서 단 한 번도 자료를 분실하거나 도난당한 적이 없었지만, 그래픽디자이너는 물론 원고와 그래픽 연결을 담당하는 직원에게 각별한 주의를 당부했다. 그런데 과도하게 주의를 기울인 탓인지 문제의 사진이 그만 분실되고 말았다. 안나가 매우 불쾌한 태도로 당장 찾아내라며 위협하는 바람에 나는 사진을 찾겠다는 일념으로 신문사 건물 다섯 개 층 이곳저곳을 샅샅이 뒤졌다. 안나가 말했다. "당신도 바라는 바겠지만, 내 사진 어떻게 해서든 반드시 돌려줘요." 그녀는 여행을 떠나기 전날 내 집까지 쫓아와 나를 닦달했다. 그 명백한 무례함에 나는 그녀를 층계참에 내버려둔 채 문을 쾅 닫아버렸다. 그사이 사진이 내 손에 돌아왔다. 불행히도 그래픽디자이너가 사진을 더 잘 보관하기 위해 끼워둔 앨범을 누군가가 슬쩍하고는 이후에 후회한 모양이었다. 도둑은 한 달 동안 내가 공개적으로 수모를 당하는 것을 지켜본 뒤에야 사진이 든 앨범을 내 캐비닛에 넣어놓았다. 나는 도쿄의 임페리얼 호텔 로비에서 안나와 재회하자마자 이 반가운 소식을 알렸다. 심술쟁이한테서 돌아온 대답은 그리 곱지 않았다. "용케 모면하셨군." 나는 그녀를 무시하기로 마음먹었으나, 그녀는 내가 외제니, 알베르와 함께 형성한 작은 그룹에서 좀처럼 떨어지려 하지 않았다. 아사쿠사에서의 어느 밤, 당과류와 부채, 머리빗, 진짜 보석이나 인조 보석으로 만든 도장 따위를 판매하는 함석 가판대가 늘어선, 사원으로 이어지는 중앙로에서, 외제니와 알베르가 실내화를 파는 가판대에서 지체하는 동안 안나와 나는 탑을 향해 계속해서 걸으며, 순례자들이 향을 피우고서 그 연기를 마치 비누 거품인 양 볼과 이마와 머리카락에 문질러대고 있는 청동 향로 앞에 이르렀다. 향로 양편으로 작은 서랍들이 달린 기다란 장들이 늘어서 있었는데, 불자들은 그중 아무 서랍이나 열고는, 운세를 읽을 수 없도록 접혀 있는 종이를 꺼낸 뒤, 유리함 위에 금불상이 모셔진 불단을 중심으로 좌우 양쪽의, 수하물 보관소를 연상시키는 책상 뒤에 각각 서 있는 두 승려 중 하나에게로 그것을 가져가 공양하고는 운세 풀이를 받았다. 만일 운세가 좋으면 불자는 그 행운이 실현되기를 빌면서, 불상을 떠받친 유리 함의 가느다란 틈으로 엔화를 던져 넣었다. 운세가 나쁜 경우엔 종이를 가시 달린 철사에 묶어, 강력한 기운에 의해 액운이 소멸되도록 쓰레기통이나 나무, 혹은 악천후 속에다 버렸다. 바로 그 때문에 우리가 교토에 갔을 때 사원들 주변에서, 우리가 멀리서 보며 일본의 전통적인 벚나무로 착각했던, 하얀 종이들이 사각사각 소리를 내는 벌거벗은 나무들을 보았던 것이다. 내가 안나와 함께 아사쿠사 사원에 들어갔을 때였다. 희미한 불빛들이 아롱거리는 피라미드 형태의 반투명한 천막 앞에 버티고 서 있던 안나가, 불쑥 내게 작은 양초를 내밀며 말했다. "소원 빌지 않을래요, 에르베?" 그때 종소리가 울리며 사람들이 서둘러 우르르 사원을 빠져나감과 동시에, 환하게 빛나던 금불상의 불이 꺼지더니 웅장한 입구의 두 자재문*이 쇠

* 양방향으로 자유자재로 열리는 문.

막대로 철컹 닫혔다. 우리는 미처 빠져나가지 못한 채 꼼짝없이 사원에 갇혔다. 승려 하나가 다가와 우리를 장터로 난 작은 뒷문으로 내보내주었다. 소원을 떠올리다 중단당하긴 했지만, 보류된 것뿐이었다. 이 기묘한 상황으로 인해 안나와의 우정은 봉합되었다. 우리는 교토로 이동했고 거기서 안나는 아키라는 이름의 화가를 소개시켜주었다. 부친의 칠순을 맞아 고향에 돌아온 화가가 우리에게 마을을 안내해주었고, 어느 날은 금각사도 구경시켜주었다. 도쿄 사람들이 우리에게 사이호지 사원에 가볼 것을 추천했지만, 사이호지를 방문하려면 미리 참배증을 신청하여 월별로 방문객 수를 제한하는 방문자 명단에 이름을 올려야 했다. 사이호지는 교토 중심가에서 떨어진 시골에 위치해 있었다. 쌀쌀하고 햇빛이 눈부신 아침이었다. 우리를 포함해 열 명 정도 되는 사람들이 철책 앞에서 대기하고 있으니 승려 하나가 데리러 와서는, 우리의 이름을 신분증과 대조하며 한 사람 한 사람 확인한 뒤에 매표소로 안내했다. 거기서 알뜰하게 거금을 뜯긴 우리는 신발을 벗은 채 양말 바람으로 얼음장같이 차가운 자갈 깔린 뜰을 지나, 마찬가지로 냉기가 감도는 널찍한 법당으로 들어갔다. 수미단** 가까이에 놓인 거대한 북이 공간을 부담스러우리만치 차지하고 있었고, 방바닥엔 열 개 정도 되는 연상硯床***이 작은 쿠션들과 함께 열을 지어 나란히 놓

** 　사원의 본전本殿 정면에 불상을 모셔두는 단.
*** 　문방제구를 벌여 놓아두는 작은 책상.

여 있었다. 연상 위에는 붓, 물에 갈아 사용하는 먹, 벼루 그리고 화선지가 놓여 있었다. 화선지 아래로 오목새김을 한 복잡하고 투명한 기호들이 훤히 비쳐 보였는데, 아키에 따르면 그 기호들은 그조차도 이해할 수 없는 용어들로서 그 수와 배열이 일정한 불경, 즉 사이호지의 신비로운 의례용 불경이었다. 사이호지의 승려들은 규칙적인 간격으로 두들기는 단조로운 북소리의 리듬에 맞춰 그 불경을 암송하면서, 우리더러 기적의 이끼 정원으로 가 그 아름다운 광경을 누릴 자격을 얻고 싶다면 자기들을 따라 불경을 처음부터 끝까지 조용히 낭송하며 기호들을 한 글자 한 글자 붓으로 필사하라고 말했다. 비록 뜻을 모르더라도 최대한 정성껏, 오목하게 팬 투명한 글자를 먹으로 채워 불경을 재창조하도록 말이다. 외제니의 남편 알베르가 버럭 화를 내며 화선지를 던져버렸다. 그는 이 중놈들은 도적 떼들이고, 우리는 돈을 갈취당했으며, 여기는 추워서 얼어 죽을 것 같고, 이걸 다 쓰려면 한 글자당 족히 5분은 걸리니 도합 두 시간은 걸릴 것이며, 혹여 끝까지 다 쓴다고 해도 결과물은 조악한 종이쪽에 불과할 것이고, 게다가 이렇게 양반다리로 앉아 있으려니 다리가 몹시 저리고 쥐가 난다며, 법당에서 나가버렸다. 그는 이끼 정원을 구경할 자격을 박탈당했다. 나란히 앉은 안나와 나는 불경 필사에 심취하여, 누가 더 섬세하고 가능한 한 정확하게, 밖으로 삐져 나가는 일 없이 기호들을 그대로 다시 그려내는지 경쟁했다. 불경을 다 쓰고 나면 마지막으로 상단에 소원과 함께 각자의 이름을 기입한 뒤 수미단 앞의 받침대 위에 놓아두면 된다고 아키가 설명했다. 사이호지 사원 승려들의 업, 그들이 삶을 바친 일이 바로, 이름 모를 극소수의 사람들이 놓아둔 소원이 이루어지도록 기도하는 것이었기 때문이다. 발이 저렸다가 가시는 것도 모를 만큼 극도로 집중한 두 시간의 노력 끝에 드디어 소원을 쓸 차례가 되었다. 이번에는 양초와 함께 증발하지 않을 늦어진 소원을. 하지만 안나가 호기심을 이기지 못하고 내 소원을 읽을까 봐 두려웠고, 따라서 나는 꾀를 내어 암호로 소원을 적었다. 나는 몸을 숙여 안나의 어깨 너머로 그녀의 소원을 훔쳐보았다. 그녀는 이렇게 썼다. '거리' '위험' '모험'. 다음 순간 그녀가 '위험'에 줄을 그어 삭제했다. 위험을 무엇으로 대체했는지 그 이상 알고 싶지 않았다. 나는 쥘과 내가 살아남게 해달라는 소원을 암호로 기입했다. 아니나 다를까, 안나가 바로 무슨 뜻이냐고 물었다. 이어서 우리는 환상적인 이끼 정원 안으로 들어갈 수 있었다.

43

나는 마린을 증오했다. 마린은 미국에서 영화를 촬영했는
데, 신문과 잡지를 통해 그녀가 결혼했다가 파경을 맞았고 귀국
했다는 소문이 퍼졌다. 어느 날 저녁, 엑토르가 나를 케볼테르
식당으로 초대했다. 옷 보관소에 외투를 맡기자 지배인이 나를
안내했다. 그를 따라 계단을 세 칸 내려가 홀로 들어가다 마린
과 맞닥뜨렸다. 그녀는 구석 자리에서 선글라스를 낀 채 젊은
남자와 마주 앉아 있었다. 지배인이 나를 마린 바로 옆 테이블
의 벽에 붙은 긴 소파 쪽 자리로 안내했다. 우리 사이엔 칸막이
가 있었지만, 자리에 앉고 보니 맞은편 벽에 붙은 거울을 통해
우리가 서로를 볼 수 있다는 것을, 오직 우리 두 사람만이 서로
를 볼 수 있다는 것을 깨달았다. 침묵과 배신의 두 해를 보낸 끝
에 이 식당에서 마린과 다시 마주치니 많은 생각이 머리를 스
쳤다. 과연 어떻게 반응해야 할지, 온갖 경우의 수가 전동 타자
기의 공만큼 빠르게 돌아갔다. 이 기회를 틈타 굴뚝같은 마음
이 시키는 대로 따귀를 한 대 갈길까? 아니면 그에 못지않게 굴
뚝같은 마음이 시키는 대로 다정하게 안아줄까? 이대로 도망칠
까, 아니면 반대로 온 기운을 쥐어짜내 아무 일도 없다는 듯이

엑토르와 차분하게 대화를 이어나갈까? 마린과 보이지 않는 기 싸움을 벌이며 몇 분을 흘려보냈다. 옆 테이블로부터 분열의 조짐이 흘러나왔다. "어디 안 좋으세요?" 보나 마나 나의 분신일 젊은 남자, 영화제작을 꿈꾸며 스타 배우에게 실컷 농락당하고 있을 감독 지망생이 물었다. 대답이 없자 그는 다시 물었다. "곧 휴가를 떠나세요?" 돌연 커다란 움직임과 함께 옆 테이블이 밀쳐졌다. 나는 아무것도 눈치채지 못한 엑토르에게서 잠시 시선을 돌려, 전속력으로 식당을 뛰쳐나가는 마린을 보았다. 당황한 젊은 남자가 그녀의 뒤를 쫓다가 계단에서 비틀거렸다. 그가 식당 지배인의 손에 200프랑짜리 지폐를 쥐여주며 사과한 뒤 다시 바람막이용 커튼에 걸려 허우적거렸다. 나는 옆 테이블을 돌아보았다. 구겨진 냅킨들과 얼마 마시지 않은 와인 병. 그들은 아직 애피타이저 단계였다. 내가 이겼다. 몇 달 뒤 어느 밤, 마린의 목소리가 수면제로 인사불성인 나의 정신을 희미하게 일깨웠다. 그녀는 말했다. "나, 부활했어." 테메스타 항불안제 성분에 취하긴 했어도 나는 대꾸가 가능한 정신 상태였다. "그럼 종을 울려야지*?" 마린은 어쩐지 다정하게 받아쳤다. 이런 식으로. "에이, 왜 그래, 에르베." 나는 말했다. "너 때문에 너무 힘들었어." 그녀가 대답했다. "내가 리샤르한테 준 고통에 비하면 아무것도 아니야." 그 어처구니없는 대꾸에 나는 전화

★ 프랑스어에서 '종을 울리다sonner les cloches'는 '크게 혼내다' '야단치다'라는 뜻의
   관용 표현이다.

를 끊어버렸다. 잠에서 깨면서, 전화를 끊기 전에 마린에게 "주텅브라스*, 마린"이라고 했던 것이 기억났다. 마치 내가 사후 사면이라도 내린 듯한 기분이었다. 오후에 달로와요 제과점의 배달원이 집에다 종 모양의 초콜릿을 두 개 놓고 갔다. 하나는 몹시 컸고, 하나는 앙증맞았다. 메시지는 없었다. 부활절 직후였다. 그로부터 몇 달 뒤, 앙리와 함께 빌리지보이스 식당에서 점심 식사를 하기로 되어 있었다. 조금 일찍 도착했던 터라 아무도 없는 식당에 혼자 앉아 책을 읽었다. 앙리가 왔다. 그가 채자리에 앉기도 전에, 내가 존재를 알아채지 못했던 누군가가 식당 구석에서 난데없이 튀어나와 앙리 뒤로 쏜살같이 지나갔다. 선글라스를 낀, 바비 인형처럼 풍성한 머리칼이 허리까지 물결치는 마린이었다. 리샤르가 그 뒤를 그림자처럼 따랐다. 두 사람 다 극도의 흥분 상태였다. 그들을 보자 순식간에, 온몸의 피가 시험관에서처럼 위에서 아래로 쭉 빠져나가는 기분이었다. 나는 하얗게 질려 그대로 얼어붙었다. 앙리가 걱정하며 무슨 일이냐고 물었다. 마린의 출현이, 마치 유령이나 귀신이라도 본 것 같은 끔찍한 효과를 불러일으켰다. 나는 집으로 돌아와 펜을 들어 마린에게 편지를 썼다. 실은 오늘 내가 너에게 품었던 사랑의 유령, 젊은 시절 우리 우정의 유령을 보았고, 네가 변덕으로 그것들을 무참히 살해했노라고. 편지를 끝내자마자 전화벨

★ "키스 인사를 보내je t'embrasse"라는 뜻으로, 친한 사람들끼리 전화나 편지에서 행위 대신 말로 표현하는 다정한 작별 인사다.

이 울렸다. 쥘이었다. 그가 말했다. "마린 얘기 들었어? 백혈병에 걸려서 강도 높은 항암 치료를 받느라 머리카락도 다 빠진 모양이야…." 내 편지에는 피맺힌 말들이 많았다. 쥘의 전화를 이 편지를 부치지 말라는 운명의 신호로 여길 수도 있었으리라. 하지만 마린에게 품은 나의 원한은 변함이 없었기에 나는 순전히 악의에 의해, 당장 우체국으로 가서 소문으로 효력이 입증된 그 편지를 부쳤다. 쥘의 전화는 편지를 부친 뒤에 받은 걸로 하면 그만이었다. 하지만 다음 날 나는 후회의 늪에서 허덕이다가, 마린에게 이전 편지를 잊게 만들 두 번째 편지를 보냄으로써 마음의 짐을 덜었다.

　마린에 관한 소문은 점점 악화되었고, 도처에서 들려왔다. 소문에 따르면 마린은 에이즈에 걸렸다. 나는 마사지사한테서 그 소문을 들었고, 마사지사는 마사지 클리닉 원장한테서 들었다. 어느 날 한 제보자가 마린이 마약중독자 남동생과 함께 주사기로 마약을 투약하다가 에이즈에 걸렸다는 소문을 퍼뜨렸고, 다음 날엔 또 다른 소식통이 마린이 수혈을 받다가 에이즈에 걸린 거라고 호언했으며, 세 번째 메아리는 최고급 난교 파티를 즐기는 마린의 형편없는 양성애자 양키 애인에게 전염의 책임을 떠넘기며 울려 퍼지는 식으로, 이런저런 소문이 난무했다. 이제 와 고백하건대, 나는 마린의 에이즈 감염 소식을 소문이 아닌 진실로 받아들이고서 기뻐했다. 사디즘 때문이 아니라, 혹자들이 남매라고까지 부를 정도였던 우리가 공통의 운명으로 단단히 결속되었다는 환상 때문이었다. 마린에 관한 소문은 신문들로 침투했고, 라디오에서는 마린이 마르세유의 병원에 입원 중이라고 떠들었으며, AFP통신은 그녀의 사망을 전 언론사 편집국에 속보로 타전했다. 나는 사람들에게 쫓겨 숨을 헐떡거리며 마르세유까지 도망친 다음 거기서 배를 타고 부친의 조국인 알제리로 가 아버지처럼 이슬람 율법에 따라 세 겹의 천에 싸여 땅에 묻히는 마린의 모습을 떠올렸다. 바비 인형 같은 마린의 치렁한 가발이 눈에 선했다. 또한 미국의 병원에서 수혈을 받은 뒤 손목에 붕대를 감고 있는 모습도 떠올랐다. 내가 그보다 더 사랑한 마린의 모습은 없었다. 마린은 변호사의 도움을 받아 텔레비전 방송국의 저녁 8시 뉴스 인터뷰에 응함으로써 소문을 종결지었다. 그녀는 의학적 근거에 기대어 자신이 병자가 아니라고 주장하면서, 동시에 자신이 이처럼 환자들의 진영을 배신한 채 건강한 이들의 진영에 서게 되어 유감이라고 말했다. 나는 그날 저녁 티브이로 마린을 보지 못했다. 일간지들에 그녀의 뉴스 출연이 예고되었고, 나는 미리부터 마린이 부인하고 반박할 것에 대해 깊이 실망했다. 티브이로 마린을 본 빌은 그녀에 대해 당장 정신병원에 가두어야 마땅할 미친년 같았다고 말했다. 반면 칭송을 늘어놓는 성격이 아닌 직설적인 마투는 마린의 저녁 8시 뉴스 출연은 그녀 인생에서 가장 강렬한 티브이 출연일 거라고 평했다. 나는 마린이 알지 못하는 채로, 병들어갔다. 그녀는 아마, 실제로 건강하리라. 나는 거리를 두고서, 천천히, 마린에 대한 내 감정을 다시 키웠다. 비록 그녀는 내가 화면 속에서 그녀를 보기를 바라는 영화들과 다른 영화들을 찍었지만. 확신컨대, 그녀 또한 내가 쓰기를 그녀가 바라는 책들과는 다른 내 책들을 읽었으리라.

45

스테판은 자신이 설립한 협회를 위해 헌신했고, 바로 이 점이 중요한데 그는 그것에서, 뮈질이 죽고 난 뒤에도 이어지는 자기 삶의 온전한 의미를 찾았다. 뮈질의 죽음, 혹은 그 너머를 통해서, 이제껏 그늘과 콤플렉스 속에서, 또한 뮈질도 기겁하게 만들었던 빗발치는 전화와 결코 완성되지 못하고 늘 쓰는 중인 칼럼들과 형용할 수 없는 혼란 속의 모든 것에 치여 신경만 곤두세운 채 아무것도 하지 못하는 무위 속에서, 무기력하거나 용두사미가 되었던 정신적, 지적, 정치적 힘을 한껏 발현할 수단을 마침내 찾은 것이다. 많은 사람들이 에이즈에서 사회적 동기를 얻었다. 즉, 에이즈를 통해 공적으로 인정받고 사회적 자리를 찾을 수 있으리라는 희망을 보았다. 특히 진료실의 따분한 일과를 뛰어넘어 저 너머의 것을 시도하려는 의사들이 그러했다. 그래서 나시에 박사는 스테판이 설립한 협회에 합류했고, 동료 의사 막스도 끌어들였다. 막스는 나에겐 옛 신문사 동료이기도 했는데, 뮈질은 그를 "밤톨" 같다고 말하곤 했다. 나시에 박사와 막스는 몇몇 사람들이 "악당들의 결합"이라고 부르는 환상의 커플을 이루었다. 스테판은 이 커플, 특히 밤톨을 사랑하게 되었고, 막스와 나시에 박사는 스테판의 오른팔이 되었다. 스테판은 그들에게 늘 같은 타령을 주워섬겼다. "곧 두 분께 넘길 생각이에요. 협회가 이제 어느 정도 궤도에 올랐으니, 난 다른 할 일이 있거든요. 티브이에 나가 떠드는 것도 내키지가 않네요. 그것도 나 대신에 두 분이 해주시면 어떨까요…." 실은 스테판이 막스와 나시에 박사의 배신을 부추긴 셈이었다. 마치 마사지사나 청소부에게 죽을 때 물려줄 것처럼 다이아몬드 목걸이며 값나가는 식기장 따위의 귀중품들을 보여주고 환심을 사면서 그들의 탐욕을 부추기는 저 노인네들처럼. 당시 나는 스테판과 나시에 박사, 이 둘 모두와 교류가 있었기에, 얼마 못 가 재밌게도 전자에게서 "그 두 사람은 야심이 대단한 것 같아. 욕심이 눈에 보인다니까"라는 말을 듣고 나면, 후자한테서는 "우린 두 가지 재앙과 싸우고 있네. 바로 에이즈와 스테판이라는 재앙이지"라는 말을 들어야 했다. 그것은 나와 다비드가 뭐질 모르게 나누던 유일한 아이러니였는데, 아마 뭐질도 우리의 권모술수에 즐거워했으리라. 우리는 나시에 박사가 꿈에도 의심하지 않고 내게 털어놓는 그와 막스의 스테판 축출 모의며 반란 시도들을 잊지 않고 빠짐없이 스테판에게 보고했고, 그 결과 스테판은 그 야심 찬 커플을 몰아낼 투표를 준비할 수 있었다. 막스는 스테판에게 '당신이 협회에 지나친 동성애적 이미지'를 부여하고 있다는 내용의 치명적인 편지를 보냈다. 스테판이 밤톨에게서 치명적인 상처를 받은 동시에 뜨거운 맛을 보여주고 나서 몇 달 뒤, 길에서 마주친 스테판에게서 이런 말이 날아왔다.

"나시에가 아직도 네 주치의라고는 하지 마. 그건 못 참겠으니까!" 나는 역시 나시에 패거리 중 하나인 새 주치의의 이름을 밝히지는 않았다. 다비드는 언젠가 에이즈 치료약이 발명되는 날이 오면 스테판은 아마 절망으로 제 목을 매달 거라고 말했다. 나는 정신과 전문의면서 스테판의 협회에서 일하는 옛 친구를 다시 만났다. 그 친구가 에이즈 환자들에게 이야기해줄 좋은 말이 생각났다고 내게 말했다. 그는 환자들에게 이렇게 말한다고 한다. "여러분이 병에 걸리기 전에 언젠가 죽기를 바란 적이 한 번도 없었다고는 말하지 못할 겁니다! 심리적 요인은 에이즈 발병에 결정적이죠. 여러분은 죽음을 원했고, 그게 지금의 결과입니다."

뮈질은 죽기 전 마지막 시간 동안, 사랑하는 존재와의 관계를 깨뜨리지 않으면서도 은근슬쩍 얼마간의 거리를 두고 싶어 했다. 우리는 잘 몰랐지만 정액이며 침이며 눈물이며 심지어 땀까지, 그의 존재를 이룬 거의 모든 것이 상당한 수준으로 감염되었던 그때, 그는 사랑하는 존재를 보호하기 위한 훌륭한 반사적 행동, 무의식적인 해결 방법을 찾아냈을 정도로 그 존재를 사랑했던 것이다. 어쩌면 거짓말일 법도 한데, 자기는 에이즈 바이러스 보균자가 아니라며 위기를 모면했음을 굳이 알리고 싶어 하는 스테판에게서 최근에야 이 이야기를 들었다. 언젠가, 그때까지 몰랐던 뮈질의 병의 성격에 대해 내게 밝히고 나서 얼마 뒤, 죽어가는 연인의 침대 속으로 들어가 그야말로 독덩어리인 연인의 몸 곳곳을 자신의 입술로 데워주었다고 허세를 떨었으면서 말이다. 뮈질이 달성한 그 위업을 나는 쥘에게 되풀이하지 못했고, 혹은 쥘이 나에게 그렇게 하지 못했다. 또한 베르트에게는 우리 둘 다 그렇게 하지 못했으나, 나는 여전히 종종 아이들 중에 적어도 한 명은, 혹은 둘 다 이를 모면했기를 바라고 있다.

1987년도 일기장을 확인해보니, 욕실 거울로 혀 밑의 무언가를 발견한 날이 12월 21일이다. 진료실에서 나를 검사하던 샹디 박사의 눈빛을 흉내 내어 나도 거울을 볼 때마다 자동적으로 검사하곤 했던 부위로, 나로서는 알 수 없는 무언가의 발생을 예상하고서 상태를 살피는 샹디 박사의 반복적인 행위에 설득되어, 크기도 형태도 모른 채 덩달아 살펴왔던 터였다. 그것은 혀의 표면에 충적토처럼 줄무늬를 만들어놓은 작고 허연 미세섬유, 즉 크게 돌출되지 않은 유두종이었다. 내 눈빛은 순식간에 무너졌고, 마찬가지로 다음 날인 화요일 오전 진료에서 내가 혀를 보여주었을 때, 형사에게 쫓기는 범죄자처럼 125분의 1초 만에 나의 레이더에 걸리고 간파당한 샹디 박사의 눈빛도 무너졌다. 아직 너무 젊은 탓에, 노회한 능구렁이들인 레비 박사나 나쿠르 박사, 또는 아롱 박사처럼 재앙의 신호 앞에서 거짓말을 할 줄 모르는 샹디 박사의 눈빛은, 중요한 순간에 생각을 들키지 않도록 조금도 깜빡이지 않으면서 불투명해지는 훈련이 되어 있지 않았다. 진실과 마주한 그의 눈빛은, 카메라의 조리개가 빛을 흡수하기 위해 잠깐 열렸다 닫힌 뒤 보존된 이미지를 고착시키기 위해 다시 닫히듯, 125분의 1초 동안 투명함을 유지했다. 그날 외제니와 점심 식사 약속이 있었는데, 나는 그녀에게 진실을 생략함으로써 거짓말을 했고, 그러자 돌연 눈앞의 모든 현실과 우정을 잊은 채 온통 내 걱정에만 사로잡히게 되었다. 전날 저녁은 그레구아르와 함께 보냈는데, 샹디 박사의 확진이 있기 전이었던 그때는, 그레구아르가 이따금 에로틱한 접촉을 허락했던 유일한 감각기관에 대해 엄청난 혐오감에 사로잡힐 때까지 좀 더 기다리면서 스스로에게 거짓말을 했다. 파리에 없는 쥘에게도 처음엔 똑같은 생략법에 의한 거짓말을 했다. 샹디 박사는 내가 아직 그의 환자가 아니었던 8개월 전에 대상포진으로 시동이 걸린 내 병의 실체를 이미 파악했던 만큼, 섣부른 판결을 내리지 않았다. 그는 그저, 뮈질이 말했던 대로, 알아차리든 속아 넘어가든 그 선택을 나의 자유의사에 맡기며, 가능한 한 조심스럽게 환자로 하여금 병을 인식케 하는 새로운 단계로 나를 이끌었다. 그는 극도로 섬세한 주의를 기울여 상대방 눈의 깜빡임에 따라 급히 브레이크를 걸거나 후진을 해야 하는 시선 관찰법을 동원하여, 내 불안 진동계의 눈금을 몇천분의 1밀리미터씩 변화시키며 나의 인식 수준에 대해 질문해나갔다. 그가 말했다. "아니, 그것이 결정적 증상이라고는 하지 않겠습니다. 다만 통계상의 증상이라는 걸 감춘다면 거짓말이 되겠죠." 그렇군. 15분 남짓 지난 뒤, 나는 몹시 불안해하며 물었다. "그러니까 결정적 증상이 확실한 거네요?" 그는 대답했다. "아니라니까요, 그렇게 단정할 순 없어요.

다만 어쨌든 충분히 결정적 증상일 수는 있는 거죠." 그는 메스껍고 기름진 노란색 액체인 폰질론을 처방해주었다. 20일 동안 아침저녁으로 그 속에 혀를 담가야 했다. 나는 로마에 그걸 10여 병 가지고 가서 처음엔 여행 가방에, 다음엔 욕실 수납장과 부엌 찬장 선반의 다른 물품들 뒤에 숨겨두었고, 로마로 찾아온 쥘과 베르트 몰래 굴욕적인 모습으로 숨어서, 욕지기가 밀려드는 것을 가까스로 억누르며 그 역겨운 액체 속에 혀를 담갔다. 우리는 로마에서 함께 지냈다. 쥘과 베르트는 반층 위의 커다란 침대에서 잤고, 나는 아래층의 작은 침대에서 잤다. 크리스마스 날 나는 쥘에게 전화를 걸어 내게 일어난 일을, 따라서 필연적으로 우리에게 일어난 일을 알렸고, 우리는 베르트의 휴가를 망치지 않기 위해 그녀에게는 함구하기로 결정했다. 쥘은 짐짓 태연한 얼굴로 터무니없는 계획을 세웠고, 아무것도 모르는 베르트를 자신의 공상에 끌어들였다. 그 공상이란 우리가 앞으로 몇 년 동안 전원에서 휴식하는 것이었다. 이제부터 카운트다운에 들어간 우리의 남은 날들을 허비하지 않아야 한다는 암시 속에, 베르트는 영문도 모른 채 그때까지 다니고 있던 교육부에 적어도 1년 동안 자리를 비우는 안식년을 요청해야 했다. 나는 나대로 사형선고를 받은 책을 써나갔고, 바로 이 책에서 쥘과 베르트와 나, 우리가 만나고 사랑했던 우리의 젊은 시절을 추억했다. 나는 뮈질이 살아생전 진심으로든 농담으로든 나에 대해 찬사를 쓰려던 방식으로 베르트에 대한 찬사를 쓰기 시작했고, 원칙적인 신뢰 속에서 책상에 놓

146

아둔 이 원고에 베르트가 혹여 눈을 돌릴까 싶어 매일 가슴을
졸였다.

1987년 12월 31일 자정, 베르트와 쥘과 나는 알리비 술집에서 서로의 눈을 들여다보며 서로를 부둥켜안았다. 새해를 온전히 살아낼는지 미지수인 누군가에게 복된 새해를 기원하는 것은 묘한 일이다. 이보다 극한 상황은 거의 없는데, 이 상황을 감당하려면 가벼우면서도 근본적인 엄숙함으로, 설레는 새해 인사의 순간에 자연스럽게 행동하는 배짱과, 말해지지 않은 것에 대한 모호한 정직성과 합의된 웃음 속에서 속마음은 미소로 봉합한 암묵적인 동조가 필요하다. 작년엔 엘바섬의 마을에서 림프암, 즉 림프종에 걸린 것으로 알려진 한 신부와 함께 새해를 맞았다. 나시에 박사는, 육체의 손상을 무릅쓰고서라도 에이즈를 암으로 속여 신부로서의 명예를 지키기 위해서였든 아니면 이탈리아의 의료 시스템이 부실했기 때문이든, 아무튼 그의 병이 방사선치료만 받은 채 제대로 치료되지 않은 에이즈라고 단도직입적으로 잘라 말했다. 신부는 피렌체에서 장기간의 강도 높은 치료를 받은 뒤, 마지막 미사를 집전하기 위해 고향으로 돌아왔다. 나는 몇 달 동안 그를 보지 못한 터였고, 침묵과 미친 듯한 웃음을 히스테릭하게 번갈아 반복하며 귀스타브와 나, 우리를 질리게 만들었던, '시인'이라는 별칭을 가진 청년과 함께 지내고 있었다. 새해맞이를 위한 밤에 귀스타브는 신부의 마지막 미사에 참석하고 싶어 했고, 미사가 끝난 다음 우리는, 아마도 신부는 우리가 살고 있는 '부치노buccino'라는, 이름 그대로 마을의 똥구멍인 가장 가난한 동네로 향하는 골목의 오르막길이며 수십 층의 계단을 오를 힘이 없을 거라고 예상되었기에, 그를 차에 태워 집으로 데려올 심산이었다. 그날 밤, 거실 소파 옆 작은 원탁에는 단테의《지옥》프랑스어 번역본과 함께 나시에 박사가 우리에게 가져다준, 브뤼셀 국립미술관에 걸려 있는 19세기 회화의 흑백 복제본이 실린 옛날 사진잡지가 놓였는데, 시인이 소파에 파묻혀 그 19세기 회화 속 모델의 다소 관능적인 자세를 우연히, 또는 무의식적으로 재현했다. 이 우연에 나는, 귀스타브에 따르면 신부의 상태로 미루어 썩 훌륭한 취미가 못 되는, 유사 상황을 연출해야겠다는 아이디어를 떠올렸다. 요컨대 신부가 집에 도착했을 때, 최대한 간소한 차림으로 모델의 포즈를 동작 하나하나 정확하게 흉내 낸 시인과 불시에 마주치게 하자는 것이었다. 우리 중 누구라도 시인의 '나체 개입'에 대해 신부에게 어떤 암시도 흘리면 안 되었고, 시인은 최대한 자연스럽게 우리의 저녁 모임에 끼어들어야 했다. 그는 이 바보 같은 아이디어에 반색했다. 실은, 나의 비밀스러운 의도는 이런 간접적인 방식을 통해, 우리에게 젊은 남자 취향을 오래 감추지는 못했던 신부에게 지상 최고의 봉헌을 하려는 것이었다. 시인은 신체적으로 흥미로운 조합을 이루고 있었다. 어린아이의 얼굴에 청소년의 상체와 농사꾼의 거대한 성기를 갖춘, 각종 판타지가 고루 접목된 마성의 육체라고나 할까. 귀스타브는 차를 끌고 마을로 내려가 성당으로 향했고, 성당에서 본 광경에 기겁했다. 신부가 이제는 성합조차 들어 올리지 못하는 바람에 성가대 어린이들이 그의 두 손을 밑에서 떠받쳐주어야 했던 것이다. 그 광경을 본 귀스타브는 즉시 우리가 꾸민 게임이 악취미라고 생각했고, 성당을 나와 우리에게 중단하라는 지시를 내리기 위해 공중전화 부스를 찾았다. 그동안 소파에 누워 있던 시인은 감전이라도 된 듯 몸까지 움찔거리며 발작적으로 낄낄대고 있었다. 그가 오줌을 누고 싶어 해서 나는 그를 참게 하려고 내 입에 그의 성기를 집어넣어 진정시켰다. 공중전화 부스는 비어 있는 칸이 없거나 전화가 고장이었다. 귀스타브가 전화가 작동되는 부스 한 칸을 겨우 찾았을 때 수중에 공중전화 토큰이 없다는 것을 깨달았고, 토큰을 파는 식료품점도 문이 닫혀 있었다. 이제는 정말로 성당으로 돌아가야 할 시간이었다. 신부가 우리 집 문을 열었을 때, 맨 처음 그의 시야에 들어온 것은, 정확히 계단 위 문틀을 액자 삼아 그 안에 든 소파에 나체로 앉아 있는 시인이었다. 시인이 자리에서 일어나 정중하면서도 다소 차가운 태도로 신부와 악수를 나눴다. 곁눈질로 신부의 반응을 살피니, 그는 아마도 그의 모든 성직자 경력을 통틀어 이제야말로 진정한 신의 환영幻影을 영접한 눈치였다. 더할 수 없이 황홀해하며 그 황홀감으로 고통스러운 동시에 몸이 달아올라 그대로 엎드려 머리라도 조아릴 기세였으니 말이

다. 그가 평정심을 유지하기 위해 원탁 위에 놓인 단테의《지옥》
을 집어 들었다. 표지엔 신을 배반한 타락 천사들이 자유낙하
식으로 추락하는 모습이 그려져 있었다. 신부가 다음의 문장을
읊었다. "악마는 존재하지 않는다. 그것은 인간의 순수한 창작
물일 뿐이다." 그는 함께 사제관으로 가 샴페인을 마시며 소원
을 빌자고 제안했다. 신부가 십자가 종을 울리자 신부의 가정부
노릇을 하던, 주름이 자글자글하고 몸이 왜소한 신부의 노모가
크리스마스나 연말연시 의식용 빵인 파나토네를 가져다주었다.
우리는 서로에게 복된 새해를 기원했고, 신부의 두 눈은 나에
대한 감사로 가득했으며, 나는 부끄러웠다. 그가 우리에게 폭죽
과 불꽃놀이 화약을 준비해주었고, 우리는 성당 주위를 뛰어다
니며 폭죽과 화약을 터뜨렸다. 자욱하게 퍼지는 화약 가루의 불
그스름한 잿빛 구름으로 광장을 물들이면서.

　파리로 돌아오니, 지난 스무하루 동안 하루도 거르지 않고 욕실에 숨어서 공복에 구토를 일으키고 여기저기 얼룩을 남겼던, 그 노르스름하고 기름진 액체에 남몰래 혀를 담갔던 모욕적인 폰질론 치료법으로 결국 내 혀의 허연 유두종을 퇴치하지 못했다는 것을 관찰할 힘만 남아 있었다. 비록 샹디 박사는 그 병균은 어떤 경우에도 성적 접촉으로 전염되지 않는다고 말했지만, 나는 관능적 도구로서의 혀를 혐오하기 시작했다. 샹디 박사가 또 다른 약을 처방해주었다. 닥타린이라는 그 약은 흰색에 다소 우둘투둘한 질감으로 금속 맛의 접착제처럼 입술에 끈끈하게 들러붙었는데, 또 다른 스무하루 동안의 치료에도 불구하고 역시나 내 혀의 병균을 없애지는 못했다. 나는 두 사람 (한 사람에게는 알렸고, 다른 사람에게는 알리지 않았다)과 지속적으로 이어가던 드문 육체관계를 더더욱 제한하면서 혀의 성적인 기능을 아예 포기했다. 쥘과 나, 우리는 마침내 내가 지난 몇 년간 나시에 박사한테 숱한 처방전만 받아놓은 채 쌓아두고서 차마 결코 실행하지 못했던, 문제의 에이즈 검사를 받기로 마음먹었다. 1988년 1월, 쥘은 우리 둘 다 음성인데 그놈의 샹디 박사가 무능한 탓에 환자들을 쓸데없이 불안하게 만드는 광포한 미치광이라고 믿었고, 또 그렇게 믿을 필요가 있었다. 바로 그런 이유로 그는 우리가, 특히 내 성격을 아는바 내가, 검사를 받기를 원했다. 나를 안심시키기 위해서. 내 병을 결코 믿으려 들지 않았던 다비드 또한 내 남루한 성생활의 결과로 내가 음성이라는 것이 명백해진 것에 나 스스로 곤혹스러워하게 될 것이고, 따라서 양성이 아닌 것에 절망한 나머지 자살하게 될 거라고 비아냥거렸다. 샹디 박사는 내가 전화로 우리의 결정을 알리며 조언을 구하자, 검사 전에 우리 둘을 한자리에서 만나고 싶어 했다. 그 면담은 확정적이었다. 아니면 결정적이었거나! 그 두 단어가 다시 화두였으나, 샹디 박사는 어쨌든 우리를 다른 세계, 다시 말해 다른 삶 속으로 내동댕이칠 수 있는 진실이 임박한 것에 호전적으로 변한 쥘의 태도 때문에 표현을 완화해야 했다. 샹디 박사는 전염병을 막을 수 있는 유일한 수단, 우리가 이미 수년 전부터 함께, 또는 각자 사용해왔던 그 보호 수단에 대한 설명은 생략해도 좋겠다고 판단했다. 그는 그보다는 발생 가능한 모든 경우의 수를 나열했다. 즉 한 사람은 양성이나 다른 사람은 음성일 경우, 둘 다 양성일 경우, 또 가능성이 그리 제한적이지 않다고 우리에게 믿게 한다면 거짓말이 될 그 경우들에 한 사람이 다른 사람에게 어떻게 행동해야 하는지도. 우리는 우리 둘 다에게 직업적으로나 사적으로나 절대적으로 필요한 익명의 문제를 제기했다. 독일 바이에른주나 소비에트연방에서는 국경에서 '위험' 인구군에 대한 검사를 의무화해야 한

153

다는 법안이 논의되었고, 장마리 르 펜*의 의료고문도 이를 찬성했다. 나는 이탈리아와 프랑스를 수시로 오가고 있는바, 국경을 자유롭게 넘나들 자유가 무엇보다 절실하다고 샹디 박사에게 말했다. 그가 우리에게 '세계의사회'에서 매주 토요일 오전에 무료로 시행하는 익명의 검사를 받으라고 조언했다. 검사 장소는 생마르셀 대로에 세워진 잔 다르크 동상에서 멀리 떨어지지 않은 작은 골목인 쥐라 거리 모퉁이였는데, 몇 달 뒤 다비드와의 저녁 식사를 위해 91번 버스를 타고서 그 앞을 지나가게 되자 그 즉시 참을 수 없는 몸서리가 쳐지는 것을 어쩔 수 없었다. 1월의 토요일 아침, 쥘과 나, 우리는 그곳으로 가서 아프리카인 남녀가 대다수인 다양한 계층의 인파에 섞여 줄을 섰다. 매춘부들, 동성애자들, 이렇다 할 특이점이 없는 전 연령대의 사람들로 형성된 대기 줄이 인도를 따라 생마르셀 대로까지 이어졌다. 지난주에 실시한 검사 결과를 찾으러 온 이들까지 포함된 줄이었다. 놀랍게도 장갑도, 특별한 위생 조치도 취해지지 않은 채 채혈이 이루어진 뒤 우리의 눈에, 망연자실한 표정으로 자리를 뜨는 한 소년이 들어왔다. 그는 생마르셀 대로의 보도를 딛고 있는 발밑으로, 문자 그대로 땅이 꺼지고 주위 세상이 순식간에 뒤집히기라도 한 듯, 이제 더는 어디로 가야 할지 자신의 존재를 어찌해야 할지 모르면서, 얼굴에 드러난 청천벽

---

*　극우정당인 국민전선당의 당시 대표. 2018년 현재 그의 딸인 마린 르 펜이 대표로 있다.

력 같은 소식으로 다리가 꺾인 채 돌연 고개를 쳐들어 아무 답도 보여주지 않는 하늘을 바라보았다. 쥘에게도 나에게도 끔찍한 장면이었다. 그 때문에 우리는 일주일 뒤를 미리 투시했고, 동시에 그것이 가장 두려운 장면이라는 것에 안심했다. 마치 우리도 같은 순간, 저 불쌍한 녀석이 희생양이 된 구마식을 헐값에 대리인을 통해 서둘러 체험하기라도 한 것처럼. 우리의 검사 결과가 좋지 않으리라고 예상한 샹디 박사는 설상가상으로 내가 로마로 돌아갈 날이 임박하자 검사 절차를 앞당기기 위해, 우리를 HIV 체내 감염 및 진행 상황 검사에 특화된 알프레드 푸르니에 연구소로 보내어 추가로 혈액검사를 받게 했다. 당시 매독으로 명성을 떨쳤던 그 연구소에서는 채혈 시 채혈자가 고무장갑을 착용했고, 지혈을 위해 팔꿈치 안쪽을 눌렀던 피 묻은 솜을 환자가 직접 쓰레기통에 버리게 했다. 같은 날 나와 함께 검사를 받기로 되어 있었던 쥘은 금식 지침을 따르지 않은 탓에 성가시게도 검사를 연기해야만 했다. 그는 내 검사가 끝나기를 기다렸다. 간호사가 내 처방전을 조목조목 훑으며 물었다. "HIV 양성인 건 언제부터 알고 계셨나요?" 너무 놀라 말문이 막힌 나머지 대답이 나오지 않았다. 연구소의 검사 결과는 열흘 이내로 우리에게 전달될 예정이었다. 세계의사회의 검사 결과가 나오기 전인, 결과가 불확실하거나 불확실을 가장한 이 기간 동안, 집으로 오는 우편물은 모두 로마로 자동으로 재발송되는 터라 검사 결과를 집에서 받아볼 수 없었기에 나는 쥘의 주소를 내 주소인 양 기입했다. 쥘은 자신이 이미 샅샅이 훑어

보며 해석까지 끝낸 내 검사 결과표를, 결과표 판독을 위해 의사를 면담하는 날 아침까지 짐짓 아무것도 모르는 척 간직하고 있었다. 그가 내게 우리의 검사 결과가 좋지 않으며, 의사의 설명을 듣고 자시고 할 것 없이 자기가 이미 죽음의 신호를 간파했노라고 말한 것은, 내가 그의 집 앞에서 그를 픽업하여 함께 세계의사회 사무실이 있는 쥐라 거리로 향하던 택시 안에서였다. 순간 나는 우리에게 불행이 들이닥쳤다는 것을, 우리가 미처 빠져나갈 준비도 하지 못한 채 왕성한 불행의 시기를 맞고 말았다는 것을 깨달았다. 나는 검사 결과에 화상을 입어 겉으로는 서 있는 듯 보였지만 사실상, 계속해서 쩍쩍 갈라지는 보도의 파편 위에 쓰러져 있었던 그 불쌍한 녀석과 다르지 않았다. 우리 자신에게 한없는 연민이 느껴졌다. 내가 가장 무서웠던 것은, 쥘이 사형선고에 대비하여 내게 마음의 준비를 시키고자 얘기했던 모든 것에도 불구하고 정작 그는 여전히 우리의 검사 결과, 혹은 어쩌면 자신의 검사 결과가 음성일 수도 있으리라는 희망을 품고 있다는 것을 내가 안다는 것이었다. 우리는 호주머니에 각자, 지난 한 주 동안 좋은 것이건 나쁜 것이건 어떤 미신과도 결부시키기를 거부했던 번호표를 갖고 있었다. 의사는 이 번호가 적힌 봉투를 열 것이고, 그 안에는 판결문이 들어 있을 것이며, 그는 몇 가지 심리적 매뉴얼을 총동원하여 그 내용을 전달해야 할 책임이 있었다. 한 일간지에 실린 연구 결과에 따르면 이 기관에서 검사를 받은 사람들의 10퍼센트가량이 HIV 양성 판정을 받았지만, 검사 대상을 소위 위험 인구군으로 제한했음을 감안하면 전체 인구에 적용되는 수치는 아니었다. 내게 검사 결과를 통보한 의사는 불쾌한 자였다. 음성 판정을 받은 이들에게는 30초 동안 미소 한 번과 안내서 한 장을 건네고, 양성 판정을 받은 이들에게는 5분 내지 15분 동안 '개별' 면담을 진행하며 줄줄이 이어지는 업무를 기계적으로 반복하는 그 사내와의 대면을 최대한 빨리 끝내기 위해 나는 당연히 냉담하게 판정을 받아들였다. 그는 내가 느낄 고독감을 걱정하며 나시에 박사가 신설한 협회의 광고지를 한 아름 안겨주더니, 충격을 완화하고자 일주일 뒤에 다시 오라고, 그때쯤이면 아마 재검사 결과가 나올 것이고 100에 하나는 1차 검사 결과가 뒤집히는 경우도 있다고 말했다. 나는 쥘이 들어간 방에서는 어떤 일이 벌어지고 있는지 알지 못했고, 사실 알고 싶지도 않았지만, 내 방에서 나오며 쥘이 들어간 방에 절로 시선이 멎었다. 그 문이 수차례 열리고 닫히며 부산한 움직임이 이어지는가 싶더니, 진료 사무소 전체가 공황 상태에 빠졌다. 그 방의 의사가 다른 의사에게 도움을 요청하더니 다음엔 그 의사가 사회복지사에게 도움을 청했다. 겉으로는 아주 강해 보이는 쥘이, 이미 알고 있던 것을 낯선 자에게서 전해 듣고는 실신해버린 것이리라는 생각이 들었다. 익명의 검사일망정 자신의 확신이 공식화된 것을 그는 참을 수 없었으리라. 그것은 분명 우리에게 손을 뻗치는 그 새로운 불행의 시기에 가장 견디기 힘든 일이었다. 나의 친구, 나의 형제가 자기에게 닥친 불행에 속수무책으로 거꾸러지는 것을 느끼는 것, 그것은 물리적으로 구역질이 나는 일이었다. 나는 쥘과 함께 몽파르나스 대로의 루저리 불꽃놀이용품점에 갔다. 쥘은 자신의 아이들이 카니발에서 사용할 폭죽과 파티용품을 사야 했다.

50

일주일 사이에 여러 가지가 근본적으로 변했다. 쥘과 나, 우리가 검사를 받았던 쥐라 거리의 진료 사무소에서 나왔을 때, 차마 말로 할 수 없었던 생각에 대해 정직해지지 않을 수 없었으니까. 말하자면 나는 우리가 겪고 있는 고통과 참담함에서 일종의 환희를 끌어냈으나, 그런 감정을 쥘과 나눌 수는 없었다. 쥘을 나와 같은 감정으로 끌어들여 고문하려 한다면 분명 변태적인 일이 되리라. 내가 열두 살이었을 때부터, 죽음이 공포와 동급이었을 때부터, 죽음은 내게 하나의 강박이었다. 같은 반 친구였던 본느카레르가, 에드거 앨런 포의 소설을 각색한 로저 코먼의 영화 〈중단된 매장The Premature Burial〉을 관 속에 들어앉아 관람하게 했던 스틱스Styx 영화관에 나를 데려가기 전까지는, 나는 죽음이라는 것에 대해 알지 못했다. 관 속에서 무력하게 울부짖는 겁에 질린 남자의 이미지를 통해 알게 된 죽음은 매혹적인 악몽의 원천이 되었다. 이후로 나는 가장 자극적인 죽음의 상징물들을 탐구하기를 멈추지 않았다. 아버지가 의과대학 시절 학업에 사용했던 두개골을 달라고 조르는가 하면, 괴기영화에 정신을 빼앗겼고, 엑토르 르누아르라는 필명으로 호엔촐레른성의 지하 감방에 사슬로 묶인 채 갇혀 있는 어느 유령의 고뇌에 대해 이야기하는 동화를 쓰기 시작하면서 괴기스러운 책들과 히치콕 감독이 선별한 이야기들에 심취하는가 하면, 공동묘지를 떠돌면서 어린아이들의 무덤을 내 첫 카메라에 담았으며, 오직 카푸친회 수도사들의 미라를 보겠다는 일념으로 팔레르모까지 여행했고*, 히치콕 감독의 영화 〈싸이코〉의 앤서니 퍼킨스처럼 맹금류 박제를 수집하기도 했다. 죽음은 내게 끔찍하게 아름답고, 환상적으로 잔혹하게 느껴졌다. 그러다 문득 죽음과 관련된 그 모든 잡동사니들이 혐오스러워졌다. 나는 의과대학생용 두개골을 치워버리고 공동묘지는 페스트라도 되는 양 피했다. 죽음을 진정으로 사랑하는 다음 단계로 넘어간 것이다. 마치 죽음이 뼛속까지 스며들어 그런 겉치레 따위는 더 이상 필요하지 않고, 이젠 오직 더욱 깊어진 죽음과의 친밀감만이 필요하다는 듯. 나는 계속해서 끈질기게 죽음의 감정을 찾아나갔다. 세상 무엇보다 고귀하고 혐오스러운, 그 공포와 갈망을.

★   이탈리아 팔레르모에 있는 카푸친회의 지하 무덤 카타콤베에는 수도사들과 신도들의 유골 8,000여 구가 대부분 기립한 자세로 나란히 안장되어 있다.

51

양성 확진을 받고 나서 샹디 박사로부터 혈액검사 결과, 정말로 심각한 단계는 아니나 HIV로 인해 백혈구, 특히 림프구의 적정 비율이 무너진 것으로 판명되었다는 판독을 들은 그 주에, 나는 최대한 서둘러서 최대한 철저히 모든 일을 해치웠다. 수개월 전부터 붙들고 있던 원고에 마침표를 찍고서 다비드에게 읽게 한 뒤 편집자에게 넘겼고, 그간 다소 소원해졌으나 문득 몹시 보고 싶어진 상당수의 지인들에게 전화를 걸었으며, 1978년부터 써온 다섯 권의 일기를 쥘의 금고에 보관했고, 유언을 통해 램프와 원고를 각각 하나씩 남길 생각이었던 이들에게 그것들을 들고 가 직접 선물했으며, 1월 27일에는 은행에 가서 이제는 어림없어진 주택청약예금을 해약하고 쥘 또는 베르트와 공동 계좌를 개설할 수 있는지 문의했고, 1월 28일에는 내 책을 출간하는 출판사의 법률고문을 찾아가 다비드에게 넘길 생각인 상속권과 저작자인격권 행사에 대해 상담했으며, 1월 29일에는 세무조사관을 만나 나의 세무 상황을 확인했고, 같은 달 31일에는 이제 이 분야의 전문가가 다 된 스테판과 아주 오랜만에 만나 저녁 식사를 하면서 에이즈 환자들에 대한 비장하고 경각심이 이는 소식을 들었으며, 그 이튿날엔 스테판의 경쟁자인 또 한 명의 에이즈 전문가 나시에 박사와 역시 아주 오랜만에 만나 점심 식사를 하면서 그를 만나는 김에, 혀 밑에 있으니 당연히 보일 리 만무한 백색판증*을 그래도 혹여 들킬세라 입을 다문 채 말하는 훈련을 했는데, 이는 어쩌면 그와 같은 이상 행동으로 나시에에게 의구심을 불어넣어 그에게서 에이즈 환자들의 사망 실태에 대한 극도로 역겨운 정보들을 찔끔찔끔 짜내려는 나의 무의식적인 욕망이 발현된 것인지도 모르겠다. 그러는 중간에 '부모님의 시선을 피해서' 죽겠다는 강력한 의지를 내가 피력한 바 있는 샹디 박사와도 만나, 빌의 친구인 피샤르가 혼수상태에 빠진 사실과 함께 뮈질의 유일한 자필 유서에 적힌 문구를 다시 한번 상기시켰다. '불구가 아닌, 죽음.' 장기 혼수상태도 치매도 실명도 아닌, 적정한 순간의 완전하고 깨끗한 소멸. 하지만 샹디 박사는 환자가 병을 대하는 태도는 병이 진행되는 과정에서 개개인의 특성에 따라 끊임없이 변하기 마련이므로, 중대한 사안에 대한 환자의 심경 변화를 속단할 수는 없다고 선을 그으며 무엇이 됐건 결정적인 내용을 문서화하기를 거부했다.

★   혀의 가장자리나 앞쪽, 뒤어금니가 닿는 볼의 점막 등에 생기는 젖빛의 반점.

52

쥘은 막연하고 무기력했던 준▦무의식의 지대에서 별안간 완전한 의식의 지대로 넘어가는 과도기를 더할 수 없이 고통스럽게 받아들였다. 그는 운명이 아닌, 그의 생각에는 자기를 불필요하게 명료한 상황과 마주하지 않을 수 없게 내몬 주동자에게 분노했다. 그 주동자는 다름 아닌 샹디 박사였는데, 쥘은 샹디 박사를 다시 만나 혈액검사 결과의 판독을 듣기를 거부했고, 샹디 박사에 대해서는 하는 말마다 칭송뿐인 나를 번번이 비아냥거리며 샹디 박사를 향해 갖은 욕설을 퍼부었다. 내가 샹디 박사를 찾아갔다가 기운을 회복하여 돌아오면 "어련하시겠어. 일단 불안에 빠뜨렸으니 다음 차례는 안심시키는 거 외에 또 뭐가 있겠냐고"라며 심술을 부렸고, 반대로 내가 발견하는 즉시 치명적인 바이러스와 결부시키는 이런저런 증상들에 대해 샹디 박사가 불안감을 조성했을 때는 "말해 뭐 해. 미치광이 콧수염이 단단히 맛이 간 걸!" 하고 야유하는 식이었다. 샹디 박사도 자신을 향한 쥘의 악의 가득한 경멸감을 느꼈는지, 내가 쥘을 다시 만나달라고 강권하자 이렇게 말했다. "아시다시피 이 병에 관해서는 다른 전문의들도 많아요. 파리에 의사가 나뿐인 건 아니잖소." 나는 샹디 박사에게 쥘의 톡 쏘는 면 너머의 본디 모습인 다정한 면도 봐달라고 부탁했다. 내가 "까칠한"이라는 표현을 피하기 위해 택한 "톡 쏘는"이라는 표현에 샹디 박사가 미소를 지었다. 쥘과 샹디 박사의 벌어진 관계를 봉합하려는 나의 노력을 도와주는 상황이 발생했다. 나는 하루에도 수차례 쥘과 전화 통화를 하곤 했는데, 깊은 절망감이 주체되지 않던 어느 날 밤, 쥘까지 덩달아 의기소침하게 만들까 두려워 전화를 해야 할지 말아야 할지 망설이던 차에 쥘이 먼저 전화를 걸어와 확진 판정이 머리에서 떠나지 않는다고 하소연했다. 전화를 끊으며 울고 싶어졌지만 눈물이 나오지 않았다. 나는 수면제를 삼켰다. 쥘은 아이들에게 보다 많은 시간을 할애하기 위해 직업 활동과 관련하여 단호한 결정을 내렸고, 바이러스 잠복기였던 정확히 6년 전에 그가 가입한 생명보험의 약관을 단락별로 열 번씩, 읽고 또 읽었다. 눈물마저 내게 순종하기를 거부하던 절망의 밤을 보낸 다음 날 쥘이 전화로, 고민을 해보았는데 베르트에게 검사를 받게 하는 것은 자살행위나 다름없으니 자기와 내가 무슨 수를 써서라도 그녀가 검사받는 것을 막아야 한다고 말했다. 그는 자신의 두 아이와 베르트, 그리고 자기와 내가 끔찍스럽게 연결된 갑작스러운 운명을 상기시키며 우리에게 '5총사'*라는 별명을 붙였다. 다음다음 날, 쥘의

★　'5총사The Famous Five' 시리즈는 영국에서 출간된 아동 모험소설로, 네 명의 어린이와 강아지 한 마리가 함께하는 모험을 그렸다.

집으로 저녁 식사를 하러 가니, 베르트가 몸이 좋지 않아 책 한 권을 지닌 채 2층 침실에 누워 있었다. 미열이 있다고 했다. 내가 보러 올라가자 베르트가 매우 부드러운 미소를 지었다. 서로가 상대방이 알고 있다는 것을 알았지만, 우리는 아무 말도 하지 않았다. 베르트는 이미 오래전부터 내가 세상에서 가장 찬탄하는 이였다. 일요일 아침에 베르트는 열이 올라, 온몸이 불덩이였고, 의사와 도무지 연락이 닿지 않자 혼비백산한 쥘이 내게 전화를 걸었다. 나는 전화번호부에서 예전에 샹디 박사가 개인적인 이야기를 하며 흘렸던 단서와 일치하는 동네를 골라 샹디 박사의 자택 전화번호를 찾아냈다. 최근 며칠 동안 기진한 채 속수무책으로 무기력했던 내게 타인의 재난이 채찍질이 되었다. 고전적인 요법 아니겠는가. 따라서 나는 타인을 도울 수 있을 만한 씩씩함을 회복했다. 샹디 박사는 한 시간도 걸리지 않아 쥘의 집으로 달려옴으로써 그를 향해 무럭무럭 키우고 있던 쥘의 적개심을 일거에 날려버렸다. 상황이 상황인지라 모두를 공포에 몰아넣기 직전이었던 베르트의 고열은 사실 단순한 감기 증상이었다. 쥘과 나는, 물론 이제 더 이상 서로를 감염시킬 위험 따위는 존재하지 않았건만, 섹스를 나누기가 어려워졌다. 바이러스가 우리의 두 육체 사이에 유령처럼 버티고 서서 서로를 밀쳐냈다고나 할까. 쥘이 옷을 벗을 때면 늘 그의 몸이 눈부시고 탄탄하다고 생각했었는데 이제는 속으로 앙상하다는 평가를 내리게 되었고, 그것은 동정과 멀지 않은 감정이었다. 한편 더 이상 의심스러운 것이 아니라 확진된 것으로서 물리적으

165

로도 거의 뚜렷해진 바이러스는, 베르트에게서도 그녀의 의지와는 반대로 쥘의 육체에 대한 거부 수순을 가속화시켰다. 베르트와 나, 우리 둘 다, 쥘의 정신 구조로 미루어 쥘이 육체적 매력이 쇠한 몸으로는 살 수도, 살아남을 수도 없으리라는 것을 알고 있었다. 바이러스로 유발되는 부수적 결과 중 하나인 '에로스의 포기'는 적어도 발병 초기에는 쥘에게 바이러스 자체보다 치명적이었다. 쥘은 바이러스로 인해 육체보다 정신이 더 심각하게 빈약해졌다. 예컨대 극장에서, 어느 면으로나 매우 강인해 보이던 쥘이 잔인한 장면이 임박하자 예민한 아이나 여성처럼 눈을 가렸다. 그날, 쥘이 우리 집 근처의 안과에 가는 날이었고 그가 다소 이르게 도착한 김에, 나는 우리의 섹스 메커니즘에 슨 녹을 벗겨보고자 그의 등에 달라붙어 스웨터를 들어올리며 젖가슴을 찾았다. 나는 상처를 내기 위해, 그를 아프게, 가능한 한 가장 아프게 하기 위해, 그가 결국 뒤를 돌아 신음을 흘리며 내 발밑에 몸을 웅크릴 때까지 그의 젖꼭지를, 피가 나도록 손톱으로 짓이겼다. 하지만 이내 진료 시간이 되었고, 거기까지였다. 안과에 다녀온 쥘은 결막염이 아니라 각막에 하얀 막이 낀 것이었고 에이즈로 인한 증상 같다고 말했다. 그는 실명을 두려워했다. 그의 공포 앞에서 나는 어떤 브레이크도 걸지 못한 채 즉시 무너져 내릴 준비가 되었다. 내가 재차 젖가슴을 공격하자, 그도 반사적으로 내 앞에 무릎을 꿇고는 마치 등 뒤로 묶이기라도 한 듯 양손을 뒤로 한 채 내 바지 지퍼에 입술을 비비면서, 내가 그의 몸에 만들어놓은 멍 자국을 해방시키

166

기 위해 내 살을 달라고 신음과 으르렁거림으로 애원했다. 오늘날 그와 이토록 멀리 떨어져 그 장면을 글로 쓰고 있자니, 지난 수 주 동안 활동 없이 죽어 있던 내 성기가 다시 발기한다. 그 간략한 섹스가 당시엔 참을 수 없는 슬픔으로 여겨졌다. 쥘과 나, 우리가 삶과 죽음 사이에서 길을 잃었는데, 우리 둘이 함께 위치했던 그 모호한 지점이, 대개는 흐릿했으며 또 필요에 의해 충분히 흐릿했던 그 지점이 가혹하리만치 선명해졌고, 육체적 부둥킴을 통해 두 해골이 비역을 하는 음산한 그림으로 우리의 위치를 정한 기분이었다. 쥘이 내 골반뼈를 감싼 살 속, 엉덩이 깊숙한 곳에 박혀서 내게 오르가슴을 선사하며 내 눈을 응시했다. 너무나 숭고하고 너무나 애절한, 영원한 동시에 영원을 위협받는, 견디기 힘든 눈빛이었다. 나는 울음 대신 가느다란 한숨을 밀어내며 목구멍 속으로 울음을 삼켰다.

샹디 박사는 자신이 일정을 잡은 혈액을 헤집는 검사와 그 분석이 끝나는 날에 맞추어, 면역력을 보장하는 림프구가 HIV로 인해 점진적으로 대량 파괴되는 것을 억제시키는 분자의 발견을 전면에 내세웠다. 일단 사실성이 확보되고 마찰의 소지가 최대한 줄어들자, 샹디 박사는 내게 '데팡티올'이라고 명명된 분자실험 그룹에 참여하라고 제안했다. 미국에서는 불완전한 실험이 이루어진 데다 프랑스에서는 통계 데이터베이스를 부정확하게 설정하는 바람에, 그 효능이나 무용성을 단정할 수 있는 시기가 6개월 내지 1년 정도 지연되었다. 샹디 박사가 내 진료카드를 면밀히 검토하는 척하며 말했다. "대상포진에다 현재의 이 진균과 T4 림프구 수치까지, 선생은 이 연구 그룹에 들어갈 자격이 충분해요." 나로서는 금시초문이었던 이중맹검법의 원리에 대해 그가 설명해준 것도 바로 그때였다. 내겐 솔깃할 수밖에 없는 이야기였다. 이중맹검법이란 약의 효과를 객관적으로 평가하기 위해 실험자와 피실험자 모두에게 특정 정보를 제공하지 않은 채 실시하는 실험법으로, 이런 종류의 실험을 성공적으로 이끌기 위해서는 병세가 똑같은 환자들을 무작

위로 똑같이 나누어 본인이 어느 그룹에 속했는지 모르게 하면서 한 그룹에는 진짜 약을 투약하고 다른 그룹에는 가짜 약을 투약하다가, 두 그룹 중 한 그룹에서 손상이 발생하면 그제야 실험자와 피실험자, 즉 의사와 환자 모두에게 진상을 알린다. 내게는, 설명을 들은 그 당장에는 두 그룹 모두에게 고문도 그런 고문이 없는 혐오스러운 시스템으로 여겨졌다. 하지만 원래도 임박했던 죽음이 그야말로 성큼 다가선 오늘날은 내가 비록 유력한 예비 자살자이긴 하나, 어쩌면 그렇기에 더더욱 이중맹검법의 늪으로 거침없이 뛰어들어 그 구렁에서 점벙거렸어야 하지 않았나 하는 생각이 든다. 나는 샹디 박사에게 물었다. "그러니까 지금 저더러 그 연구 그룹에 들어가라고 조언하시는 거죠?" 그가 대답했다. "난 아무 조언도 하지 않아요. 다만 어디까지나 개인적인 의견이지만, 어쨌든 그 약이 무해하다는 확신에 가까운 신념이 있다는 건 분명하게 말씀드릴 수 있죠." 나는 그 약이든 가짜 복제품이든 복용하기를 거부했다. 만일 몇 달 뒤 샹디 박사가 나와 점심 식사를 하는 중에 자기가 내게 그 약을 권했을 당시 실은 이미 그 약이 가짜 복제품만큼이나 아무 효력이 없다는 걸 확신했었노라고 고백하지 않았던들, 우리의 '데팡티올' 챕터는 그쯤에 머물렀으리라. 그 약을 생산하던 연구소들이 다른 연구소들과 경쟁하며 결정적으로 효과적인 무언가를 개발하지 못하면서 실험 결과 발표가 늦어졌고, 따라서 상품이 시장에서 회수되는 불상사를 막고자 여론을 호도하기 위해 학자들을 매수했다. 나는 나대로, 그 약이든 가짜 대용품이든 복용할지 말지 망설이고 있었을 때, 스테판 앞에서 데 팡티올과 지도부딘을 헷갈려하는 척하며 아무것도 모르는 표정으로 그의 의견을 물었고, 그러자 이중맹검법의 핵심은 참가자들을 미치게 만드는 것이라는 대답이 돌아왔다. 스테판에 따르면 일주일 이상 견디는 참가자가 드물고, 종국에는 다들 자기들이 받은 약이 진짜인지 가짜인지 어떻게든 알아내야 할 필요성에 사로잡혀, 연구실 안을 이리저리 뛰어다니며 약의 성분 분석을 요구하는 데 혈안이 된다는 것이었다.

54

자신과의 성관계가 초래하는 결과를 명백히 인지한 상태에서 에이즈를 감염시킨 매춘부나 일시적인 파트너에게서, 법원의 중재를 통해 돈을 뜯어내려는 자들의 사례가 신문에 실리기 시작했다. 바이에른주 당국은 감염자들에게 엉덩이에 파란색으로 대문자 약어를 문신하라고 권고했다. 문득 '시인'의 모친이, 우리가 다 같이 육체관계를 맺었다는 전제하에, 내가 에이즈 검사를 받기 훨씬 전부터 아들한테 에이즈 검사를 받으라고 종용했다는 사실이 염려스러워졌다. 시인과는 늘 조심했다. 그가 자기를 갈보처럼 다루어달라고 애원했을 때나, 쥘에게 그를 넘기며 쥘을 내가 되고 싶지는 않은 인공 남근 대용으로 썼을 때조차도. 오르가슴을 느끼기 직전, 뒤엉킨 우리 셋의 몸에서 매우 묘한 땀내가 스멀스멀 올라왔다. 그것은 비할 바 없이 관능적이고 현기증 나는 냄새였다. 혹여 쥘과 나, 우리가 무법의 양심도 없는 잔인무도한 살인자 커플이었던 것은 아닐까? 그럴 리 없었다. 나는 쥘이 동정을 빼앗은 그 애송이에게 삽입을 할 때마다 번번이 콘돔을 새로 갈아 끼우도록 주의를 기울였고, 나 또한 시인의 입에 사정하지 않도록 자제했다. 페니스를 빨게 하는 것이야말로 분명, 여자들이 빨아주지 않는다고 징징거리는 그 이성애자 애송이를 가장 흥분시키는 행위였기 때문이다. 녀석은 대리 체험 욕구 때문인지 아니면 욕망을 거꾸로 투사하려는 것인지 갈보처럼 취급되기를 원했다. 시인의 모친이 에이즈 검사를 종용한 사실이 염려스러웠던 건, 내가 시인이 아무하고나 몸을 섞는다는 것을 그 본인에게서 들어 알고 있기 때문이었다. 그는 마르세유에서 아비뇽으로 가는 길에 히치하이크로 차를 얻어 탄 역겨운 늙다리들한테도 똥구멍을 내주는 녀석이었다. 그런데도 그의 모친의 눈에는 내가 확인 가능한 유일한 애인, 요컨대 살인 용의자라는 사실이, 그 어처구니없는 부당함이 나는 못내 두려웠다. 마침내 시인에게서 한 통의 편지를 받았다. "검사 결과, 난 에이즈가 아니라네." 자살, 혹은 영광만을 생각하던 애송이는 못내 애석한 듯 그렇게 쓰고 있었다.

　　이 글을 쓰는 시간에, 내가 아직 기숙생인 이 아카데미*에
서, 아이들은 기형으로 태어나고, 신경쇠약에 걸린 도서관 사서
들이 계단 구석에서 목을 매는 일이 끊이지 않으며, 화가들은
정신병원에서 미치광이들에게 그림을 가르치는 역할로 재활
용되었던 옛 미치광이들이고, 토마스 베른하르트가 혈액과 세
포 속에서 번식하는 파괴적인 바이러스에 의한 에이즈만큼이
나 불가피하게 진행되던 자신에 대한 담론을 얼마간 가라앉히
고자 순전히 교란의 목적에서 글로 썼듯, 작가들이 갑자기 개
성을 잃고 선배들을 패러디하기 시작한 이 불행의 성채에서, 두
아이와 함께 남편으로부터 버림받은 한 기숙생의 아내가 미쳐
버리는가 싶더니, 일상적인 인사말조차 건네지 않던 남편의 동
료 기숙생들인 우리에게 처음엔 의뭉스레 젖먹이를 맡겼고, 이
어서 상식을 벗어난 시간에 끊임없이 울려대는 전화벨과 초인
종으로 우리를 괴롭히다가, 급기야 그녀에 따르면 자기 자식들

★　에르베 기베르는 젊은 예술가들의 창작 작업을 북돋기 위해 일정 기간 동안 체류
　　를 지원하는 로마의 '프랑스아카데미(일명 메디치빌라)'에 2년 동안(1987~1989)
　　체류했고, 체류 기간 중인 1988년 1월, 자신이 에이즈라는 것을 알게 되었다.

에게 위해를 가하기 위해 아이들의 아버지를 납치한 괴물인 우리가 다가가자 기겁하여 밤새 울부짖었는데, 그 가련한 조지안이 완전히 돌아버린 건 사실이나 어쨌든 가공할 발작적 광란으로 마침내 우리의 관심을 끌기에 이르렀고, 따라서 우리가 늘 그저 새끼나 낳고 젖을 물리는 데나 적합할 갈보로 여겨왔던 그녀가 그나마 젖병조차 제대로 물릴 수 없는 위인이라는 것이 밝혀졌으며, 설상가상으로 엄마가 다가가기만 하면 역시나 기겁하여 울부짖지만 애 엄마에 따르면 정작 자기한테 가해자인 우리에게는 방긋 미소를 지어 보이는 갓난애의 얼굴을 우유 범벅으로 만들기 일쑤였으니, 우리는 그녀가 혹여 아기를 창밖으로 내던지지나 않을까 저어하였고, 정원에서 그쪽 구역으로 발을 내딛는 모험 따위는 절대 하지 않는 나였으나 오늘 아침은, 마치 의지와 상관없이 불행이 최고조로 집중된 곳으로 발길이 이끌리기라도 한 듯 그녀의 창문 밑으로 다가가, 혹여 미치광이가 불쑥 얼굴을 내미는 것과 동시에 머리 위로 아기가 떨어지는 것은 아닌지 두려워하며, 햇빛을 향해 문이 열린, 바람에 말라가는 이불이 널린 발코니를 흘금거리며 한편으로는 내 두려움이 현실이 되기를 바랐는데, 왜냐하면 그렇게 상상함으로써 자신이 실은 화가라고 밝히면서 이제는 남편의 유일한 친구였다는 이유만으로 집착의 대상으로 삼은 우리 동료 기숙생 중 하나의 이름을 자기 집 벽에 립스틱으로 휘갈기는 애 엄마의 고통을 다들 그러하듯 무조건 믿어주기 위해서였고, 그렇게 서로에게 절대 말을 거는 법이 없고 행여 길에서 마주치더라도 외면하기 바쁜 우리 기숙생들은 그 여인의 불행으로, 즉 겉으로는 그녀의 안위를 걱정하는 위선을 떨지만 실제로는 그녀를 불행의 끝으로 몰아붙이겠다는 야만적 집단의 의지로 결속되었으니, 마침내 우리의 고루한 아카데미가 그녀의 불행으로부터 존재의 이유, 존속과 순환의 동기 그리고 소명감을 찾은바, 이제 사양길에 접어들었던 우리의 아카데미는 윙윙거리며 불행을 생산하는 공장이 되었다.

56

내 병은 파리에 비밀로 묻어둔 채, 로마로 돌아왔다. 하지
만 마투가 왜 그리 침울해 있느냐고 끈질기게 물어대는 통에
비밀을 흘리고 말았다. 그가 하루라도 이렇게 묻지 않고는 지
나가는 날이 없었으니 말이다. "대체 무슨 일이야, 에르벨리노?
왜 이리 이상해졌어…. 너, 변했다고…. 무슨 걱정거리라도 있
어? 널 정말 좋아하니까, 당연히 걱정이 되지…" 처음엔 그의
추궁을 이해하지 못하는 척하다가 나중엔 매몰차게 물리쳤는
데도 그는 포기하지 않았다. 마침내 단둘이 있게 되었을 때 사
실을 털어놓았다. 있는 그대로 건강에 문제가 있다고 말하자,
그는 그 이상의 구체적인 설명을 요구하지 않았고 더는 어떤 질
문도 하지 않았다. 하지만 그 고백에는 가혹한 무언가가 있었
다. 자기가 환자라고 말하는 것은 병을 확대하기만 할 뿐이다.
그 즉시 병은 확고부동한 현실이 되고, 우리가 알고 있는 그 병
의 파괴력과 강력함이 불거지니 말이다. 게다가 그것은 죽음으
로 이어질 이별을 향한 첫걸음이다. 그날 저녁, 마투는 우리 집
으로 찾아와 내가 수 주 전부터 찾던 물건인 별 모양의 조명등
을, 마술사가 한 손을 휘둘러 짜잔 하고 나타나게 하듯 내게 건

176

넸다. 별 모양 램프가 내 걱정과 달리 오래도록 나를 비춰줄 거라고 말하는 그만의 방식이었다. 우리는 함께 춤을 추러 가서 우리가 아직 숨이 붙어 있고 똑똑히 살아 있다는 걸 우리 자신에게 증명하기 위해 녹초가 될 때까지 몸을 흔들었다. 하지만 나는 마투도 걱정스러웠다. 그는 내 절친한 친구가 되기 전인 5년 전, 그러니까 그 전후로 감염의 소급력이 미치는 시기에 내 애인이었기 때문이다. 그의 여자친구는 기침을 멈추지 않았고 병을 몸에 달고 살았으며 더구나 임신 중이었다. 때문에 나는 마투에게, 수태 시기가 3개월 전으로 거슬러 올라가니 여자친구에게는 얘기하지 말고 몰래 검사를 받아보라고 조심스럽게 권유했다. 내가 마투를 극심한 불안에 빠뜨렸다. 그는 자기 안 가장 깊은 곳에 벽을 둘러치고 들어앉아 고국행을 결정할 수밖에 없었고, 불면증에 시달리며 창밖의 어둠 속에서 바스락거리는 물푸레나무 이파리에 시선을 고정한 채 그 기막힌 사실의 현실 가능성에 대해 끊임없이 자문했으며, 검사를 받기로 마음먹었다가 이내 포기하기를 고문처럼 되풀이했다. 떠나는 날 아침, 산책하다 길을 잃고 가시덤불 속에 발이 묶인 이가 궁여지책으로 너무 높은 벽에서 뛰어내리기로 결심하는 것처럼, 결국 그는 주삿바늘에 맨 팔을 들이밀었고, 그 대가로 얻은 복권을 가져가 전적으로 신뢰하는 이에게 맡겼다. 마투가 로마로 돌아왔고, 우리는 함께 정원을 거닐었다. 마투의 여자친구는 한 발 떨어져 다른 지인과 걸었다. 그날 저녁 마투는 파란색 우비 차림에 모자를 쓰고 있었다. 돌아온 뒤로 벌써 며칠째 초조한 기색에 음울하고 난폭한 모습을 보였던 그가 내게 속삭였다. "드디어 검사 결과가 나왔어…." 나는 잡아먹을 듯이 물었다. "그래서, 뭐래?" 내 마음의 투명성에 대한 진위를 상대가 의심할 수도 있겠다는 생각이 드는 참으로 복잡한 순간이었다. 마투는 그의 검사 용지를 사용해 그인 척해준 친구한테서 이제 막 전화를 받은 참이었다. "그래서, 괜찮대…." 마투가 담담하게 말했다. 나는 미소를 지었다. 그때 나는, 이렇게 말하면 더 수상할지 몰라도, 마음 깊이 진정으로, 가슴을 쓸어내렸다.

57

상상을 초월할 정도로 내 몸속을 뒤덮고 있는 HIV의 존재를 확신하게 된 이후로, 나는 전쟁 준비에 돌입하여 폭발일이 6년 뒤로 맞춰진 시계 장치 위에서 초긴장 상태로 대기 중인 바이러스의 위치가 림프계인지 신경계인지 뇌인지 모르는 채로, 정체되어 치료를 포기한 혀 밑의 곰팡이는 차치하고라도 다양한 부작용에 시달렸으며, 샹디 박사는 그 부작용들 하나하나에 대해 주로 전화로 처방해주었다. 어깨의 습진 반점엔 코르티손 연고와 로코이드 0.1퍼센트가, 설사엔 연질캡슐인 관계로 사흘간 네 시간마다 복용해야 하는 에세푸릴 200이, 의심스러운 다래끼엔 다크린 안약과 오레오마이신 연고가 처방되었다. 샹디 박사는 처음부터 경고했었다. "현재로선 딱히 에이즈 치료제라고 할 만한 게 없어요. 그저 증상이 생기면 그때그때 적절히 치료해나가는 수밖에. 그러다가 마지막 단계가 되면 그때부턴 지도부딘이 있는데, 그건 한번 시작하면 끊을 수 없소." 그는 "죽을 때까지"라고 말하지 않고, "견딜 수 없을 때까지"라고 말했다. 로마로 돌아간 뒤 나는 울대뼈 왼쪽에서 부어올라 가벼운 통증을 유발하는 멍울을 발견했다. 미열도 수반되었다. 수

년 전부터 신문마다 에이즈 발병의 결정적 신호라고 반복적으로 떠들어온 그 증상이었다. 놀란 나는 파리의 샹디 박사에게 전화를 걸었다. 그는 소염제인 니플루릴을 처방해주면서, 이탈리아에서 유사 약품을 찾을 수 있도록 제품 성분까지 알려주는 것을 빼먹었다. 내가 멍울에서 손을 떼지 못한 채 미친 듯이 달려간 스페인 광장의 한 약국에서 나를 바르베리니 광장의 국제 약국으로 가게 했고, 거기선 다시 나를 바티칸 약국으로 보냈다. 덕분에 나는 약 하나를 얻으려면 웬 스위스인에게 심문을 당한 뒤 창구 앞에 줄을 서서 신분증을 보여준 다음 통행증과 그 복사본의 먹지에 수많은 검인이 찍히길 기다렸다가 그것을 경비병에게 건네고 나서야 성스러운 도시에 드디어 입성할 수 있는 놀라운 세계를 알게 되었다. 어느 지방 도시 외곽의 대형 슈퍼마켓 주변처럼 소비자들이 일회용 기저귀와 은혜로운 생수를 박스째 넘치도록 담은 카트를 밀고 다녔는데, 그 성스러운 도시에선 모든 물품이 저렴하기 때문이었다. 도시 안의 또 다른 완벽한 도시로서 자신이 속한 도시와 경쟁하는 그곳에는 우체국, 법원, 교도소, 영화관 그리고 쇼핑 사이사이 들러 기도할 수 있는 조그만 예배당들이 갖추어져 있었다. 나는 길을 헤맨 끝에 마침내 약국으로 들어갔다. 그곳은 스탠리 큐브릭 감독의 영화 〈시계태엽 오렌지〉의 미술감독이 꾸몄을 법한 하얀색의 미래주의적 공간으로, 계산대 한쪽에선 하얀 가운에 덮여 거의 보이지 않는 회색 옷을 입은 수녀들이 입생로랑의 오피움 향수와 화장품을 면세 가격으로 팔고 있었고, 다른 쪽에선 회색 목깃이 드러나는 가운을 걸친 신부들이 아스피린과 콘돔을 팩으로 팔고 있었다. 결국 나는 이 도시의 어느 약국에서도, 심지어 바티칸 약국에서조차 니플루릴을 구하는 것이 내게는 어림없는 일이었다는 생각을 하기에 이르렀다. 쥘이 일주일간 로마에 들렀고, 그의 존재는 나의 공포만을 부풀렸다. 한 인간에게 두 개의 에이즈란 너무 과한 것이었는데, 이제부터 나는 우리 둘 사이에 거울이 놓인 것이 아니라 아예 우리가 동일한 하나의 존재를 형성한다고 느꼈기 때문이었다. 그와 통화할 때 내 귀로 흘러드는 건 또다시 내 목소리였고, 그를 끌어안을 때마다 내가 정복하는 건 또다시 내 육체였으며, 한 몸 안의 두 잠복 감염자라는 건 견딜 수 없는 것이 되어갔다. 우리 중 한 명만이 환자이고 다른 한 명은 그렇지 않았더라면, 분명 고통의 절반은 축소시킬 보호막이 균형을 잡았으리라. 우리는 그 이중의 질병 속에서 함께 손상되고, 무력하게 침몰했으며, 저 깊숙한 곳, 가장 깊숙한 밑바닥으로 향하는 동반 추락 속에서 누구도 상대의 손을 잡아주지 못했다. 쥘은 가련하게 발버둥 치고 내 간호인 행세를 하기를 거부하고 지긋지긋해하고 내 화를 끓어오르게 만들었고, 나는 나대로 그에게 악담을 퍼붓고 네가 나로 하여금 너를 증오하게 만들었으니 차라리 잘되었다고 쏘아붙였다. 그러자 그가 한 달 전쯤 목구멍부터 겨드랑이를 거쳐 살 굴부위까지 몸 전체에 걸쳐 멍울들이 부풀어 올랐다가 일주일 만에 사라졌었노라고 고백했다. 그는 언제나처럼 그 고통을 자신이, 오직 자신만이 떠안고서, 내가 흔히 그러듯 남에게 걱정을 퍼뜨리는 대신 혼자 삭이는 정신력을 발휘했다. 자신의 불안을 친구들에게 다짜고짜 전가하는 데는 나를 따라올 자가 없었으니, 다비드가 내게 역겹다고 말했을 정도였다. 쥘과 나는 두 죽음의 도시 아시시와 아레초에서 보낸 한 주 동안 녹초가 되었다. 쉼 없이 비가 내렸다. 나는 이가 딱딱 부딪칠 정도로 몸을 떨었고, 비현실적으로 화려한 경관을 향해 발코니가 나 있고 난방이 잘되지 않는 호텔 방에서 꾸벅꾸벅 졸았으며, 기나긴 낮 시간과 잠이 오지 않는 밤이면 엄지와 검지로 멍울을 짜냈다. 쥘은 도망쳐 빗속을 거닐었다. 나보다는 차라리 차디차고 칙칙한 부슬비를 택한 것이었다. 우리는 로마로 돌아왔고, 쥘은 출발을 서둘렀다. 더는 서로를 견딜 수 없었다. 쥘은 침대에서 불안으로 몸을 비비 꼬고 울면서 병원에 데려다달라고 애원하는 나를 보며 떠나갔다. 그가 사라지자 바로 상태가 호전되는 기분이었다. 나의 최고의 간병인은 나였다. 나 외에 누구도 나만큼 고통스러울 수 없었다. 멍울도 저절로 가라앉았다. 뮈질이 스테판에게 그랬던 것처럼 쥘은 내게 질병이었다. 그는 병의 화신이었고, 아마 나 또한 그에게 그러했으리라. 나는 대부분의 시간을 혼자서 편안하게 휴식했다, 천사가 나를 해방시켜주기를 기다리면서.

58

쥘이 알프레드푸르니에 연구소에 새 양탄자가 깔렸다고 알려주었다. 연구소는 매독 이후로 기울어가다가, 3개월마다 검사를 받아야 하는 에이즈 양성 판정자들의 피로 비옥해지면서 돌연 콘돔 공장처럼 번창했다. HIV 감염 여부를 알기 위한 혈액검사 비용은 512프랑 50상팀이었고, 이제는 신용카드 결제도 가능했다. 반투명 스타킹에 단화를 신고 치마 정장에 블라우스 밖으로 간결한 목걸이를 늘어뜨린 간호사들은 매우 세련돼 보였다. 피아노 교사나 은행원 같았다고나 할까. 간호사들은 마치 오페라 연회 시의 벨벳 장갑처럼 고무장갑을 착용하고 있었다. 나를 담당한 간호사는 놀랍도록 섬세하게 주삿바늘을 꽂았다. 그녀는 자기 얼굴의 혈액 쿼터가 순간적으로 변하지 않도록, 즉 안색이 급변하지 않도록 극도의 주의를 기울이면서 하루 종일 오염된 피가 흐르는 것을 지켜보았다. 반투명한 장갑을 착용했다고는 해도 오염원이 바로 곁에서 흘러 다니고 있는 셈이었다. 그녀는 철썩 소리를 내며 고무장갑을 벗고는, 맨손으로 상처에 솜을 누르며 전혀 다른 이야기를 꺼냈다. "겔랑의 아비 루즈* 향수를 쓰시죠? 바로 알겠더라고요. 물론 중요하진 않지만 제가 정말 좋아하는 향수거든요. 오늘같이 흐린 날 아침에 이 향기를 맡다니 어쨌든 제겐 작은 행운이지 뭐예요."

---

* '빨간색 옷'이라는 의미.

59

1988년 3월 18일, 파리로 돌아온 나는 귀스타브와 함께 로뱅의 집에서 저녁 식사를 했다. 두 사람이 태국으로 떠나기 전날이었다. 폴과 디에고와 장자크, 그리고 그날 아침 미국에서 도착한 빌도 합석했는데, 나는 그날의 일을 우리 각자가 테이블에 앉았던 자리까지 세세하게 기억한다. 그날 저녁, 빌이 늘어놓은 일장연설의 증인은 여섯 명이었다. 빌은 극도로 흥분하여 저녁 식사 자리를 휘어잡으며 대화를 장악했다. 그는 다짜고짜 미국에서 에이즈에 효과적인 백신 개발을 이제 막 완료했노라고 선포했다. 백신은 예방약이니 정확히는 진짜 백신이 아닌 치료 백신이라면서. HIV로부터 얻어낸 그 백신은 에이즈 바이러스 감염자를 건강하다고 보는 시각에 문제를 제기하기 전인 초창기만 해도 "건강한 보균자"라고 부르던, 무증후성 에이즈 양성 판정자들에게 투약되었다. 백신이 정말로 발병 위험성을 차단하고 바이러스의 면역 세포 파괴 절차를 막는지 실험하기 위해서였다. 하지만 빌은 아직은 보안이 철저히 유지되어야 한다며, 가여운 환자들에게 헛된 희망을 주지 않고 나아가 동요한 환자들이 머지않아 프랑스에서도 실시될 실험에 제동을 걸지 않도록 그 자리에 모인 우리 모두에게 함구해줄 것을 부탁했다. 우리 중 환자가 있을 리 만무하겠으나 모두가 에이즈 환자들과 지인이 아니냐면서. 나는 하도 바짝 다가온 나머지 이제는 면역이 된 죽음을 의문시하거나 반박하는 중인 사람이었으나 그날의 참석자 가운데 맨 처음으로 빌의 이야기에 마음이 동요했다. 하지만 병에 관한 한 모두가 거짓말을 하는 마당이니만큼 정말로 내가 맨 처음이었는지는 확신할 수 없었다. 나는 혹시 얼굴이 창백해지거나 새빨개지는 건 아닐까 하여 겁이 났다. 본심이 드러날까 봐 두려웠다. 나는 두려움을 확실히 몰아내기 위해 빈정거렸다. "그럼 이제 네가 여기 모인 우리를 죄다 구할 수 있겠네?" 자기 이야기에 한창 빠져 있던 빌이 대꾸했다. "무슨 바보 같은 소리. 넌 에이즈도 아니면서." 이어서 그는 좌중을 돌아보며 다른 다섯 명 앞에서 굳이 로뱅을 콕 찍어 말했다. "그래도 에릭이나 네 동생 같은 사람들은 구제할 수 있게 될 거야." 나는 작년 여름에 죽은 에릭과 오늘 요트로 세계 일주에 나선 로뱅의 이성애자 남동생이 나처럼 에이즈에 걸렸다는 사실을 전혀 몰랐다. 빌의 연설이 계속되었다. "미국에선 석 달간의 연구 관찰 끝에, 지난 12월 1일에 무증후성 에이즈 바이러스 보균자들에게 백신을 투약해 실시한 1차 실험의 첫 결과가 나왔어." 그의 말에 따르면 그들의 체내에 잠입한 모든 바이러스, 그리고 혈액, 정액, 눈물, 땀 등 전염이 가능한 모든 요소들 속의 바이러스가 백신에 의해 완전히 배출된 것으로 보였다. 그 환상적인 결과에 힘입어 4월 1일, 2차 실험 돌입이 결정되었다. 1차 실험 이전에 선행되었던 실험이 이미 병이 말기 직전까지 진행된 환자들을 대상으로 실시된 까닭에 오늘날 환자들이 모두 사망했거나 사망이 임박한바, 이번이 사실상 3차 실험이라는 것이었다. 이번에는 '2B'라는 명칭으로 분류된 무증후성 에이즈 바이러스 보균자 60명을 대상으로 절반에게는 백신을, 나머지 절반에게는 위약僞藥을 투약하는 이중맹검법을 실시할 예정이었다. 6개월 뒤, 즉 신학기가 시작될 무렵 거의 확정적인 결과를 얻게 될 것이고, 그에 따라 '2A' 그룹의 결과 또한 긍정적으로 예측되면 프랑스에서도 같은 유의 실험이 실시된다. "그렇게 되면 에릭이나 네 동생 같은 사람들을 구제할 수 있게 되는 거지, 로뱅." 빌이 재차 강조했다. 빌은 그 새로운 백신의 개발자인 멜빌 모크니와 오래 알고 지낸 절친한 친구이자 프랑스 백신개발 연구소의 소장으로서, 백신의 개발 그리고 경우에 따른 백신의 상업화와 밀접한 연관이 있었다. 모크니의 발견이란 HIV, 즉 에이즈 바이러스의 핵으로부터 백신을 제조해내는 것이었다. 반면 그의 동료들은 바이러스가 패턴의 윤곽을 드러낸 이후로 그것들의 외피만을 이용하는 실험을 거듭함으로써 나날이 씁쓸함이 짙어가는 실패를 축적했고, 빌에 따르면 그 실패는 오는 6월 11일부터 같은 달 18일까지 전 세계의 연구자들이 모여드는 스톡홀름 국제 학회에서 만천하에 폭로될 터였다. 빌은 백신에 대한 기대로 흥분을 주체하지 못했다. 그 자리는 어느새, 그가 가장 가까운 친구들에게 하루아침에 뒤바뀔 수도 있는 자신의 인생에 대해 상담하는 자리가 되었다. 그는 프랑스와 아프리카를 오가며 준국가기관에서 의료 활동을 벌이는 소모적 일상과 그에 따라 불가피하게 두드러지는 고독에 넌더리가 났다. 프랑스 차기 대선을 코앞에 두고 무너지기 직전인 여당의 의료 정책에 협력하면서 오직 일신의 안위를 위해 정치판에 뛰어들 생각도 해보았으나, 그때마다 정치인들이 무능하고 멍청하다는 생각에 부딪쳤다. 결국 오늘날 에이즈와 싸우는 것보다 더 흥미로운 일이란 아무것도 없었다. 에이즈가 재앙처럼 확산되고 있었기 때문이다. 하지만 서둘러야 했다. 빌은 미국의 마이애미에 정착할 수도 있었다. 그곳의 연구소에서는 바이러스가 올바르게 비활성화되어 극저온에서 동결되었다가 해동된 뒤에 레이저광선에 의한 중화를 거쳐, 연구원들이 감염되지 않도록 주의를 기울인 관리를 받으며 수많은 거대한 용기 속에서 헥토리터 단위의 백신으로 재생산되고 있었다. 빌은 멜빌 모크니의 20년 된 친구이자 대형 백신 연구소의 소장으로서, 동시대를 위협하는 가장 치명적인 위험으로부터 인류를 구할 발견에 한 발을 담글 수 있었다. 그는 또한 백신은, 비록 그 돈으로 무엇을 할지 모른다 해도, 자신이 막대한 부를 거머쥘 수단이기도 하다는 것을 숨기지 않았다. 나는 그가 그의 재규어로 나를 집까지 바래다주는 내내 한마디도 하지 않았다. 다음 날 저녁도 그와 단둘이 보내야 했다. 그러고 나서 우리는, 그는 마이애미로 나는 로마로 각자의 길을 떠났다. 밤새 잠을 이루지 못했다. 흥분이 도무지 가라앉지 않았다. 나는 쥘에게 내가 알게 된 것을 말하는 것도, 빌에게 내 병에 대해 알리는 것도 보류했다. 수첩의 날짜를 다시 세어보았다. 쥐라 거리에서 내 병을 최종적으로 선고받았던 1월 23일과, 돌이킬 수 없는 결과로 받아들였던 첫 번째 선고를 결정적으로 뒤집을 수도 있다는 두 번째 선고가 내려진 3월 18일 사이에 56일이 있었다. 사형선고를 확신하며 즐거워하다가도 절망하고, 잊었다가도 지독한 강박에 시달리는 것에 길들여진 56일을 살아낸 참이었다. 나는 이제 어쩌면 이전 단계보다 더 가혹할지도 모를 정지와 희망과 불확실의 새로운 단계로 진입했다.

    그날 밤 나는 내가 운명의 장난에 걸려들었다고 확신했다.
왜 하필 내가 에이즈에 걸렸단 말인가? 그리고 왜 하필 빌이,
내 친구 빌이 세상에서 처음으로 내 악몽 또는 마침내 목표에
도달했다는 기쁨을 지울 수 있는 열쇠를 쥔 이들 가운데 하나
여야 했단 말인가? 왜 그는 내가 열여덟 살이었던, 15년도 더 전
인 1973년 가을의 그날 저녁, 생제르맹의 쇼핑센터에서 혼자 저
녁을 먹고 있던 내 맞은편에 와서 앉았단 말인가? 당시 그는 몇
살쯤이었을까? 서른? 지금의 나와 같은 서른다섯? 나는 지독하
게 외로웠고, 그도 나만큼이나 또는 그 이상으로 외로웠으리라.
오늘날 내가 그러하듯 어린 남자 앞에서 무장해제될 만큼. 그
는 내게 대뜸 자기가 조종하는 전용기를 타고 함께 아프리카에
가지 않겠느냐고 제안했다. 그날 저녁 그가 했던 말은 이후에
내가 시나리오를 쓴 영화에서 그의 역할을 연기한 배우에 의해
결국 다시 말해졌다. "거 말이오, 아프리카에 가는 건 전혀 복
잡하지 않소. 티푸스니 황열 백신을 맞고, 말라리아 예방을 위
해 당장 내일부터 출발 전까지 보름 동안 매일 아침저녁으로 니
바킨을 한 알씩 복용하기만 하면 되거든. 그러고 나서 보름 뒤

엔 곧장 파리를 뜨는 거요." 나는 왜 마지막 순간에 그와 함께 가기를 포기했던 것일까? 이후로 그를 다시 만나지 못했지만, 그 보름 동안은 여행 준비를 하느라 전화를 주고받으며 연락을 유지한 데다 내가 백신도 맞고 니바킨도 복용하기 시작했으니, 그는 내가 자기와 함께 떠날 것을 믿어 의심치 않았었다. 왜 우리는 멀어졌다가 그로부터 5년 뒤인 1978년 7월의 어느 저녁, 프랑스 남부의 아를르에서 열린 국제사진페스티벌에 각자 참석하여 다시 만나게 된 것일까? 무엇보다 나보다는 빌이, 빌이야말로 기막힌 운명의 장난에, 삶을 제멋대로 비틀고 주무르는 운명이라는 절대적 괴물에 휘둘린 것이 아니었을까? 빌, 그리고 그에게 그들 관계만큼의 거액도 보장해줄 그 학자 사이에는, 나와 빌의 나이 차와 똑같은 그들의 나이 차에도 불구하고 거의 초자연적이라 할 만한 무언가가 있지 않았을까? 멜빌 모크니는 1951년 소아마비 백신을 발견하면서 유명세를 얻었다. 전후 세대인 빌은 유년기에 그의 누이처럼 갑자기 소아마비 바이러스의 공격을 받았는데, 이 바이러스는 신체의 운동성 및 외형과 관련된 핵심 인자들을 차례로 마비시키고, 그 결과 안면의 일부분을 경직시킴으로써 그에 따른 호흡반사 파괴로 인해 생명 유지에 필수적인 호흡 장애까지 유발하며, 주로 아동들인 희생자들을 완전히 질식할 때까지 저 끔찍한 인공호흡 장치인 '철의 폐iron lung'에 산 채로 가둔다. 에이즈 말기에도 폐포자충이나 카포지육종이 폐를 공격하여 완전한 질식에 이르게 한다. 하지만 이미 안면의 반쪽이 전부 마비되어 한쪽 눈이 감겨지지 않고 입술 오른쪽―그의 맞은편에서 식사하는 내가 보기에는 그의 얼굴에서 죽어 있는 이 부분이 왼쪽에 있다―의 반사 신경도 파괴된 빌은, 바이러스에 위협을 받던 아이였을 때 장차 자신의 동료이자 친구가 될 이가 이뤄낸 발명의 기적을 체험하지 못했다. 모크니가 이 소아마비 예방 백신을 개발하기 3년 전인 1948년부터, 어린 빌은 오로지 자신의 노력 또는 우연한 기적에 의지해 스스로 소아마비 바이러스를 제압하여 그 파괴 작용을 중단시켰고, 마치 아이가 성난 사자에 올라타듯 백신을 투여받지 않고도 바이러스를 몸 밖으로 영원히 몰아냈다. 빌에 따르면 멜빌 모크니는 명예가 뒤따르는 관행들에 뜻을 굽히기를 거부하고 이면공작도 질색했기 때문에 소아마비 백신 발견으로 노벨상을 수상하지는 못했고, 이후 원활한 뇌 연구를 위해 뉴욕주 로체스터의 연구센터에 은둔했으며 얼마 안 가 뇌가 온몸에 신경 임펄스만 전달하는 것이 아니라 그에 못지않게 중요한 작용을 하는 뇌척수액도 전달한다는 것을 밝혀냈다.

61

3월 19일 토요일, 빌과 저녁 식사를 했다. 그날 아침 쥘이
나와 통화하며 빌에게 우리의 상황을 알리라는 지침을 내렸고
에드비주 역시 우리의 주례周例 행사인 토요일 점심 식사 때 쥘
과 같은 의견을 강력하게 피력했으나, 나는 망설여졌다. 빌을 전
적으로 신뢰하지 못해서가 아니라, 이미 결정된 것으로서 안정
기에 접어든, 불가피한 죽음으로 향하는 이 상태가 운명과의
새로운 계약으로 인해 또다시 뒤집히는 것이 두려웠기 때문이
다. 쥘은 우리가 감염되었다는 것을 몰랐을 때 내게 에이즈는
멋진 병이라고 말했었다. 실은 나 또한 에이즈의 잔혹함에서 감
미롭고 황홀한 무언가를 보았다, 내게 에이즈는 분명 잔혹한 병
이었으나 급격한 것이 아니라 기나긴 계단을 통과해야 하는 단
계적인 병이었다, 기나긴 계단은 영락없이 죽음으로 이어졌지
만 각각의 칸은 비할 바 없는 죽음의 수련이었다, 에이즈는 죽
을 시간이 주어지는 병이었다, 요컨대 죽음에게 살 시간을, 시
간을 발견할 시간을, 그리하여 마침내 삶을 발견할 시간을 주
는 병이었다, 어떤 의미로는 아프리카의 녹색원숭이들이 우리
에게 전파한 현대의 천재적인 발명품이었다, 불행이란 일단 그

것에 몸을 담그면 예상보다 훨씬 살 만하고 결과적으로 생각보다 훨씬 덜 잔인하다. 삶이 죽음의 예감에 지나지 않고 불확실한 만기일 때문에 끊임없이 고통을 받는 것이라면, 에이즈는 양성 판정자에게 6년이, 거기서 지도부딘을 처방받지 않은 경우 몇 개월 더, 지도부딘 처방으로 예후가 최상인 경우 2년이 더 추가되는 식으로 삶의 만기일을 확정함으로써 우리에게 우리의 삶을 온전히 의식하게 해주고 우리를 무지로부터 해방시켜주었다. 만약 빌이 그 백신으로 내가 받은 선고를 되돌린다면 나를 이전의 무지했던 상태에 도로 빠져들게 하는 셈이 될 터였다. 에이즈는 나로 하여금 인생에서 엄청난 도약을 할 수 있게 해주었다. 빌과 나, 우리는 극장에 가서 스티븐 스필버그 감독의 영화 〈태양의 제국〉을 관람하기로 했다. 부모의 도움을 받을 수 없는 전쟁 통에 가장 힘 있는 자의 법으로 통치되는 수용소, 폭탄과 학대, 굶주림과 암거래 등이 난무하는 험난하기 이를 데 없는 세상에 던져진 한 아이의 '스트러글 포 라이프struggle for life', 즉 '삶을 위한 투쟁'을 양키스러운 상투적인 방식들의 나열을 통해 이야기하는 거창한 졸작이었다. 나는 어둠 속에서 비감한 장면이 이어질 때나 긴장이 잠시 늦춰질 때 빌이 침을 꼴깍 삼키는 소리와, 내가 더러 그를 향해 슬쩍 눈을 돌릴 때마다 목도하게 되는 지나치게 번뜩이는 눈빛과, 화면에 고정된 그 시선 속에서 자제되고 있는 눈물의 충동을 통해, 그가 어린 주인공이 아닌 영화의 상징적인 메시지에 감정을 이입하고 있다는 것을 느낄 수 있었다. 불행은 인간의 공통적인 운명이지만 의지만 있다면 언제든 그것에서 벗어날 수 있다는 메시지 말이다. 나는 빌이 그의 지성에도 불구하고 극장에서는 신기하리만치 순진한 관객이 되어 무엇이든 믿게 만들 수 있게 되어버린다는 것을 알고 있었지만, 그때만큼은 그 순진함이 혐오스러웠다. 갑자기 기한이 정해진 내 삶에 에이즈가 열어준 놀랍도록—나의 적들은 '뜻밖의'라고 하겠지만—명석한 통찰력이 그 가벼운 순진무구함과 대치되어 특히나 혐오스러웠다. 영화관을 나서면서 나는 계획했던 말, 또는 단순한 생존 본능에 의해 떠밀려 나오려던 말에 대해서는 아예 입도 벙긋하지 않기로 마음먹었다. 이미 늦은 시간이었다. 우리가 다가가자 식당들은 하나둘 문을 닫았고, 마레 지구의 협소한 골목들은 재규어를 세워두기에도 마땅치 않았다. 결국 그럴싸한 유대인 식당에 우연히 발길이 닿았고, 우리는 카자크식 복장*을 한 수선스러운 종업원에게 휘둘려 어느새 촛불 빛에 어슴푸레하게 물든 발트 요리 접시 너머로 달콤한 눈길을 교환하는 여러 연인들 틈에 끼어 앉아 있게 되었으며, 그 결과 당연히 우리의 관심 주제에는 접근할 수가 없었다. 하지만 빌의 입술을 불태우는 주제는 오직 그것뿐이었고, 영화에 대한 상투적인 평이 두서너 마디 오가다가 결국 나는 이미 포기했음에도 불구하고—어쩌면 빌이 단념한 것인지도 모르지만—각기 다른 이유로 우리 두 사람을 사로잡고

★ 러시아 남부 카자크 지방의 민속 의상을 참고한 복장을 말하는 것으로, 스탠드칼라 셔츠와 넓은 벨트, 윗면이 평평한 높은 모자 등이 특징이다.

있는 주제에 대해 빌을 구워삶아보기로 작정하고서 지체 없이 암호를 사용한 질문들을 퍼부었다. 예컨대 "랭주댕"은 어떻게 제조되는지, 어느 시점부터 "랭주댕"들에서 "랭주댕"을 얻어낼 수 있는지 하는 식이었다. 아마 옆 테이블 사람들은 우리를 마약계의 거물들로 알았으리라. 빌은 재규어에 나를 태우고 우리 집으로 향하며 인적 없는 파리의 도로를 말없이 달렸고, 나는 음악에 맞춰 길 위를 날다시피 차를 모는 그에게 비밀을 지킬 수 있는지 묻고는 본의 아니게, 결심과 달리, 친구들에게 원격 조종을 당해서, 올바른 판단에 의해, 죄다 털어놓았다. 우리가 스크린에서 보았던 베트남의 끝나지 않을 것 같은 함정투성이 도로처럼 앞 유리창 너머로 펼쳐지는 도로에서 좀처럼 떨어지려 하지 않는 빌의 번뜩이는 눈빛이, 그가 우리의 얼을 빼놓았던 영화와는 또 다른 장르이면서 똑같이 얼을 빼놓는 나의 비장한 이야기에 충격을 받는 모습이, 똑똑히 보였다. 빌이 정신을 추스르더니 말했다. "사실 알고 있었어. 대상포진이라고 할 때부터. 그래서 널 샹디 박사한테 보낸 거야. 적임자를 만날 수 있도록…. 네가 그렇게 말해주니 그 어느 때보다 얼른, 정말 얼른 서둘러야겠다는 생각이 든다." 이튿날 빌은 마이애미로 돌아갔다. 떠나기 전에 그가 물었다. "T4 수치가 어떻게 돼?" 이미 500 이하였지만 아직도 400은 넘었다. 치사 한계 수치는 200이었다.

62

그날부터 빌은 소식이 없었고, 전화도 없었다. 그 전엔, 최근까지도 한밤중에 로마로 전화를 걸어와 귀찮을 정도로 끊을 줄을 몰랐으면서. 보통은 간결하고 신속하게 통화하는 스타일이었던 그는 마이애미의 사무실에서 한가해지면 전화를 걸어와, 오전 7시에 시작되어 고작 15분 동안의 샌드위치 타임으로 잠깐 끊겼다가 다시 해가 떨어질 때까지 계속되는 하루의 일과와, 해가 지고 긴장이 풀리면 엄습하는 참을 수 없으며 고독감만 선명해지는 부조리에 대해 늘어놓았다. 비서와 동료들이 각자의 가정으로 돌아가고 난 뒤에 빌은 사무실에 홀로 남아 수첩의 주소록을 이리저리 훑어보다가 문득 그 모든 것이 공허하고 투명하다고 느꼈고, 결국엔 그나마 내가 이 지구상에 몇 안 되는 친구 중 하나라는 사실을 깨달았으며, 그런 내게도 삶의 피로와 의혹과 연애 불능에 대한 토로 외에는 딱히 할 말이 없다가 나중엔 늘 상당히 외설적인 어조로써 자기로선 이제는 무능해진 연애의 밀사가 되어달라고 제안하면서, 그 시각 내가 혼자임에도 내 침대에 있는 누군가를 상상해내어 야릇하게 헐떡거리는 가쁜 신음을 흘려댔고, 그 순간 빌에게 연민을 느낀 나는 다만 우정으로서 흥분한 소리를 내어보지만 잠에서 덜 깬 내 목소리는 그저 퉁상스럽기만 할 뿐이었다. 그는 업무에 있어서는 의무적인 태도를 수용했지만 우정에 있어서는 어떤 의무적인 태도도 견디지 못했는데, 그것은 그의 병벽이요 강박이요 대인 관계에 있어서의 종양이었다. 그는 저녁 모임의 주인이 되기 위해 약속 시간 마지막까지 자유롭고 싶어 했고, 마치 극히 드문 몇몇 친구의 충직성과 대기성―그가 부르면 바로 달려나올 수 있는―을 시험하려는 것처럼 바로 직전에 약속을 잡았으며, 자신이 주최자가 아닌 저녁 식사 자리를 위해 스케줄을 비워놓는 일 따위는 결코 하지 않았다. 설사 며칠 전부터 마음먹었더라도 약속은 늘 약속 시간 15분 전에, 저녁 7시와 8시 사이로 잡아야 했다. 구주희*로 우정을 다지고 있는 우리의 친구 그룹에 재규어를 몰고 위풍당당하게 나타나 우리 중 한 명을 납치하여 고급 레스토랑에 데리고 가는가 하면, 드루오 호텔 경매에서 수백만 프랑에 낙찰받은 무통로실드 와인 상자를 문 앞에 선물처럼 아무렇지도 않게 놓고 가는 식이었다. 저녁 식사가 끝나고 자기가 초대했던 친구 중 한 명을 데려다주어야 할 때면 그는 언짢아하고 숨 막혀 했으며, 바그너라도 기가 죽을 자신의 막강한 은색 자동차가 가진 고귀함을 모욕하는 친구의 정수리나 우리가 미니버스 취급하는 자신의 재규어를 망치

★ 아홉 개의 핀을 세워놓고 공을 굴려 쓰러뜨리는 일종의 볼링 게임. '나인핀스'라고도 한다.

로 때려 부술 것 같은 기세로 몹시 흥분하곤 했다. 그가 재규어를 운전할 때는 누구도 그를 거슬리게 해서는 안 되었는데, 손가락이 뚫린 가죽제 반장갑을 끼고서 부드럽게 달리는 그가 방해받지 않도록 그의 시야에 들어오는 모든 것은 단 하나의 예외도 없이 그에게 복종해야 했다. 혹여 횡단보도 바깥쪽으로 건너려 하는 행인들이 있거나 그에게 복종하지 않는 어리석은 무모함을 보이는 다른 차가 있으면 빌은 파리 교통의 준엄한 심판관이 되었고, 나는 그가 경솔한 자를 들이받아 으스러뜨릴지도 모른다는 두려움에 몸을 떨어야 했다. 어쨌든 해를 거듭함에 따라 우리는 서로에게 어느 정도 길들었다. 나는 그가 저녁식사 뒤 집에 바래다주는 유일한 사람이었고, 나로서도 어렵게 획득한 그 특권을 천박하고 위태롭게 누렸다. 나는 빌이 나를 집에 데려다주는 것을, 물론 재규어는 아니겠지만 어떤 택시 운전사라도 줄 수 있는 그 혜택을 무척 즐겼으나, 반면에 의무적 우정과 자신의 완고한 자존심에 위배되는 그 우회에 공포증이 있는 빌에게는 희생을 감수해야만 하는 일이었다. 그는 스스로에게 볼멘소리로 구시렁거리듯이, 택시 운전사로서가 아니라 그저 성실한 친구로서 눈 딱 감고 희생을 감수했고, 내게 그것은 곧 승리였다. 한데 그런 빌이 수개월 동안, 내가 병을 고백한 이래, 감감무소식이었다. 나는 더러 쓸쓸해하기도 했고 더러 그에게 이야기한 것에 대해 후회막급으로 여기거나 참을 수 없는 불안감을 느끼기도 했지만, 진실을 말하자면 그다지 놀라지 않았고 심지어 반갑기까지 했다고 할 수 있었다. 그 급작스러운 침묵은 누가 보더라도 이상스러운 회피일 수 있었고, 그로써 빌은 이번에야말로 믿을 수 없는 인간으로 분류되었다. 아마 혼란스럽기 짝이 없었으리라. 친구를 차로 데려다주어야 한다는 것에서도 정신적 부담을 느끼는 자가, 하물며 이제는 자신이 열쇠를 가졌다고 믿고 있거나 적어도 친구가 그렇게 믿고 있는 해결책으로 그의 목숨을 구해야 하게 생겼으니, 그 견딜 수 없는 의무감에 어찌 공포감과 짓눌리는 기분을 느끼지 않을 수 있겠는가? 발이 안 보이게 줄행랑을 치고, 전화번호를 변경하고, 죽은척을 해야 할 현실적인 이유가 너무도 분명했다.

몇 해 전, 1983년이나 1984년쯤으로 기억하는데, 빌이 포르투갈에서 우리에게 우정의 토로치고는 극히 표현이 절제된 애절한 장문의 편지를 보낸 적이 있었다. 그는 자신에게 어쩌면 목숨이 위태로울 수도 있는, 아프리카 질병과 관련된 심각한 간 질환이 있다는 것을 알게 되었는데, 귀국하는 즉시 병원에 가서 절제술을 받아야 했기에 그 전에 오랫동안 꿈꿔왔던 여행을 실행에 옮기기로 결심하였고, 그렇게 여행을 하며 시간을 보내다가 리스본의 대궁전이 문양으로 새겨진 편지지로 편지를 한 것이었다. 그것은 신트라 주변과 꿈의 휴양지인 대서양 연안의 여름 별장들을 방문하던 중에, 한 꿈의 저택에서 문득 그때까지 부차적으로만 여겨왔던 우리 친구들이 질병과 출구 없는 위협 앞에 가장 소중한 존재들로 떠올랐노라고 하는, 진정한 우정의 선언이 담긴 기나긴 편지였다. 빌의 편지에 뭉클해진 나는 따뜻한 몇 마디 말로 답신을 보냈다. 빌은 간의 일부를 절제하는 수술을 받았고, 빠르게 회복했으며, 포르투갈 대서양 연안에 있는 꿈의 주택에서 보낸 여름휴가는 절대 다시 언급되지 않았다.

빌을 다시 만난 것은 7월 14일 밤이 되어서였다. 장소는 프랑스 남부 라코스트에 있는, 우리 공통의 친구인 로맹의 집이었다. 빌은 마이애미에서 비행기로 온 뒤 발드그라스 육군병원에서 마취과 의사를 잠깐 만나고는 다시 테제베 열차를 타고 아비뇽으로 가 거기서 렌터카를 빌렸다. 다음다음 날에 40대 남자가 흔히 겪는 개복수술을 받아야 했기에, 다음 날 저녁에는 병원에 입원하기 위해 다시 떠나야 했다. 나는 친구들이 죄다 파리를 떠나는 바람에, 벌어진 내 상처를 발견하는 즉시 달려들어 내 피와 에너지를 한 방울도 남김없이 빨아들이는 냉혹한 뱀파이어가 되어버린 연로한 두 고모할머니들의 손에 맡겨졌고, 견디다 못해 파리를 떠나온 참이었다. 빌은 여행으로 지치고 머리가 멍해진 채 거의 몽유병 환자처럼 흐느적거렸는데, 어쩌면 수술 준비를 위해 처방된 진통제 탓에 더욱 몽롱해진 것일 수도 있었다. 나로서는 당연히 그와 다시 만나 이야기하는 것이 시급했지만 다른 친구들 앞에서는 전혀 내색하지 않았다. 내가 질문을 이끌 필요도 없이 이미 다른 친구들이 빌에게 질문의 폭격을 퍼부어댔다. 실험은 계속되고 있었고 결과는 여전히 고무적이었다. 내가 매일 신문을 통해 확인한 스톡홀름 학회 기사에는 문제의 백신에 대해서는 일언반구도 없었고, 학회에선 예상대로 어떤 결정적인 것도 발표되지 않았으며, 모크니의 존재는 희미했다. 빌에 따르면, 전문위원회에서 모크니의 연구를 시기상조이고 따라서 위험하다고 판단했기 때문에 그의 발표가 거의 묵살되었고, 동료들도 그가 바이러스의 핵에서 얻어낸 백신의 실험을 처음으로 성공시킨 것이 바이러스의 외피에서 백신을 얻어내는 무수한 다른 실험들의 연이은 실패만 부각시켰기 때문에 그를 가차 없이 비난했다. 빌은 앞으로 닥칠 최대 난관은 '자본 투자자'들, 신약의 냄새를 기막히게 맡고서 눈 깜짝할 새 값을 천정부지로 올릴 그 도박사들, 그 선구자들의 압력에 저항하는 것이라고 덧붙인 뒤에 설명했다. "그들이 모크니의 백신에 손을 대기 시작하면 10달러짜리가 1,000달러짜리로 뛸 것이고, 그렇게 되면 그야말로 인류의 재앙인 거지." 우리는 별채의 정자에서 어리둥절한 표정의 몇몇 청소년들을 합류시켜 저녁 식사를 했다. 메뉴는 언제나처럼 로맹이 준비한 맛있는 조합의 샐러드와 붉은색 과일들, 파라핀 용기에 담긴 요구르트였으며 특히 산딸기 맛, 바닐라 맛, 초콜릿 맛을 시식하기 위해 작은 주석 그릇에 퍼 담는 작은 숟가락들을 두고 쟁탈전이 치열했다. 빌도 나처럼 호텔로 돌아가야 했다. 별채는 태국 청년 무리가 점령하고 있었는데, 방투산의 레스토랑 주인이 알아낸 바에 의하면 부모들이 프랑스로 어학연수를 보낸 케이스였다. 빌은 나와 호텔로 가면서, 몸을 제대로 가누지도 못하는 데다 시간 또한 밤이 이슥했음에도 불구하고 자기 방에 짐을 내려놓고 난 뒤 단둘이 얘기하고 싶다며, 작은 오케스트라가 연주를 하는 맞은편의 카페뒤코메르스에 가서 한잔하자고 고집했다. 내가 먼저 질문을 던지고 말고 할 것도 없이, 빌이 피곤에 절은 눈을 껌뻑거리며 단도직입적으로 쥘과 베르트와 아이들의 근황을 묻고 나서 내 상태는 어떤지, 혈액검사는 어떻게 되었는지 물은 뒤에 말했다. "이대로 아무 문제 없으면 프랑스에서도 실험이 9월, 아무리 늦어도 12월 초순에는 실시될 거야. 그렇게 되면 2B그룹에게 정말로 의미 있는 결과를 얻어낼 수 있겠지." 나는 우리, 그러니까 쥘과 베르트와 내가, 그가 일전에 권유했듯 여전히 그 연구 그룹에 참여할 수 있는지, 그렇다면 우리도 이중맹검법에 응해야 하는지 물었다. 빌이 대답했다. "아니, 너희는 당연히 그럴 필요가 없지. 하지만 그건 절대 아무한테도 얘기해선 안 돼. 내가 실험을 실시할 육군병원과 우리 백신 생산자들 사이의 계약에서 미라 따로 못 박아둔 조건이니까." 나는 이어서 질문했다. "샹디 박사한테는 당신이 협조를 요청할 거야?" "아니, 굳이 그러지 않아도 실험이 실시되면 샹디 박사가 백신 피실험자들의 관리자로 지목될 거야. 하지만 너희가 이중맹검법에서 제외된 건 샹디 박사도 모를 거야. 외려 아무것도 모른 채 너희한테 이중맹검법을 받아들여야만 하는 이유를 설명하게 될 텐데, 그럼 너희는 수긍하는 척 연기를 해야 할 거야." 빌은 잠시 뜸을 들인 뒤 덧붙였다. "아무튼 만에 하나 프랑스에서 실험이 여의치 않게 되더라도 내가 쥘과 베르트

와 너, 이렇게 셋은 마이애미로 데려가서 모크니한테 직접 백신
을 접종받도록 해줄게."

빌과 디에고와 함께 파리로 돌아왔다. 7월 14일* 주말 여객 기 전편이 만석이어서 만원인 테제베를 탄 우리는 열차 칸 한구 석 맨바닥에 앉았다가 바에 다녀오기를 반복하는 것으로 편의 를 도모하면서 불편한 여정을 견뎠다. 빌이 우스갯소리를 하며 내 새 책을 읽었다. 나도 편집자한테서 갓 받은 것이었다. 나는 그 책에서 이제껏 내가 그에게 썼던 어떤 헌사보다도 훨씬 고민 하고 훨씬 진지하고 훨씬 애정을 담은 헌사를 바쳤고, 그것은 나로서는 분명 위험을 무릅쓴 것이었다. 간밤에 멋진 젊은이 로 랑의 등을 더듬으며 느꼈던 쾌감이 손끝에 남아 있었다. 그 근 질거리는 감촉이, 그를 관능으로 물들였던 그 의도치 않았던 '안전한 섹스'의 완벽한 본보기가 심장까지 스멀스멀 파고들었 다. 빌은 다음 날 발드그라스 육군병원에 입원하여 개복수술 을 받아야 했고, 나는 라코스트로 떠나기 전 내가 알프레드푸 르니에 연구소에서 마지막 검사를 받은 이름인 귀스타브 앞으 로 발송되었을, 그리고 '의료 기밀', 즉 죽을병이라는 소인이 찍

★   프랑스의 독립기념일.

혀 있을 두툼한 결과표 봉투를 우편함에서 찾아오기 위해 매일 아침 열심히 계단을 내려갔다 올라오기를 반복하면서 기다려야 했다. 검사 당일 공복 상태로 연구소에 갔다가 검사를 마치고 나오면서 바로 근처의 비스트로로 달려가 커피로 목을 축인 뒤 크루아상과 브리오슈를 미친 듯이 입에 욱여넣으며 바이러스의 공격으로 몸이 현저히 쇠약해졌음을 느꼈고, 검사 결과가 나쁠 것이라고 확신하면서 내 병에 대한 인식과 샹디 선생의 태도와 의료 기관의 대응이 이제 또 다른 단계로 접어들리라 예상했던 터였다. 그런데 내가 우편함 앞에서 성급하게, 또는 의심스러워하며 천천히 펼친, 두 번 접혀 있던 그 두툼한 우편물에 기입된 T4 림프구 수치는, 내가 병으로 심각하게 쇠약해졌다고 느꼈던 그때가 실은 내 병의 휴지기였고 심지어 호전된 상태였다고 말해주고 있었다. T4 림프구 수치가 정상 수치에 가까운 550 이상으로 올라갔기 때문이었다. 내가 HIV 관련 특별 검사를 받은 이후 한 번도 도달한 적이 없었던 수치였다. 내 몸에서 샹디 박사가 이야기했던 자연회복, 즉 데팡티올이든 그 무엇이든 어떤 약의 도움도 받지 않고서 저절로 회복이 이루어졌던 것이다. 나는 우편함 앞에 서서 생생한 삶의 부름, 해방감, 시야가 탁 트이는 기분을 느꼈다. 죽을병을 인식하는 단계에서 가장 큰 고통은 아마도 불가피한 실명失明처럼, 진행과 동시에 줄어드는 시간 속에서 미래를, 최대한 멀리 있는 모든 미래를 박탈당하는 기분이리라. 진료실에서 결과를 들은 샹디 박사가 기뻐하며 함박웃음을 짓더니 마치 내 생활을 꿰뚫은 듯, 아무래도 엘바섬에서의 해수욕이며 일광욕과 요양 생활이 도움이 되었던 듯하나 요양을 남용하지는 말라면서 도를 넘은 요양은 생체리듬에 해가 된다고 말했다. 나는 육군병원에 입원해 있는 빌에게 검사 결과를 가져갔다. 마취에서 막 깨어난 그는 목이 칼칼한 느낌과 함께 갈증에 시달리고 있었다. 물을 마시는 것은 금지돼 있었다. 병원에선 그가 다시 잠들지 않도록 계속해서 말을 걸어달라고 요청했으나, 투쟁이 불가항력이라고 느꼈는지 그는 그냥 잠들게 조용히 해달라고 부탁하면서 나의 새로운 T4 백혈구 수치에 미소를 지었다. 나는 매일 점심 식사 후에 〈르몽드〉와 〈리베라시옹〉 같은 일간지를 들고서 그를 문병했는데, 병실엔 친구나 가족이 아닌 회사 동료나 업무 파트너가 와 있는 경우가 드물지 않았다. 병상에서 마이애미나 애틀랜타로 전화를 걸어 이런저런 지시를 내리는 그 남자 앞에 일자리를 구하는 전문가들의 행렬이 끊이지 않았다. 그를 수술한 의사는 복부의 수술 부위가 다시 벌어졌으니 더욱 조심하라고 주의를 주었다. 빌은 퇴원 수속 밟는 것을 돕고 짐을 옮기고 재규어를 운전하고 그를 부축해줄 젊은 남자를 고용했고, 결국 그 잘생긴 혼혈 젊은이가 마이애미까지 그와 동행했다.

66

9월 말, 빌이 파리에서 엘바섬에 있는 내게 전화를 걸어 회사 전용기로 바르셀로나에 잠시 들렀다가 우리를 만나러 올 수 있다고 말했다. 바르셀로나에서 그는 당시 그의 꿈의 남자였던 육상 챔피언 토니와 만날 예정이었다. 빌이 말했다. "예정대로라면, 기상 상황만 괜찮으면 내일 바르셀로나로 떠나. 바르셀로나에 갔다가 너한테 가려는데, 요 사흘간 계속 그곳에 있을 건지 일단 확인해본 거야. 바르셀로나에 가서 전화할게." 하지만 빌은 엘바섬에 오지 않았고, 내게 전화조차 하지 않았다. 나중에 안 일이지만 '그의 토니'를 만나지 못했다는 상실감 때문이었다. 나는 나에 대한 빌의 태도가 가히 범죄적이라고 여겼으나, 실제로 범죄였더라도 내 성격에 그저 무례하다고 지적하는 정도로만 그쳤으리라. 우리는 로뱅에게서 소식을 전해들은 귀스타브를 통해 빌이 우리를 배신한 이유에 대한 부가적인 정보를 입수했다. 그것은 백신 실험의 결과가 그의 예상보다 덜 결정적인 것으로 밝혀졌다는 거였다.

　빌은 마이애미와 파리, 그리고 프랑스에서 사업의 본거지로 찾은 마르세유를 세 번 오가던 사이인 11월 26일이 되어서야 겨우 다시 모습을 드러냈고, 우리는 그릴드루앙 식당에서 함께 저녁 식사를 했다. 그 직전에 총파업으로 우편과 교통이 마비되는 바람에 나는 알프레드푸르니에 연구소를 직접 찾아가 최근의 검사에 대한 결과표를 받았고, 대로에서 봉투를 열어 좋지 않은 결과를 확인했다. T4 림프구 수치가 368로 떨어졌고, 그렇다면 모크니가 백신 접종을 적용하지 못할 수치의 문턱에 닿는 것은 시간문제였다. 빌이 수차례에 걸쳐 강조했던 바였다. "우리의 실험 대상은 T4 림프구 수치가 300 이상인 무증후성 양성 판정자들이야." 그렇게 되면 동시에 T4 림프구 수치가 200 이하일 때 활동을 개시하는 뉴모시스티스와 톡소플라스마의 회복 불가능한 공격을 받는 수치의 문턱에도 근접해지고, 그때부터는 지도부딘 처방으로 남은 기한을 최대한 늦추게 된다. 지난 7월 공복 상태로 채혈을 하러 가면서 병으로 몸이 급격히 쇠약해진 것을 느꼈을 때 실은 건강했던 것으로 밝혀진 것처럼, 하얀 눈 속에서 공복 상태로 채혈을 하러 가면서 원기 왕성하고 영원할 것 같은 기분을 느꼈을 때가 실은 근 4개월 만에 건강이 아찔하게 추락한 때였던 것으로 밝혀졌다. 그 새로운 결과에 나 다음으로 샹디 박사가 근심하며 추가 검사, 즉 체내에서 HIV에 더 이상 수동적이지 않고 능동적으로 반응하는 항체를 형성하는 항원인 P24 항원을 조사하기 위한 혈액검사를 제안했다. 나는 하루 동안 파업으로 교통이 마비된 파리 시내를 달려 알프레드푸르니에 연구소로 가서 나쁜 검사 결과표를 받은 뒤, 샹디 박사에게 전화로 그 사실을 알리고 나서 그의 진료실에서 P24 항원 검사 처방전을 받아 그길로 곧장 다시 알프레드푸르니에 연구소로 가, 채혈을 한 지 일주일이 채 되기도 전이라 아직 혈종이 보이는 팔꿈치 안쪽에 험악한 인상의 퉁퉁한 간호사가 다시금 바늘을 찔러 넣도록 팔을 내밀어야 했다. 그날이라면 아마 내게 머리뼈 절개술을 실시할 수도 있었고, 내 복부와 눈에 바늘을 찔러 넣을 수도 있지 않았을까. 나는 그저 이를 악문 채 자치권을 박탈당한 내 몸을 어딘가로 내던졌으리라. 샹디 박사는 검사 결과가 좋지 않을 경우에 이어갈 다음 절차를 설명했다. 만일 항체가 양성으로 확인되면 한 달 뒤 똑같은 검사를 실시하여 변화를 지켜보고 나서, P24 항원의 비율이 T4 림프구 수치 감소와 보조를 맞추어 증가하면 치료를 검토해야 했다. 나는 유일하게 가능한 치료법은 지도부딘이라는 것을 알고 있었다. 1년 전에 샹디 박사가 지도부딘 이야기를 꺼내면서 오직 마지막 단계에 봉착했을 때, 차마 "죽을 때까지"라고는 하지 못하고, 몸이 더는 받아들일 수 없게 되기 전까지 처방하는 것이라고 경고했었다. 그도 나도 그 약의 이름을 발음할 엄두를 내지 못했다. 샹디 박사는 내 입으로 말하는 것만큼이나 남으로부터도 듣고 싶어 하지 않는 내 기분을 존중하여 단어를 우회하는 내 표현 방식을 따라주었다. 빌과의 저녁 식사는 나쁜 결과 발표일과 항체 검사 발표일 사이에 이루어졌다. 나는 사형선고의 비애 속으로 침잠하지 않기 위해 의도적으로 명랑하고 가볍게 굴었다. 빌이 하얀 테이블보의 촛불에 비친 내 얼굴을 바라보며 말했다. "정말 놀라운 건 겉으론 전혀 알 수 없다는 거야. 네 얼굴을 보며 병색을 읽을 사람은 아무도 없을 거라고 장담해. 넌 정말 건강해 보이거든. 아무래도 공격은 저 뒤에서 이루어지고 있나 봐." 그가 어지러워하는 것이 느껴졌다. 지금으로서는 멀쩡하기 그지없는 이 얼굴 속에 숨겨진 임박한 죽음과, 또한 감염의 위협에 그가 신기해하고 두려워하는 것이. 그날 밤 빌은 내가 이미 귀스타브를 거쳐 로뱅을 통해 전해들은 이야기를 직접 털어놓았다. 백신 실험 결과가 기대만큼 좋지 않았다는 것을, HIV가 뇌수, 신경조직, 혈액, 정액, 누액 등 체내의 활동 부위나 신체에 흐르는 매개물에서 자취를 감춘 뒤 아홉 달 만에 심술궂게 다시 모습을 드러냈다는 것을. 바로 백신 접종 조치를 취했지만 결과는 두고 봐야 했다. 빌은 모크니가 실험을 잠정적 실패로 간주한 채 실의에 빠져 있다고 말했다. 현재는 그의 실험에 참여한 에이즈 바이러스 양성 판정자의 친구나 부모 또는 자원봉사자들 중 음성 판정자이고 불활성 HIV의 주입을 수락한 이들에게서 형성된 항체를 주입하여 백신을 보완할 생각을 하고 있다면서. 나는 더는 믿지 않으면서도 혹여 그런 일이 일어난다면 내가 차마 말로 할 수 없는 그런 어려운 부탁을 할 수 있는 부모나 친구가 누가 있을지 마음속으로 찾아보았으나, 북받쳐 오르는 어쩔 수 없는 혐오감을 느끼지 않고서는 어떤 이름도, 어떤 얼굴도 떠올릴 수가 없었다. 감염되지 않은 타인의 몸을 내 온몸이 거부했다고나 할까. 나와 단단히 결속되어 환상적인 하나의 몸을 이룬 쥘, 베르트, 경우에 따라 그들 아이들의 몸과는 달리 말이었다.

　항체 검사 결과는 양성이었다. 나는 열흘간의 기다림 끝에 샹디 박사의 진료실에서, 수치까지 정확히 밝힌 알프레드푸르니에 연구소의 연구원과 막 통화를 끝낸 샹디 박사에게서 그 사실을 전해 들었다. 0.01. 잠복기의 HIV는 0.009에서 공격을 개시한다. 샹디 박사가 수 주, 수개월에 걸쳐 신중하게 준비해왔고 우리가 예상했던 소식이었음에도, 나는 무너져 내렸다. 다시금 모든 것이 뒤흔들렸다. 그것은 지도부딘 복용을 의미했고 나는 어쩌면 그 약을 받아들이지 못할 수도 있었다. 또한 그것은 지도부딘이 빈혈을 일으키지는 않는지, 그리고 림프구 감소를 억제하기 위해 수혈을 해야 할 필요는 없는지 여부를 조사하기 위한 끝도 없는 혈액검사를 의미했고, 또한 혹여 모크니의 백신이 실패를 거듭하거나 내 병의 악화가 나를 그의 실험군 밖으로 내친다면 결국 여러 단계를 단번에 건너뛰어 코앞으로, 즉 지금으로부터 2년 내로 바짝 다가올, 임박한 죽음을 의미했다. 나는 샹디 박사에게 지도부딘 복용을 시작하기 전에 생각할 시간을 갖고 싶다고 말했다. 자살을 할지 치료를 받을지 선택할 시간을 달라는 암시였다. 요컨대 치료를 받고 살 수 있는 기간을 연장하여 새로운 책을 한두 권 더 쓸지, 아니면 자살을 하여 내가 이 혐오스러운 책들을 쓰지 못하게 막을지를. 나는 샹디 박사와 마주한 내 자신에 대한 연민으로 눈물을 글썽였고, 그것에 자괴감을 느꼈다. 결연함을 가장하느라 힘에 부쳐 덜덜 떠는 보잘것없고, 나약하고, 아무 대책 없는 존재. 샹디 박사가 로마로 떠나기 전에 적어도 한 번은 꼭 다시 만나자고 신신당부 했다. 수일 전 나는 약사였던 고모할머니들의 《비달 의학 사전 Dictionnaire VIDAL》*으로, 나시에 박사가 내게 권했으며 가짜 부드러움 속에서 나를 제거하게 해줄 디기탈린의 치사량을 조사했던 터였다.

★   비달그룹에서 매년 발행하는 의학 사전.

69

결국 12월 2일, 르팔랑캥 식당에서 샹디 박사와 점심 식사를 했다. 우리가 병과 관련된 모든 문제를 완곡한 표현으로 말하는 데 익숙해졌고, 내 병을 숨기지 않은 이 원고를 편집자에게 보낸 만큼 이제 더는 비밀에 집착하지 않는데도 불구하고, 나는 외진 테이블을 골랐다. 어느 편집자의 손에 들어가든 그런 내용이 담긴 원고는 아무리 비밀의 서약을 하더라도 불길처럼 번지게 마련이어서 나는 일종의 무심함으로써 담담하게 소문을 기다렸다. 나의 모든 책에서 내 비밀을 배신하고 들춰냈던 나로서는 당연한 수순이었고, 그 비밀은 돌이킬 수 없으며 나를 인간 사회에서 영원히 배제시킬 것이기 때문이었다. 이전에도 그랬듯이, 샹디 박사는 우선 그가 비장한 목적을 위해 제안한 우리의 점심 식사 자리를 부드럽게 만들기 위해, 또한 예의상, 그가 애호하는 음악이라든가 내 책이라든가 우리의 일상에 대한 이런저런 화제로 대화를 시작했다. 그는 두 아파트를 오가며 사느라 불편함을 겪고 있으며 매일 두 곳을 방문해야 하고 상자에 쌓인 책들을 정리할 수도 없노라고 서두를 뗀 뒤, 10년 이상을 함께 산 남자친구와 헤어졌다고 고백하고는 얼

굴을 붉히며 덧붙였다. "새 친구 이름이 선생과 똑같소." 그가
내 이름을 발음했다. 그는 스테판이 내게 말한 것을, 나를 불안
에 떨게 하고 내 결심을 부추겼던 것을 부인했다. 즉 자살도 건
강할 때의 반응이라는 것을. 나는 병이 내게서 자살할 자유마
저 빼앗는 순간이 올까 봐 두려웠다. 샹디 박사가 말했다. "그
렇지 않다는 증거가 있소. 선생이 마지막으로 진료실에 다녀가
고 나서 얼마 뒤, 1년째 지도부딘을 복용 중이던 내 환자 하나
가 자살했다는 소식을 들었어요. 환자의 친구가 전화로 알려
주더군요." 나는 어떻게 죽었는지 물었다. 목을 맸다고 했다. 육
체도 정신도 짱짱해 보이는 샹디 박사가 말을 이었다. "지도부
딘을 복용하면서도 정신적, 육체적으로 건강한 환자들은 얼마
든지 있소. 그중 50대 환자가 하나 있는데, 그이는 모든 것이 더
할 나위 없이 순조롭죠. 다만 발기부전이 문제인데 약 탓을 하
더라고요. 당연히 말도 안 되는 소리고, 병과 관련된 심리적 요
인이 문제가 아닐까 하는 것이 내 생각인데, 그 혈기 넘치는 작
달막한 신사 양반은 도무지 받아들이려 하지 않으면서 새 남자
친구를 만나더니만 그에게 영광을 내리고* 싶어서 매주 검사를
위한 채혈 외에도 발기를 위해 음경에도 주삿바늘을 꽂는다더
군요." 이어서 샹디 박사는 간질병 환자이면서 HIV 양성 판정
자인 소년의 이야기를 들려주었다. 소년이 간질 발작을 일으켰
을 때 혀가 목구멍을 막지 않도록 입에 나뭇조각을 넣어주려던

★   '영광을 내리다honorer'는 '섹스하다'라는 뜻의 은어다.

217

형을 깨물었고, 형의 감염 여부를 확인하기 위해 혈액과 혈청을 검사한 일이 있었으며, 그런 경우에도 의사들은 예방 차원에서 지도부딘 처방을 고려한다는 것이었다.

70

빌과의 마지막 만남에 앞서 그와 만난 것은 12월 23일, 그러니까 내가 처음으로 클로드베르나르 종합병원에 다녀온 다음 날이었다. 우리는 우리의 몇 안 되는 단골 식당 중 하나인 라그랑드바틀리에르라는 이탈리안 레스토랑에서 단둘이 저녁 식사를 했다. 식당은 한산했고, 자주 들른 덕에 우리에게는 나긋나긋 대하게 된 무뚝뚝한 웨이터 혼자 손님들의 시중을 들고 있었다. 그는 빌을, 태양이 해변에 볕을 내리쬐는 시기에 맞추어 지구 곳곳을 옮겨 다니는 백만장자 한량 정도로 여기는 것 같았다. 빌은 미국에서 사업 일정에 치이고, 자신이 베팅한 백신의 성공도 불투명해져서 불안한 탓인지 안색이 초췌했다. 그가 애틀랜타에서 모크니 백신 접종을 실시한 B그룹 젊은이들과의 면담에 대해 들려주었는데, 보디빌딩에 열중하는 완벽한 건강체인 그 빛나는 존재들을 이야기하는 그의 어조가 다소 시들했다. 그 모르모트들은 실험에 대해 절대 함구해야 했으며, 백신 제조사는 백신으로 인한 그들의 사망과 질병 악화에 대해 일체의 책임을 지지 않을 뿐만 아니라, 혹시 모를 송사에 있어서도 그들은 자기들이 대상이 되었던 실험에 관해 누구에게도 발설

할 수 없다는 내용의, 완전무결한 함구를 서약하는 계약서에 서명해야 했다. 빌은 그중에서도 특별히 잘생기고 특별히 탄탄한 근육질의 몸을 가졌으나 불행히도 에이즈에 걸린, 스무 살 남짓한 청년에 대해 이야기했다. 빌에 따르면 프랑스에서의 실험은 1월에 시작될 터였고, 모크니는 바이러스에 감염된 자이르*인 어머니들의 태반에서 추출한 감마글로불린을 백신에 첨가시킬 계획이었다. 빌은 그가 이끄는 연구소가 감마글로불린의 주원료인 태반의 세계 최대 구입처라고 덧붙였다. 하지만 그는 지쳐 있었고, 나 또한 마찬가지였으며, 이제는 우리 둘 다 그 백신이나 내 병을 멈춘다는 백신의 효능에 대해 믿지 않게 된바 우리는 시들하였고, 결국 아무 상관 없다고 여기게 되었다. 정말로, 완전히.

★　콩고민주공화국의 옛 이름.

71

그사이, 나는 쥘과 함께 우리의 연례행사인 공통의 생일 축하를 위해 리스본으로 떠났다. 그것은 상호간의 대참사였고, 나는 쥘을 나의 심연 깊은 곳까지, 그가 옆에 있는 것만으로 형성되는 내 안의 지옥 깊은 곳까지 이끌기를 멈추지 않았다, 고집스럽게, 하염없이, 마침내 그의 숨통을 옥죌 때까지. 그는 강인함 때문인지 나약함 때문인지 정신적 고통을 드러내는 법이 없었고, 고통스러워하는 측근과 함께 있을 때를 제외하고는 고통이란 걸 알지 못했는데, 어쩌면 그가 계획적으로 과도한 고통의 운명을 짊어진 존재들만을 골라 친구로 삼는 것은 아닐까 하는 생각이 들 정도였다. 작년 어느 여름밤, 나는 또다시 옆방에서 울고 있는 쥘의 애인을 달래주어야 했고, 쥘을 기어이 끌어내어 그 자신이 유발한 정신적 고통의 폐해를 직접 확인하게 했는데, 애인을 대하는 그의 행동을 눈앞에서 보고 있자니 그 상황의 사형집행인인 듯했던 내게도 그것은 그의 애인 못지않은 고문이 되어 그간의 내 고통을 가중시켰고, 그 결과 나는 환자처럼 하루 종일 힘이 빠진 채 다 죽어가면서 그러지 않아도 머지않아 체험하게 될 빈사 상태를 미리 맞게 되어, 더 이상 작은 언덕이나 심지어 호텔의 계단도 오르내리지 못했으며, 충분한 낮잠에도 불구하고 밤 9시만 되면 드러눕게 되었다. 쥘과 나, 우리는 이제 조금의 육체적 온기를 나누는 것조차 불가능했다. 나는 말했다. "사랑이 고파서 괴롭니?" 그는 대답했다. "아니, 그냥 괴로워." 그의 입에서 흘러나온 그 말은 내가 들었던 그 어떤 말보다도 외설적이었다. 그의 고통이 정점에 달한 것은 햇빛이 찬란하던 어느 날, 리스본과 신트라 사이를 운행하는 열차 안에서였다. 우리는 통로를 사이에 두고 대략 여섯 명이 앉을 수 있는 기다란 의자에 각자 유리창을 등진 채 앉아 있었는데, 출발할 때 거의 비어 있던 열차는 사람들이 철길로 걸어 다니는 교외를 지나는 동안 빠르게 채워졌으나, 내가 앉은 의자는 여전히 비어 있었다. 아무도 내 옆이든 내 앞이든, 열차가 정차해도 누구와도 시선을 마주치지 않는 내 근처에는 앉고 싶어 하지 않았다. 그들의 비웃음과 공포가 섞인 시선 속에서, 나는 그들이 저 이상한 사내의 옆에 앉아 편히 가느니 차라리 다른 이들과 부대끼며 옹색하게 서 있는 편이 낫겠다고 생각한다는 것을 알았고, 그들과의 사이에서 느껴지는 거리감으로부터 그들 모두가 나를 피하는 고양이, 악마에 알레르기 반응을 보이는 고양이가 되어버린 이미지를 떠올렸다. 쥘도 내 상황을 알아차렸다. 마치 내게서 악취가 풍긴다는 듯 내 의자를 떠나 쥘의 곁으로 가 앉는 사람들이 있었지만, 나는 감히 쥘 쪽으로 시선을 돌려서 나도 저들이 하는 양을 알고 있으며 네가 저들의 공범이 된 것이 개탄스럽다는 눈빛을 던지지 못했다. 쥘은 고통으로 마비되어 꼼짝도 하지 않았다. 나는 리스본 그라사 거리에 있는 한 식료품점의 쇼윈도와 나란히 서 있는 건물의 안쪽 통로에서, 설탕공예처럼 보이는 투명한 인형들이 일렬로 세워진 식료품점의 선반을 반영으로 발견했고 그것들을 구입하기 위해 발길을 돌려 식료품점으로 들어갔다. 그것들은 예전에 아이가 뇌막염에 걸리면 부모가 쾌차를 빌기 위해 성당에 바치던 봉헌물로, 납으로 만든 소년의 얼굴들이었다. 하지만 그 거리에서 뇌막염이 퇴치된 지는 이미 오래였다. 식료품상은 한꺼번에 다섯 개의 얼굴을 처분하게 된 것에 놀라는 눈치였다. 호텔 발코니에 그것들을 올려놓고서 깃발이 펄럭이는 성채며 황금빛 강물이며 현수교, 강물 맞은편의 거대한 그리스도상, 마천루 사이를 누비는 비행기들을 배경으로 촬영하고 있자니 쥘이 내게, 내가 수많은 납 인형들 가운데 별생각 없이 하나하나 골라낸 그 봉헌물들이 모두 다섯 개임을 상기시키며, 그것이 그에겐 불행으로 단단히 엮인 우리 다섯 가족, 5총사를 상징하는 것처럼 여겨진다고 말했다. 나는 리스본에 체류하는 동안, 그가 이전의 연례 생일 기념 여행 때의 습관과 달리 베르트에게 전화를 걸어 그녀와 아이들의 안부를 묻는 것을 필사적으로 피하고 있음을 놓치지 않았다. 쥘은 파리의, 이른바 재앙을 피해서 도망친 것이었다. 한 학기 동안의 수업으로 지친 베르트는 설상가상으로 급성 이염耳炎에 걸렸고, 샹디 박사에게 말해 일주일간의 병가를 낼 수 있는 진단서를 받기로 했다. 두 아이들도 이미 2500만 프랑스인들을 침대에 누인 홍콩 독감에 걸렸는데, 특히 거의 푸르스름한 빛이 날 만큼 피부가 투명한 귀여운 티티는 가슴이 들썩일 정도로 심한 기침이 도무지 멈추질 않는 탓에, 정기적으로 엑스선 촬영을 하고 물리치료사의 마사지를 통해 가래를 뱉어내야만 했다. 리스본을 떠나는 날 아침, 나는 다섯 개의 납 인형을 비닐 봉투에 꾸려 넣고는, 전화도 받지 않고 우리에게 생일 축하 인사도 하지 않는 귀스타브가 걱정이 되기에 베르트에게 전화를 걸어 소식을 묻기로 마음먹었다. 베르트의 모친이 변함없는 조용하고도 성마른 목소리로 전화를 받더니, 내가 간략하게나마 예의를 차려 인사하자 코웃음을 치며 말했다. "나야 아주 잘 지내고말고, 에르베. 자네들이 있는 그곳은 날씨가 아주 기막히겠지? 하지만 여긴 한바탕 난리가 났다는 걸 알아두게. 베르트는 지금 혼비백산해서 티티를 데리고 병원에 갔네. 애가 온몸이 붉은 반점으로 얼룩덜룩해지더니 눈이 보이지도 않을 정도로 눈두덩이 부어올랐지 뭔가. 무릎이며 다리도 퉁퉁 부었네. 그건 그렇고 쥘과의 휴가는 즐겁게 보냈나?" 나는 전화를 끊었다. 쥘이 옆에서 눈치를 살폈다. 나는 그에게, 정직하자면 그리 좋은 소식이 아니나 베르트의 모친한테서 들은 이야기를 숨길 수도 없다고 말했다. 다섯 개의 봉헌물은 성당에 바쳐야겠다는 생각이 들었다. 환자가 발생했을 때의 관습이 그러하고, 그것들은 그런 목적으로 주조된 것이며, 우리는 마침 다섯 명의 환자들이었으니 말이다…. 쥘은 자기는 그런 바보짓 따위 믿지 않는다고 말했고, 우리의 언성이 높아졌다. 출발 시각까지 얼마 남지 않았다. 나는 다섯 개의 납 인형이 든 비닐 봉투를 들고 서둘러 호텔을 나와, 호텔 발코니에서 몸을 기울이면 왼편으로 보이던 가장 가까운 성당으로 달려갔다. 버리지 않고 두었던 리스본 지도에서 오늘 찾아본 바로는, 그곳은 성 빈센트 성당이었다. 우리는 매일 밤 호텔로 돌아올 때 성 빈센트 성당의 측면을 지났는데, 표지판으로 장소가 표시된 예배당과 유해 안치소가 벽을 따라 늘어서 있었다. 유해 안치소의 문은 종종 연보랏빛 커튼만이 쳐진 채로 열려 있었고, 언젠가 한번 안을 기웃거렸더니 노파들이 하얀 제단에 누워 있는 시신을 둘러싼 채 기도하는 광경이 눈에 들어왔다. 하지만 내가 우리 가족을 데리고 달려간 곳은 유해 안치소가 아니었다. 내 가족들은, 내가 일본에 있는 '이끼절'의 불단에서 소원을 빌었듯이, 익명의 사람들의 기도에 맡길 터였다. 성당 정문을 통해 안으로 들어가니, 냉기가 감도는 텅 빈 실내 곳곳에 비계*가 설치돼 있어 거치적거렸고, 그 위에서 두서너 명의 인부들이 농을 주고받으며 무언가를 두드리거나 긁어내고 있었다. 내가 성당 안을 몇 차례나 도는 동안 쥘은 밖에서 기다리고 있었다. 아무리 둘러봐도 봉헌물을 놓아둘 마땅한 장소가 없음은 명백했다. 오직 한 곳, 촛농을 뚝뚝 떨어뜨리는 양초들이 놓인 테이블이 그나마 적당해 보였는데, 그곳에 놓아두었다간 그 즉시 납 인형들이 양초들 사이에서 납 심장으로 납 눈물을 쏟아낼 것만 같았다. 경계심이 많아 보이는 한 수녀가 테이블에 새 양초들을 꽂아두는가

★   건축 공사 시 높은 곳에서 작업을 할 수 있도록 임시로 설치하는 구조물.

하면 촛대 받침 접시에 수북한 촛농 더미를 긁어내기도 하면서, 세 번째로 그녀의 앞을 지나치는 나의 비닐 봉투를 향한 의심의 눈길을 거두지 못했다. 나는 밖으로 나와, 아이들에게 선물할 장난감을 보고 있던 쥘과 함께 두 번째로 점찍어두었던 성당으로 향했다. 오늘 책상에서 지도를 펼쳐 확인한 바에 의하면 그곳은 성 로케 성당이었으며, 나는 성당 내부의 제단을 차례로 돌아보다가, 내 뒤에서 불을 끄고 있던 성당지기에 의해 쫓겨나고 말았다. 나는 쥘에게 말했다. "아무도 내 봉헌물을 원하지 않는군." 맨 처음 눈에 띈 쓰레기통에 그것들을 던져버리려고 했지만, 망설여졌다.

72

나는 그 아이들을 내 육신 이상으로, 비록 사실이 아니더라도 내 육신을 통해 낳은 아이들처럼, 피를 나눈 것 이상으로 사랑했다. 어쩌면 HIV로 인해 그들의 피 속에 내 자리가 있을 수도 있으니 음울한 의미로서 피를 나누었다는 것이, 피로 운명 공동체가 되었다는 것이 사실일 수도 있겠다. 비록 나는 제발 그렇게 되지 않게 해달라고 매일 기도했고, 그들과 나 사이에 어떤 접점도 없도록 나의 피를 그들의 피로부터 분리시켜달라고 끊임없이 주문을 외웠지만, 그들에 대한 나의 사랑이 그들을 나의 절망 속 가시적인 피의 바다에 빠뜨리고 있었다. 어느 날은 의기소침했다가 어느 날은 공격적이 되기를 반복하다 급기야 정신이 돌아버린 내 아카데미 동료 기숙생의 아내가 있었는데, 창밖으로 훌쩍 몸을 던져버리는가 하면, 배를 주먹으로 쳐서 배 속의 태아를 죽일 뻔하기도 하고, 갓난애와 더불어 그동안 수집했던 내 책들을 비롯한 아파트의 모든 물건을 헐값에 처분하려고 한 데다, 나중에 안 일이지만 생리혈로 벽에 글과 그림을 휘갈기기도 했던 그 여자에게 한 정신과 간호사가 주사를 놓아주러 왔고, 문턱을 넘자마자 미치광이에게 따귀를 얻어맞은 이방인은 미치광이의 측근들에게 이렇게 말했다. "이쯤이면 남은 건 기도뿐이네요." 설사 무신론자라 할지라도 남은 것이라곤 오직 기도뿐인 불행의 단계가 있다. 아니면 완전히 소멸하든가. 나는 신을 믿지 않지만 아이들을 위해 기도한다, 내가 죽은 뒤에도 그 아이들이 오래도록 살아가게 해달라고 기도하고, 매일 저녁 미사를 드리러 가는 나의 고모할머니 루이즈에게 기도해달라고 부탁한다. 현재 나를 추동하는 것은 오로지 아이들을 기쁘게 해줄 장난감을 찾아다니는 것뿐이다. 루루에게는 삼베와 실크로 만든 요정 드레스—그 아이의 표현을 따르면—들을, 티티에게는 목욕 가운과 불빛이 번쩍거리는 자동차들을. 로마에서 돌아와 그 아이들을 껴안는 것보다 더 나를 가슴 벅차게 하는 것은 없다. 루루를 무릎에 앉히고 동화책을 읽어주거나 그 아이가 남동생의 고약한 비밀을 내 귀에 살며시 흘리는 소리를 듣거나, 티티를 어깨에 올리고 그 자그마한 금발의 머리가 까딱거리는 움직임을 느끼거나 내 어깨에서 내려온 아이가 피곤한 듯 테이블에 팔꿈치를 기댄 채 양 주먹을 양 관자놀이에 붙이는 모습을 근심스러워하며 지켜보는 것보다 더 뭉클한 것은 없다. 수화기를 들어 내 목소리를 알아듣는 즉시 조잘대는 삑삑거리는 목소리보다 더 나를 매혹하는 것은 없다. "여보세요, 코코넛 바나나야? 염소똥! 궁둥짝!" 어쩌면 이 아이들이 내게 주는 즐거움이 지금으로서는 무기력감에 포기한 육체적 즐거움이나, 매력적이고 먹음직스러운 다른 육체에서 얻는 즐거움을 뛰어넘는 듯하다. 지금으로서는, 나는 접근의 열쇠가 될 수도 있고 아니면 외려 우회로나 거짓말이나 가식이 될 수도 있는 다양한 자신의 이미지와 함께 무덤 정비를 준비하는 파라오처럼, 주위에 그림들과 새로운 물건들을 쌓아가는 편이 더 좋다.

73

쥘은 당황하여 리스본 여행에서 황급히 귀국했다. 아이를 보니 온몸이 울긋불긋하고 눈두덩은 두 눈을 뜰 수 없을 정도로 부풀어 오르고 무릎과 다리도 퉁퉁 부어 있었다는 것이 그의 설명이었다. 소아과 의사의 진단에 따르면 세 살배기 아이는 항생물질 알레르기로 악화된 기관지염이었다. 로마로 돌아간 나는 매일 전화를 걸어 병세를 확인하면서도 티티 생각에 사로잡힌 채 그 아이의 모습이 어른거려 아무것도 할 수 없었고, 심지어 토마스 베른하르트의《혼란》조차 읽어나가지 못했다. 나는 토마스 베른하르트, 그가 증오스러웠다. 당연히 나 따위보다 훌륭한 작가임은 부인할 수 없었지만, 그는 반죽 전문가요, 뜨개질 선수요, 문단을 잡아 늘이는 궤변가에 지나지 않았고, 삼단논법에 의한 자명한 이치의 애호가, 폐병쟁이 동정童貞, 얼버무리기 선수, 신랄한 트집쟁이 잘츠부르크인, 자전거-글쓰기-못 박기-바이올린-노래-철학 등 모든 것을 세상 누구보다 잘한다고 떠벌리는 허풍쟁이, 네덜란드 촌놈의 완고하고 묵직한 독설과 뛰어난 기량으로 조국과 조국의 애국자들-나치와 사회주의자들-수녀들-연극인들-모든 작가들과 특히 뛰어난 작가들-그의 작품을 찬양하거나 멸시하는 문학평론가들 등 그 똑같은 괴물들을 공격한 나머지 턱장애로 피폐해진 말썽꾼, 그렇다, 자신에게 도취된 가련한 돈키호테, 작품 전체를 통해 자신의 천재성을 끊임없이 부르짖는 불쌍한 비엔나인, 모든 것의 반역자, 모든 작은 것들과 사소한 생각들과 자잘한 원한들과 빈약한 이미지들과 사소한 무기력에 대해 200쪽에 걸쳐 반죽을 하고 뜨개질을 하며 자신의 비할 바 없는 악기처럼 온통 번쩍거리거나 혹은 소멸할 때까지 문질러 광을 내기 시작한 단락들 위에서 그 세세한 장면들(전쟁 중에 고아원의 신발장에 숨어 바이올린을 연습하는 아이)과 그 세세한 발상들(멘델스존바르톨디에 대한 평론을 쓰기에 역부족이라는 것을 인정하기 위해 갖은 허세를 부리는 가짜 음악평론가)이 문체의 아름다움으로 거대하게 부풀어 오른(그런 풍자에는 언제가 됐든 경의를 표해야만 한다) 그 자체로 온전한 세계, 완벽한 우주가 될 때까지 강박관념의 반복으로 태연하게 독자들을 앞지르며 흠집이 난 레코드판에서 바늘이 긁히는 소리를 들을 때보다 더 신경이 팽팽해지도록 악기의 현을 벼리는 아마추어 바이올리니스트일 뿐이었다. 나는 무모하게도 토마스 베른하르트와 혹독한 체스 게임을 시작했다. 베른하르트가 내 혈액 내의 림프구를 파괴함으로써 면역력을 약화시키는 HIV의 작용 기전機轉과 유사하게 나에게 전이되었다. T4 림프구, 그러고 보니 오늘이 1989년 1월 22일이니까 내가 에이즈의 진행을 인정하고 그간의 서스펜스를 종결짓기로 결심한 지 열흘째 되는 날이다. 열흘 전인 1월 12일, 샹디 박사가 전화로 T4 림프구 수치가 291로 떨어졌다고 내게 알렸기 때문이다. 한 달 만에 368에서 291이 되었으니 HIV의 공격이 이대로 계속되면 다시 한 달 뒤엔 (이 원고 하단에서 나는 뺄셈을 하고 있다) 213으로 떨어질 것이고, 그렇게 되면 가능하지도 않은 수혈을 하지 않는 한 나는 모크니의 백신 실험과 그의 혹시 모를 기적에서도 제외된다. 디기탈린보다는 지도부딘 복용으로 재앙의 문턱에 닿는 것을 늦추기로 마음먹었으니만큼, 어떤 약이든 처방전 없이 구매 가능한 이곳 이탈리아에서 한 병을 사기로 결심했다. 게다가 내 몸이 이 화학요법을 잘 견뎌주기만 한다면 그에 따라 베른하르트 바이러스도 내 문장의 신경섬유와 반사 반응 속으로 급속히 전이될 것이고, 그 파괴적인 지배력을 확장하기 위해 내 문장의 식세포활동을 파괴하고, 흡수하고, 장악하며 모든 본성과 개성을 말살할 것이다. 속으로는 아무래도 좋다고 생각하면서도 나를 HIV에서 구원해줄 모크니 백신을 접종받거나 이중맹검법의 위약이라도 접종받겠다는 희망을 아직 버리지 않은 채, 물이나 그보다 하잘것없는 것이라도 그것을 굳게, 또는 회의적으로 구원의 모크니 백신으로 간주한 채 광견병과 페스트와 문둥병에 걸린 더러운 손에 의해 감염되는 것도 개의치 않고서 꿈속에서처럼 언제 어디서 누구에게서든 주사 맞기를 열망하는 것처럼, 나는 비록 읽은 작품이 서너 권 밖에 되지 않지만 토마스 베른하르트라는 바이러스에 고의로 감염된 이 형벌에서 나를 구원해줄 문학의 백신을 초조하게 기다리고 있다. 같은 작가의 서너 권은 대단한 양이 못 되는데도 불구하고 그의 책들은 그 문체를 패러디할 동기, 감염의 위험, 에이즈가 되었고, 나는 그의 원칙에 따라 본질적으로 베른하르트적인 책을 한 권 썼는데, 그것은 토마스 베른하르트에 관한 일종의 에세이를 픽션처럼 구성한 것으로서 나는 그것으로 그와 겨루고 싶었고, 그 자신이 글렌 굴드나 멘델스존바르톨디나 어쩌면 틴토레토에 대해 픽션으로 위장한 가짜 에세이를 썼듯, 그 고유의 괴물스러움으로 그의 허를 찌르고 그를 뛰어넘고 싶었다. 그가 쓴 《몰락하는 자》에서 작중인물인 베르트하이머가 글렌 굴드의 〈골드베르크 변주곡〉 연주를 들은 날 피아노의 거장이 되기를 포기한 것과 달리, 나는 천재성에 항복하기는커녕 토마스 베른하르트의 걸출함에 저항했다. 가련한 나, 기베르가 동시대의 거장과 어깨를 나란히 하기 위해 더욱 훈련하며 무기를 갈고닦았으며, 세상의 전前 거장인 나, 이 보잘것없고 가련한 기베르가 자신보다 강한 것을 발견했다, 에이즈와 토마스 베른하르트를.

74

파리의 응급실로 헐레벌떡 달려가서 놀란 척 쉬잔 고모할머니의 심계항진을 꾸며내어 약어^{略語}와 진단과 주의법과 심장전문의가 불러주는 용량이 적인 가짜 처방전을 받을지 말지 망설이고 있다, HIV의 유해 활동과 함께 내 심장의 박동까지 멈춤으로써 과격한 '바이러스 해독제'가 될 독인 디기탈린을 손에 넣기 위해서. 생각을 즉시 행동에 옮길 수 있도록 내 손이 미치는 거리에 디기탈린 한 병만 있으면 충분하리라, 아무 생각 없이, 절망적이거나 결연한 결심이 요구되는 어떠한 동작도 없이, 물 한 잔에 70방울을 섞은 뒤 삼키기만 하면 그만일 테니. 그런 다음 무엇을 할 것인가? 침대에 누울까? 전화기의 코드를 뽑을 것인가? 음악을 틀 것인가? 어떤 음악을? 내 심장은 얼마만에 멈출 것인가? 나는 무슨 생각을 할 것인가? 누구를? 갑자기 듣고 싶은 목소리가 생각날 것인가? 그렇다면 누구의? 그 순간 듣고 싶어지리라곤 전혀 상상하지 못했던 목소리가 아닐까? 피가 굳고 손이 허공에서 흐늘거릴 때까지 용두질이 하고 싶어질까? 내가 엄청난 실수를 저지른 것은 아닐까? 목을 매는 것이 차라리 낫지 않았을까? 마투는 난방기 하나의 밸브를 열고서 그 앞에 꿇어앉는 것만으로 충분하다고 말한 바 있다. 나는 좀 더 기다려야 하지 않았을까? 바이러스가 해방시켜줄 그 자연스러운 가짜 죽음을 기다려야 하지 않았을까? 그리고 바이러스가 바라는 대로 정신이 혼탁해질 때까지, 수도 없이 책을 쓰고 그림을 그려야 하지 않았을까?

75

1987년 가을, 내게 어떤 일이 일어날지 아무것도 모르거나 모르는 척한 채로 착수했던 그 시한부 책은, 나로서는 미완성이 예상되었지만 완성된다면, 직접 실행할 용기가 나지 않아 내가 뮈질에게 거절했던 것을 쥘에게 부탁한바, 쥘이 파기하기로 되어 있었다. 열여덟 살에서 서른 살까지의 내 삶을 이야기하는, 연대기처럼 밋밋하고 끝나지 않을 것 같은 그 두툼한 책은《성인들!Adultes!》이라고 명명되었다. 그 책의 서두 인용구로, 1982년으로 거슬러 올라가 오슨 웰스와 가졌던 미발표 인터뷰에서 뽑아낸 문구를 미리 생각해두었다. 외제니까지 셋이서 뤼카카르통 식당에서 점심 식사를 했을 때 메모해둔 것이었다. "어렸을 땐 하늘을 보면 주먹을 내두르며 이렇게 말했다. '난 반대야.' 이젠 하늘을 올려다보면 이렇게 중얼거린다. '눈부시게 아름답구나'라고." 열다섯 살이었을 때 청소년스러운 모든 행동에서 벗어나기 위해 스무 살이 되고 싶었다. 청소년기는 질병이다. 글을 쓰지 않을 때 나는 도로 청소년이 되어 범죄자마저 될 수 있을 것 같은 기분에 휩싸인다. 그 젊음이 좋다. 남자나 여자가 되어가는 중이지만 완전히 뒤바뀌는 것은 아닌 그 순간, 그 위험한 순간이. 유년 시절에 머물고자 하는 것은 진정한 비극이다. 유년 시절의 결여로 고통스러워하는 것 또한 마찬가지다. 그것을 일컬어 '블러딩 차일드후드blooding childhood', 즉 '피 흘리는 유년 시절'이라고 한다. 내 손에 밋밋하고 성실하며 두툼한 책 한 권이 놓였고, 나는 읽기도 전에 그것이 불완전하고 불순하리라는 것을 알았다. 내 입술을 달싹이는 진정한 첫 문장, 그러나 내가 진정한 저주인 양 매번 가능한 한 내게서 멀리 밀어내고 잊으려 했던 그것과 마주할 용기가 없었기 때문이다. 그것은 세상에서 가장 부당한 전조였고, 나는 글로써 그 문장의 효력이 발생할까 봐 두려웠다. "불행이 우리를 덮쳐야만 했다."* 그래도 써야 했다, 끔찍스럽게도, 내 책이 세상의 빛을 보기 위해서.

★   Il le fallait que le malheur nous tombe dessus.

76

1989년 2월 1일 오전, 내가 클로드베르나르 종합병원을 확실히 폐쇄시켰다. 병원 측은 이사하는 데 번거롭다며 더 이상 내 피를 받으려 하지 않았다. 갈매기들이 안개 속을 유영했다. 나는 산더미같이 쌓인 쓰레기들을 촬영하듯 하나하나 관찰했다. 낡은 목제 저울, 염화칼륨 앰풀들과 함께 상자 속에 섞여 있는 실내용 털신들, 의자들, 매트리스들, 나이트테이블들 그리고 안쪽에 쌓인 눈이 여전히 녹지 않고 얼어붙어 있는 자동 제세동기, 링거병. 마침내 이 황량한 사막에 구급차 한 대가 들어오더니 죽을병 병동 앞에 멈춰 섰다. 두 명의 구급대원이 들것에서 환자를 내려놓으려는 찰나, 나는 발길을 돌렸다. 환자를 보고 싶지 않았다. 혹여 아는 사람일까 봐 겁이 났다. 하지만 복도에서 눈빛만 살아 있는 산송장에게 시선이 붙들리고 말았다. 그는 새로운 병원인 로실드 종합병원으로 옮기는 다음 날까지 기다리고 싶어 하지 않았다. 이사가 한창인 그 병원에서 죽고 싶어 했다. 나는 그를 보고 싶지 않았으나, 그가 나를 보았고 놓아주지 않았다. 산송장의 눈빛은 세상에서 가장 잊히지 않는 시선이다. 얼룩진 쿠션들 위로 브런치와 신경 안정 프로그램을 소개하는 스테판의 인도주의 협회 홍보 포스터들이 붙어 있었다. 샹디 박사가 굴큰 박사를 불러와 내게 2차 소견을 듣게 했다. 굴큰 박사가 사무적인 어조로 말했다. "단도직입적으로 말씀드리면, 지도부딘은 독성이 매우 강한 약물입니다. 골수를 공격하는 대신 바이러스의 재생산을 차단하죠. 동시에 적혈구와 백혈구 및 혈소판의 응고와 감소를 유발할 수 있습니다." 오늘날 대량 생산되는 지도부딘은 1964년 여름, 암 치료제 개발 차원에서 연어와 청어의 알로부터 추출되었다가 효능이 입증되지 않자 이내 실험이 중단된 바 있다. 샹디 박사는 12월에 이렇게 말했었다. "이제부터는 몇 년이 아니라 몇 달의 문제예요." 2월엔 좀 더 비약했다. "이젠 정말 아무것도 하지 않으면, 몇 주 내로도 큰일이 날 수 있어요." 그는 지도부딘이 보장하는 유예기간을 구체적으로 못 박았다. "12개월에서 15개월 사이일 거요." 2월 1일, 토마스 베른하르트는 살날이 11일밖에 남지 않았다. 2월 10일, 나는 로실드 종합병원의 약국에서 지도부딘 약통을 받아 들고 나오다 외투 속에 감췄다. 보도步道의 딜러들이, 그들의 아프리카 친구들을 위해 약을 훔칠 듯한 기세로 나를 노려보고 있었기 때문이다. 하지만 3월 20일, 내가 이 책의 정서正書*를 마친 그날까지 나는 여전히 지도부딘을 한 알도 삼키지 않고 있었다. 약의 '주의 사항'에는 모든 환자가 '꺼려질 수 있는' 부작용들이 나열돼 있었다. "구토, 멀미, 식욕 감퇴, 두통,

---

★   초고를 정식으로 옮겨 쓰는 일.

발진, 복부 통증, 근육 통증, 따가움, 불면증, 극도의 피로감, 불안장애, 졸음, 설사, 현기증, 발한, 호흡곤란, 소화불량, 미각 상실, 인후 통증, 기침, 지력 감퇴, 잦은 요의, 우울증, 전반적인 통증, 두드러기, 가려움증, 의사疑事 유행성감기", 생식기 둔화, 감각 기능 마비, 성 불능.

77

1월 28일, 쥘과 베르트는 그들의 집에서 빌의 50번째 생일을 축하하는 저녁 식사 자리를 마련했고, 빌은 이 자리에서, 미국이라는 나라와 '투자자'들의 비즈니스 세계에선 예측 불가능한 것이 끼어들 자리는 없다고 말했다. 요컨대 '선고받은' 친구인 나를 위한 자리는 없다는 것이었다. 그는 또 빈부 격차가 점점 벌어지는 그 나라에선 자기 같은 부자들은 가난뱅이 검둥이들과는 달리 자동차, 요트, 아파트, 사회보장 보험 등 모든 것의 세금을 공제받을 수 있다고 말했다. 빌의 악몽 같은 사업 파트너들은 악몽 같은 저녁 식사를 마친 뒤, 빨간 신호등에서 흑인 부랑자들이 차의 앞 유리창을 닦아주고 동전을 구걸하지 못하도록 차 문을 반사적으로 잠그며 이렇게 말한다. "저 딱한 인간들 좀 보소, 죄다 흑인이잖소. 원, 길거리 맨바닥에서 상자를 덮고 잠을 자는 인간들이니, 저런 짐승 같은 짓을 하는 인간들을 도와주고 싶은 마음이 들겠느냐고!" 그런 식의 말들이 오가는 그 나라에선 선고받은 친구를 거물급 과학자 동료에게 소개시켜 주사를 맞게 할 시간도 자리도 없으며, 그런 일은 시스템 전체를 뒤엎지 않는 한 그 거물급 과학자 동료 앞에서 체면을 구길 각오 없이는 불가능하다. 빌에게 나는 이미 죽은 인간이다. 지도부딘 사용 단계로 넘어간 인간은 더는 구제할 수 없는, 이미 죽은 인간이다. 너무 연약한 생명은 죽을 때까지 거치적거릴 뿐이다. 자기마저 거꾸러지지 않으려면 앞만 보고 곧장 나아가야 한다, 빌에겐 그것이 진리다. 그는 코마에 빠진 또 다른 친구의 손을 잡아주기를, 친구의 손가락을 꼭 잡아 친구의 존재를 알려주기를 포기했다. 빌에게는 너무 과한 일이었고, 아마 나라도 빌처럼 포기했을 터였다. 1월 28일 밤, 빌은 재규어로 나를 집에 데려다주며 상징적이고 모범적인 두 마디 말을 던졌다. "미국인들한테는 증거가 필요해. 그게 그들이 끊임없이 이런저런 실험을 하는 이유야. 그러는 동안 우리 주위로 사람들은 파리처럼 죽어 나가겠지만." "어차피 넌 늙는 걸 견디지 못했을 거야." 빌이 모크니를 때려눕히고 백신을 훔친 뒤 그것을 아이스박스에 넣어, 와가두구와 보보디울라소를 오가는* 그의 전용기로 내게 가져오다가, 나를 구할 수도 있었을 그 백신과 함께 비행기째 대서양 한가운데 잠겼으면 좋겠다.

---

* 와가두구는 서아프리카 부르키나파소의 수도이며, 보보디울라소는 부르키나파소 제2의 도시다.

20일 오전, 책이 끝났다. 나는 오후에 석 달째 복용하기를 거부했던 파란색 연질캡슐 두 알을 삼키며 길게 몸을 뻗었다. 캡슐에는 두 갈래로 갈라진 꼬리를 단 켄타우로스가 벼락을 던지는 그림이 그려져 있었고, 약 이름도 '레트로비어'로 새롭게 명명되었다. 21일 오전, 그날 포기했던 또 다른 책의 작업을 마투의 조언에 따라 다시 시작했다. 마투는 말했다. "그러지 않으면 넌 미쳐버릴 거야. 당장 그 약 복용을 중단해. 내 눈엔 그야말로 쓰레기가 따로 없으니까." 22일엔 몸 상태가 아무 이상 없이 완벽했으나, 23일에 다시 극심한 두통이 밀려오더니 욕지기가 일었고, 음식물은, 특히 이제껏 나의 밤들의 주요 위안이었던 와인은 냄새만 맡아도 역겨웠다.

나는 이른바 생명의 탄약을 공급받은 이후, 그것을 하얀 종이봉투에 넣어 서랍장 깊숙이, 옷가지 밑에 숨겼다. 문제는 어느 정도의 용량으로 치료를 시작해야 하는지를 아는 것이었다. 굴큰 박사가 로마의 스팔란차니 종합병원에 근무하는 그의 동료 오토 박사에게 나를 소개했고, 나는 보름마다 스팔란차니에서 혈액검사를 받은 뒤 약을 공급받게 되었다. 샹디 박사가 하루에 열두 캡슐부터 시작하라고 권한 반면, 오토 박사는 여섯 캡슐을 복용할 것을 권했다. "12밀리그램으로도 바로 빈혈이 일어날 겁니다. 그럼 수혈을 받아야 하는데, 그렇게 무리할 필요가 없죠." 그러자 샹디 박사가 이렇게 반박했다. "무슨 어리석은 소리요. 약효를 최대로 보아야 하지 않겠소?" 두 의사의 의견 대립 덕분에 나는 치료를 유보할 수 있었고, 또한 어서 책을 끝내야 한다는 핑계도 있었다. 나는 마이애미에 있는 빌의 응답기에 메시지를 남겼고, 밤에 답신 전화가 왔다. 나는 지도부딘의 용량을 상담하는 척했지만 그건 당연히, 내 방식의 애원이었다. 나를 여기서 구해달라는, 나를 위해 뭔가 해달라는, 백신으로 내게 적어도 9개월의 유예기간을 보장해달라는. 하지만 마이동풍이었고, 그는 철저히 지도부딘의 용량 문제에 국한하여 답을 했다. 그가 말했다. "나도 지도부딘에 대해서는 아는 게 별로 없긴 한데, 샹디가 지나친 것 같다는 생각은 들어. 내가 너라면 이탈리아인의 말을 듣겠어." 스팔란차니 종합병원에서 수개월에 걸쳐 실시되었던 내 혈액검사 결과표를 보내왔지만 나는 여전히 약물치료를 시작하지 않았고, 오토 박사를 찾아가 아직 결심을 하지 못했다고 고백했다. 그가 말했다. "지금 당장 시작하시든 나중에 하시든, 또 시작했다가 내일 멈추고 모레 다시 시작하시든 아무 문제 없습니다. 사실 이 분야에 대해선 아직 아무것도 밝혀진 게 없거든요. 언제 치료를 시작해야 하는지, 용량은 또 어느 정도여야 하는지. 누군가 다른 소리를 한다면 거짓말이 될 겁니다. 프랑스 의사 선생은 열두 캡슐을 처방했고 저는 여섯 캡슐을 이야기했으니 절충합시다. 반으로 나누면 어때요, 하루에 여덟 캡슐로." 샹디 박사는 이탈리아 의사의 의견을 "위험한 말"이라고 평가했다.

80

오전 7시, 산실베스트로 광장에서 내 단골 신문 가게 여주인과 마주쳤다. 이른 시각에 나를 만난 것이 놀라운지 그녀는 목청을 높여 외쳤다. "오늘도 열심히!" 혈액검사를 하러 가는 길이었으니 그녀가 완전히 헛짚은 것은 아니었다. 병원에 아직 정식으로 등록하기 전이었고 프랑스와 이탈리아 관공서에 요청한 수많은 서류들도 구비되지 않았건만, 오토 박사는 간호사에게 얘기해놓겠다며 내게 8시까지 오라고 말했다. 그런데 정작 자신은 약속을 잊었는지 10시가 넘도록 나타나지 않았다. 2층 대기실엔 두 개의 포마이카 벤치가 놓여 있었는데, 나는 눈이 시리도록 환한 햇빛이 비쳐드는 계단에 걸터앉았다. 검정색 모자에 검정색 머플러까지 온통 검정색으로 몸을 휘감은 아가씨가 머플러로 얼굴을 반쯤 가린 채 훌쩍거리다가 의사가 지나가자 더 큰 소리로 흐느꼈다. 진찰실을 정신없이 들락날락하는 의사의 모습이, 문 앞에서 놀란 듯 파닥거리는 참새 떼와 닮아 보였다. 경직돼 있는 늙직한 동성애자가 음악 사전에서 러시아 작곡가 프로코피예프의 생애 부분을 읽고 있고, 눈에 다크서클이 내려앉은 음울하고 순해 보이는 정키* 청년이 양가죽 더블 재킷을 계단 난간에 걸쳐두고서 간호사들의 정강이로 눈길을 돌린다. 정키 환자들 대부분이 나이에 비해 겉늙어서 30대임에도 50대쯤으로 보였다. 죄다 2층에 올라오는 것만으로도 가쁜 숨을 내쉬었고, 피부는 주름지고 푸르스름한 기운이 돌았지만 눈빛만은 반짝거렸다. 한 달에 두 번씩 병원에 들러 혈액검사를 마친 뒤 지도부딘을 받아 가는 과정에서 우연히 마주치는 그 정키들 사이에는 놀라울 정도로 형제애가 감돌았다. 그들은 쾌활했고, 심지어 간호사들과도 농담을 주고받을 정도였다. 진료를 마친 검은 옷의 아가씨가, 모두를 속인 터라 더 이상 연극을 할 필요가 없어졌는지 얼굴에서 머플러를 내리고서 발랄하게 진료실을 나섰다. 젊은 정키를 호명하는 소리가 들렸다. 라니에리. 다음 순간 내 담당 간호사가 나를 호명했고, 빈 진료실로 나를 데려가더니 침대에 눕히고는 곁에 앉아 팔에다 혈관 압박기를 채웠다. 시험관 속으로 피가 방울방울 흘러드는 동안 간호사가 말했다. "어떤 글을 쓰세요? 추리소설?" "아뇨, 연애소설이요." 여자가 웃음을 터트렸다. "그럴 리가. 연애소설을 쓰기엔 너무 젊잖아요." 피로 가득 채워진 시험관을 내가 직접 실험실로 가져가야 했다. 병원 입구를 나서다가 낡은 소형 자동차를 몰고 가던 내 담당 간호사와 마주쳤고, 그녀가 생긋 웃으며 내게 경적을 울렸다. 나는 병원에서 조금 떨어진 버스 정류장까지 걷다가 라니에리란 청년이 뒤따르고 있다는 것을 알아차렸다. 그는 재

★   마약 중독자를 뜻함.

킷을 어깨에 걸친 채 셔츠의 소매를 팔뚝까지 걷어붙이고 걷다가, 쓰레기통 앞을 지나며 팔에 붙은 붕대를 떼어냈다. 그의 걸음걸이에선 생동하는 기분 좋은 에너지가 풍겼다. 나는 그를 앞지를까 잠시 망설이다가 결국 시야에서 놓쳐버렸다.

  스팔란차니 병원에 갈 때면 즐거운 약속 장소로 향하는 것
처럼 괜스레 마음이 들뜨며 신이 나곤 했다. 테베레강에서 포
르투엔세 길을 가로지르는 베네치아 광장 319번지로 가기 위
해 나는 일부러 공기가 신선한 이른 아침에 출발했다. 실은 내
피를 일정량 맡겨놓은 곳을 불시에 찾아가 그곳의 일상적 풍경
을 목도할 요량으로, 아비규환의 전쟁터 같은 병원에서 느껴지
지 않을 법한 감미로움을 기대하며 인기척 없는 병동들과 종려
나무들 사이를 배회했던 것이다. 클로드베르나르 종합병원처
럼 문들은 굳게 닫혀 있었지만, 그곳은 기다란 실외용 의자들
과 종려나무들이 여름 휴양지 분위기를 조성하는 데다 분홍색
과 황토색이 어우러진 건물 정면에는 베네치아식 차양들도 달
려 있었다. 플레밍 연구소를 지나 주간晝間 병동으로 가려는데,
시신을 태우러 가는 빈 영구차가 꾸준히 나를 추월했다. 스팔
란차니 병원의 직원들을 다시 만나니 반가웠다. 하얀 두건을
머리에 두르고 하얀 반장화를 신은 수녀 간호사는 납작코 불
도그 같은 얼굴이었지만 세상에서 가장 온화한 미소가 입가에
서 떠나지 않았고, 손에는 처방전이든 새로운 재앙을 메모한 쪽

지든 사각형 나무 바구니든 늘 무언가를 들고 있었는데, 그녀가 움직일 때마다 네모난 바구니 안에서 피로 가득 찬 유리관들이 미끄러지며 달그락 소리를 냈다. 채혈을 담당한 늙은 간호사는 포주처럼 덕지덕지 화장한 얼굴로 매사에 티적거리는 투덜이였으나 때론 자상한 구석을 보였고, 아이들이 한꺼번에 아픈 당황스러운 아침에도 가느다란 금발을 반드시 헤어 롤로 말고서야 집을 나섰다. 가무잡잡한 곱슬머리 간호사는 까다로운 성미는 아니었지만 규칙 엄수에 단호했고, 주사를 누구보다 잘 놓았다. 건장한 체격의 남자 간호사는 단추를 푼 셔츠 위로 목까지 가슴 털이 비어져 나왔고 굵은 다리에는 고무장화를 신었는데, 역겨움이든 연민이든 감정을 조금도 드러내지 않는 무표정한 얼굴로 환자를 응시했다. 마지막으로, 내게 늘 프랑스어로 따뜻한 말을 건네는 이해심 많고 선량한 나폴리 출신 간호사가 있었다. 오토 박사의 컴퓨터 위에는 아시시의 성 프란치스코의 기도문이 핀으로 꽂혀 있었다. "제가 이해할 수 없는 것을 감내하게 하소서. 제가 감내할 수 없는 것을 변화시키게 하소서." 연령대가 열여덟 살에서 서른다섯 살 사이인 환자들은 대개 부모를 대동했다. 딸들은 아버지를, 아들들은 어머니를. 그들은 말이 없었고, 불행으로 단단히 결속된 듯 긴 의자에 앉아 나란히 대기하다가 돌연 솟구치는 특별한 애정에 못 이겨 서로의 손을 움켜쥐었다. 아들이 어머니의 어깨로 무너져 내렸다. 대동할 부모가 없는 듯한 한 산송장은 오직 병원을 오가는 것만이 삶의 전부인 것처럼 보였고, 마땅한 거처도 없는 듯 혼자서는 들지도 못하는 커다란 짐 가방을 굴리고 다녔다. 그를 쪼그라들 대로 쪼그라든 검은 제복의 수녀가 수행했는데, 그녀는 온화하고 체념한 표정으로 틀니가 빠져 함몰된 주걱턱 입가에 줄곧 미소를 띤 채 연신 턱을 놀리면서 사진소설을 읽었다. 그들은 극단적으로 대립된 두 세계였으나 서로를 이해했고, 현 상황에서는 서로를 좋아한다고까지 말할 수 있었다. 동그랗게 벗겨진 정수리 밑으로 회색 솜뭉치 같은 머리칼이 붙어 있는 산송장이 부엌으로 가 또 다른 산송장의 아내 또는 누이에게서 으깬 감자와 오렌지 반쪽을 얻어 오더니 오렌지 반의반 쪽을 수녀에게 건넸고, 수녀는 입안에 다소 시고 상큼한 것이 들어간 것에 만족스러워했다.

82

4월 21일 금요일, 파리의 보드빌 식당에서 빌과 단둘이 저녁 식사를 했다. 빌이 서두를 놓았다. "생각보다 눈이 노래지지 않았네. 말짱한걸. 피부도 상당히 상했을 줄 알았는데. 네가 약을 잘 견디고 있는 것 같아." 그는 말을 이었다. "에이즈는 말하자면, 미국식 인종 학살이라고 할 수 있어. 미국인들도 표적이 확실했거든. 마약중독자들, 동성애자들, 죄수들. 이젠 그 교활한 인종청소를 에이즈가 서서히, 그러나 뿌리째 뽑을 기세로 실시하는 걸 방관하기만 하면 만사형통이지. 연구자들은 그 병에 대해 아무것도 몰라. 그러면서 현미경으로 뻔한 도식들과 추상적인 이론들만 파고 있지. 그들은 한 가정의 선량한 가장들이고, 환자들과 접촉해본 적이 없어. 그러니 환자들의 두려움과 고통과 절박감을 헤아리지 못해. 그들은 모르는 감정이니까. 그렇기 때문에 실행 가능성 없는 의정서를 가지고서 헤매고, 정부의 승인을 받는 데도 몇 년이나 끌면서 곁에서 사람들이 죽어 나가게 내버려두는 거야. 구할 수 있었는데도…. 새삼 올라프를 생각하면… 6년간 함께 살다가 어느 날 갑자기 떠나버렸으니 뒤통수를 크게 한 방 맞은 건 사실이지만, 그래도 결과적으로는 내가 엎드려 절을 해야 마땅해. 올라프가 아니었더라면 난 여전히 방탕한 생활을 이어갔을 거고, 보나 마나 그 잡스러운 병에 걸려 지금쯤 아주 가관이었을 테니까." 그날 밤 빌은 백신에 회의적인 이들에게 아무 위험도 없다는 것을 증명해 보이기 위해, 자기와 모크니가 불활성 바이러스를 직접 접종받기로 결정했다고 내게 알렸다.

83

스팔란차니 병원에서 보았던 정키 라니에리와 다시 마주
쳤다. 스페인 광장 계단에서 어슬렁거리며 독일 여행객들을 유
혹하던 그와 눈이 마주쳤을 때, 그도 나를 알아보았으나 그는
내 이름까지는 알지 못했으므로 내가 더 유리한 입장이었다.
그날 이후로는 정기적으로 그와 마주쳤다. 대체로 다비드와 저
녁 식사를 하러 프라티나 길로 접어들 때였고, 그때마다 라니에
리 곁에는 늘 친구 두 명이 붙어 있었다. 우리가 상대의 존재를
간파하자 그 즉시 우리 사이의 무언가가 무너져 내렸다. 우리
는 사실상 가면이 벗겨지며 정체가 탄로 났고, 우리는 군중 속
에 숨은 독이며, 우리의 이마엔 작은 표시가 새겨지게 되었다.
원하는 것이 육체이든, 하얀 가루를 사기 위한 돈이든 과연 누
가 먼저 상대를 협박할 것인가? 조금 전 나는 폭염 탓에 텅 빈
거리를 혼자서 어슬렁거렸고, 모퉁이에서 라니에리와 부딪쳤
다. 우리는 둘 다 선글라스 뒤로 얼굴을 감춘 채, 서로를 돌아보
지 않았고 걸음의 방향이나 속도를 바꾸지도 않았으며 서로에
게 걸음을 양보하지도 않았다. 그렇게 우리는 서로의 그림자가
되어 똑같은 보폭으로 똑같은 방향을 향해 나란히 걸었고, 갑

자기 방향을 틀지 않는 한 서로에게서 떨어지거나 도망칠 수 없었다. 운명이 나를 이자에게 떠밀고 있고 그 운명을 피할 수 없으리라는 생각이 들었다. 나는 그와 보폭을 맞추어 계속 걷다가 말을 걸기 위해 몸을 틀었다. 그의 얼굴은 땀범벅이었고, 선글라스 너머로 흐릿하고 멍한 시선이 느껴졌다. 순간 라니에리가 내 말을 가로막았다. 검지를 들어 올리는 극히 미세한 동작으로 "노"라고 말하기 위해, 창이나 방패를 들이대듯 내 코앞에서 손을 움직이는 것도 아니고 그저 손가락만 까딱거렸는데, 그것은 주먹을 날리거나 침을 뱉는 것보다도 훨씬 더 폭력적이었다. 그러자 운명이 내 생각과 달리 나를 줄곧 지키고 있었다는 생각이 들었다.

84

5월 중 파리에 도착한 빌이 내게 전화를 걸어왔다. 나는 다짜고짜 그에 대한 원망을 쏟아놓는 것으로 서두를 떼면서, 차라리 이렇게 죄다 털어놓는 편이 그동안 쌓인 감정을 배출하고 시들어가는 우리의 우정을 회복하는 데도 도움이 될 거라고 말했다. 나는 우선 그의 무례를 지적했다. "피부가 많이 노래지진 않았군"이라든가 "다행히 내겐 올라프가 있었어, 그렇지 않았다면 지금쯤 난 잡스러운 병에 걸렸을 거야" 따위의 말들을. 다음으로 1년 반 전으로 거슬러 올라가 좀 더 근본적인 문제들을, 그가 지키지 않았던 약속들을 소환했다. 당시 빌이 확신에 차서 장담했던 말들을 그에게 상기시키면서, 내가 강요한 것이 아니며 나는 아무것도 요구하지 않았는데 그가 먼저 프랑스 연구소와의 계약에 자기 친구들을 받아달라는 조건을 내걸었고, 그런 만큼 차질이 발생했으면 응당 그가 우리를 미국으로 데려가 모크니 백신 접종을 진행했어야 하지 않느냐고 따졌다. 그는 아무것도 하지 않았고 외려 내가 구렁 속으로, 온갖 위험지대로 빠져드는 것을 멀거니 구경만 했다. 이야기는 한 시간 동안 계속되었고, 그것은 우리 둘 모두에게 크나큰 위안이 되었다. 빌은 모든 것을 짐작하고 있었노라고, 내 비난들은 정당하며 자기가 시간을 잘 조율하지 못했노라고 해명했다. 하지만 이튿날 그는 퐁텐블로로 향하는 차 안에서 내게 다시 전화를 걸어 어제의 통화 내용을 거듭 도마에 올리며 모든 잘못을 내 탓으로 돌렸다. "도무지 이해를 못 하겠어. 어떻게 올라프 덕분에 내가 바이러스에 감염되지 않은 걸 네가 못마땅해할 수 있는지." 나는 대답했다. "당연히 그런 뜻의 말이 아니지. 난 다만 당신의 방식을 문제 삼았던 거야. 당신은 마치 아무 상관 없는 친구끼리 이야기하듯 그런 말을 지껄였거든. 넌 불행하구나, 난 그렇지 않은데, 하늘이 도왔지 뭐니, 그런 식으로…. 하지만 내가 당신을 비난하는 이유는 그보다 훨씬 더 심각해…" 빌이 바로 대화를 차단했다. "내일 전화할게. 누군가 우리 얘기를 듣고 있다고 생각하니 등골이 다 오싹해지는군…" 나는 말했다. "난 누가 들었으면 좋겠는데? 아는지 모르겠는데, 어느 시점이 되면 그런 건 정말 아무 상관 없어지거든." 차 안의 빌은 혼자가 아니었고 옆 사람이 듣도록 전화를 스피커폰으로 돌려놓았을 거라는 생각이 들었다. 빌은 다음 날도, 그 후에도, 여름 내내 전화하지 않았다.

어느 날 아침, 스팔란차니 병원에서 혈액검사 중에 내 이름이 발음되자 순간 혼선이 일더니 간호사가 무언가를 감추기 위해 내게서 등을 돌렸다. 내 이름으로 준비되었던 열 개의 관이 이미 혈액으로 채워져서 나무 바구니에 담긴 채 연구실로 내려보내질 판이었다. 나와 간호사는 남아 있는 빈 관들 가운데서 내 관들을 채운 피의 주인일 법한 이름을 찾아내야 했다. 정황상 '에르베 기베르'라는 이름표가 붙은 관을 채운 피의 주인은 마르게리타라는 이름의 여자인 듯했다. 간호사가 혈액이 채워진 앞서의 관들에 붙은 내 이름표를 여자의 이름표로 덮고 나서, 빈 관에 붙은 마르게리타의 이름표를 가릴 새 이름표를 작성했다. 이렇듯 착오로 인해 관들이 뒤바뀔 수도 있을 것이다. 늘 열려 있는 작은 책상 서랍 안에는 먼지 앉은 녹회색 거즈 패드와 낡은 혈관 압박용 고무줄과 진공 압력으로 피를 빨아들이는 플라스틱 주사기가 들어 있었고, 나는 모든 것이 준비된 그 서랍을 보면서 내가 진료실을 나설 때 간호사가 서둘러 내가 사용한 것들을 버리는 기색이 아니었던 만큼 그것이 내 앞사람이 사용한 것일지도 모른다는 생각을 하곤 했다.

또 다른 날 아침엔 스팔란차니 병원에서 채혈을 받기 위해 다툼을 벌여야 했다. 지난번엔 지켜지지도 않았던 진료 시간에 10분을 지각했기 때문이었다. 간호사들과 15분간의 승강이를 벌인 끝에 내가 직접 채혈 준비를 해야 했다. 나는 사용되지 않은 관 무더기에서 내 이름이 적힌 관들을 골라낸 뒤, 팔뚝에 고무줄을 묶어 간호사에게 내밀고는 그녀가 바늘을 꽂아주기를 기다렸다. 그 순간 우연히 거울에 비친 내 모습이 눈에 들어왔다. 몇 달 전부터 뼈만 앙상하게 남은 해골로만 보이던 내가 놀라우리만치 잘생겨 보였다. 문득 어떤 깨달음이 머리를 스쳤다. 거울을 볼 때마다 더 이상 나의 것이 아니라 내 시체의 것으로 느껴지던, 야윌 대로 야윈 저 얼굴에 익숙해졌어야 했다는 것을, 그리고 나르시시즘의 극치에 의해서든 나르시시즘의 중단에 의해서든 결국 저 얼굴을 사랑했어야 했다는 것을.

자살에 필요한 의약품을 여전히 손에 넣지 못했다. 내가 약
국에서, 이른바 심계항진인 고모와 이탈리아 여행을 떠나기에
앞서 전화로 의사가 불러주는 걸 받아 적었다는 가짜 처방전을
내밀 때마다, 고모의 파리 주치의이면서 내 주치의이기도 한 의
사의 전화번호가 확실하고 그가 다행히 전화를 받지 않는 데다
가짜 처방전에 적힌 의약품의 이름과 용량의 삭제 및 수정 흔
적까지 모든 것이 그럴싸했음에도, 나와 마주 선 약사가 번번이
의약품 사전을 열심히 뒤지다가 본사에 전화를 거는가 하면 컴
퓨터 화면으로 한참동안 고개를 기울이고 난 끝에 결국 그 제
품은 더 이상 취급하지 않는다는 답변을 내놓았기 때문이다.
나의 시도는 불발로 끝났고, 내 계획은 제자리를 맴돌았으며,
나는 운명이 나를 가로막고 있다는 생각을 하기에 이르렀다. 그
런데 어느 화창한 날, 나는 아무 꿍꿍이 없이 치약과 비누를 사
기 위해 약국에 갔고, 주문품 목록에 플루오카릴 치약을 적고
나서 무심코 스포이드형 디기탈린을 첨가했다. 여자 약사가 일
단 이 제품은 더 이상 생산되지 않는다고 말한 뒤, 누가 무슨 이
유로 필요로 하는지 물었다. 나는 더없이 무심한 어조로 대답

했다(사실상 내 계획은 포기한 상태였고, 나는 이것으로 포기에 쐐기를 박을 수 있기를 기대했다). "제가 쓸 거예요. 심장박동에 문제가 있어서요." 그녀는 다른 약사들처럼 비달 의학 사전을 뒤지다가 컴퓨터로 검색을 하는 듯하더니, 안에서 유사한 스포이드형 제품 두 개를 갖고 나왔다. 내가 그 유사품들에 덥석 달려들지 않은 것이 내게 유리하게 작용했다. 내가 그 약품에 의존하지 않는다는 것을 증명한 셈이 되었기 때문이다. 약사는 내가 원래 찾았던 제품을 구해놓겠으니 내일 다시 들르라고 말했다. 이튿날 혹시나 싶어 약국으로 갔고, 약사는 내가 안에 들어서자마자, 대기 중인 북적대는 손님들과 내 얼굴을 가린 선글라스에도 불구하고 대번에 나를 알아보더니 매장 저편 끝에서 호기롭게 외쳤다. "디기탈린이 도착했어요!" 이제껏 어떤 상인도 그렇게까지 환희에 젖어 내게 물건을 판 적이 없었다. 약사가 크라프트지에 약품을 싸 주었다. 내 죽음을 사는 비용은, 고작 10프랑도 되지 않았다. 그녀는 내게 환하고 정성스럽게 인사하며 좋은 하루를 빌어주었다. 세계 일주 패키지여행 상품을 팔고 나서 즐거운 여행을 빌어주는 여행사 직원처럼.

88

9월 14일 목요일, 로뱅의 집으로 저녁을 먹으러 가는 길에 마음이 조급했다. 에두아르도를, 그가 에이즈 양성 판정자인 것을 알게 된 후 빌이 관심을 보이며 주시하는 그 스페인 청년을 처음 만난다는 사실에. 에두아르도는 그날 아침 마드리드에서 날아왔고, 다음 날 빌을 만나러 미국으로 떠날 예정이었다. 로뱅은 나를 에두아르도 옆에 앉혔고, 나는 그를 몰래 흘금거리며 관찰했다. 그는 비틀대는 새끼 사슴처럼 가냘픈 청년으로, 얼굴이 쉽게 빨개졌고, 차림새는 수수했으나 몸짓마다 무기력한 우아함이 배어 있었다. 그는 말수가 적었고, 글을 쓰고 싶어 했다. 그의 눈빛엔 이미 내가 2년 전부터 내 눈빛에서 발견하며 문득문득 놀라곤 하는 공포와 혼란이 어려 있었다. 다 같이 식사를 시작하려는 찰나에 전화벨이 울렸다. 빌이었다. 우리의 망나니 조물주가 멀리에서도 우리를 염탐하고 있는 것일까. 로뱅이 조용히 통화하기 위해 식탁에서 계단으로 자리를 옮겼다. 그가 다시 돌아와 빌이 나를 바꾸라고 했다고 전했다. 빌은 저 5월의 께름칙한, 차 안에서의 통화 이후로 내게 전화하지 않았다. 내가 다 꺼져가는 목소리로 응대할까 봐 망설여졌다. 그렇다면 다른 이들에게 지나친 구경거리가 될 터였다. 로뱅이 무선전화기를 건네며 말했다. "계단에 가서 편히 받아." 지글거리는 잡음과 함께 소리가 뚝뚝 끊기며 멀리서 빌의 목소리가 들려왔다. "여전히 날 원망하지?" 목소리가 어찌나 음울하던지, 나는 못 알아들은 척하며 대화를 이었다. "마이애미야? 아니면 몬트리올?" "아니, 뉴욕이야. 42번지와 121번지의 모퉁이 건물 76층. 아직도 나한테 화가 나 있느냐고 물었잖아?" 나는 계속해서 귀머거리 흉내를 내며 물었다. "당신네들이 이길까 질까?" (신문에서 모크니 혈청을 대규모로 배포할 수 있는 캐나다의 백신 제조업체 매입을 둘러싸고 빌이 일하고 있는 뒤몽텔 사와 영국 기업 밀랜드 사가 치열한 경쟁을 벌이고 있다는 기사를 읽은 터였다.) 빌이 대꾸했다. "첫 라운드에선 우리가 패했지만 아직 끝난 건 아무것도 없어. 내일 다시 전화할게. 에두아르도 좀 바꿔줄래?" 무선전화기를 들고 테이블로 돌아오며 좌중에 빌의 만행을 폭로할까 망설여졌다. "다음 에이즈 양성 판정자를 바꾸라는군." 그날 저녁 의혹이 일었지만, 그걸 믿기에는 나 자신도 너무 어지러웠다.

89

9월 20일, 로뱅과 차이나스클럽 식당에서 저녁 식사를 했다. 그때까지 쥘이 내 이야기를 듣기를 거부한 것과 달리 로뱅은 놀라우리만치 자상하고 주의 깊게 내 이야기에 귀를 기울였기에, 나는 어느 시점이 되면 더 이상 소설적 망상 속에 절박한 감정을 억누르고 있을 수만은 없다는 말과 함께 어느 정도 선명해진 빌에 대한 나의 이론을 펼쳐 보일 수 있었다. 나는 로뱅에게 내 가설의 핵심을 피하며 서두를 꺼냈다. "에이즈가 내게는 설명할 수 없는 것을 발화하고 나를 드러내는 내 작품들 속의 패러다임인 것처럼, 빌에겐 일생일대의 모범적 비밀일 거야. 에이즈 덕분에 소규모의 우리 친구들 그룹에서 대장 노릇을 톡톡히 하면서, 우리를 과학 실험용 그룹처럼 조종했으니까. 그리고 샹디 박사를 중개자로 개입시켜 환자들과 비즈니스 세계 사이의 방패막이로 이용했지. 말하자면 샹디 박사는 빌의 계획들을 집행하는 하수인이야, 가장 비밀스러운 자료들을 확보하고 있지만 역설적으로 그것들을 퍼뜨리지 않는 역할을 맡았다고나 할까. 난 지난 1년 반 동안 이른바 목숨을 구하기 위해 빌에게 나를 투명하게 내보여야 했어. T4 림프구 수치가 떨어질 때마다 보고해야 했는데, 팬티 속을 보여주는 것보다 더 못할 짓이었지. 빌은 모크니 백신이라는 신기루를 등에 업고서 1년 반 동안이나 자기 앞에서 발기하는 나를 구경한 셈이야. 내가 그의 지배에서 벗어나 그의 실체를 폭로하려고 했을 때 아마 가면이 벗겨진 느낌이었을 거야. 자기가 너와 나, 네 남동생, 귀스타브, 샹디를 교묘하게 엮은 이 친구 그룹에서, 이 친구들에겐 감추는 걸 저 친구들에겐 털어놓는 식으로 쟁취한 게임의 대장 자리를 잃을까 봐 두려웠을 거고. 네 남동생의 운명을 빌미로 특별히 널 표적으로 삼았다가 직접적으로 위협을 받는 나로 표적을 옮겼지. 우린 소위 작품을 하는 사람들이고, 작품은 무력감이라는 악귀를 쫓는 구마식 같은 거니까. 동시에 불치병은 무력감의 극치라고 할 수 있어. 작품을 이야기하는 데 강한, 무력감에 빠진 강한 존재들. 그게 우리야. 바로 빌이 구원이라는 허구의 마수를 뻗치며 만들어낸 환상적인 창조물들. 빌은 내 비난을 견디지 못했어. 혹여 내가 우리 그룹에 그 원망을 퍼뜨리기라도 한다면 자기 계획이 물거품이 될 거라고 생각했을 거야. 그래서 선수를 친 거야. 비난의 화살을 내게 돌리고 그걸 우리 그룹의 여러 채널로 퍼뜨렸지. 샹디, 너, 귀스타브는 내가 부당하게 빌을 비난한다고 나를 비난했어. 사실상 하찮은 것으로 치부될 수 있는 지엽적인 비난들 속에 진짜 중요한 잘못이 묻혀 있는데 말이야. 그래서 빌이 차에서 내게 전화해 "이쯤에서 얘기 끝내자. 누가 우리 얘기를 듣고 있을까 봐 등골이 다 오싹하다"라며 외려 나를 몰아세웠을 때 차 안에 다른 누군가가 있을 거라는 생각을 하게 됐지. 돌연 피고가 역전되는 그 순간의 증인이 필요했을 테니까. 그때부터 빌에겐 친구 그룹에게 별도의 설명을 하지 않고도 날 버릴 구실이 생겼어("에르베는 제정신이 아니야, 내가 해줄 수 있는 게 아무것도 없어"). 자연스럽게, 신기루처럼 작동하는 그의 계획에 다른 제물을 끌어들일 수도 있게 되었고. 따라서 빌이 게임을 좀 더 지속시킬 수 있게 해줄 다음 종달새는 스페인 청년, 에두아르도야. 마침 에두아르도는 빌을 충분히 만족시켜줄 수 있을 것 같아." 내가 로뱅에게 했던 말이 정확히 이러했었는지는 모르겠다. 이야기 끝에 그가 이렇게 말했기 때문이다. "오늘 저녁 네 입에서 나왔던 말들 하나하나 절대로 잊지 않을 거야."

로마의 빌라 정원에서 정키 라니에리를 또다시 얼핏 본 것 같았다. 그는 내가 묵고 있는 건물 쪽 보스코 정원 속으로 스며 들고 있었다. 나는 3주의 간격을 두고서 일전의 약국에 들러 심장 정지에 필수적인 두 번째 분량의 디기탈린을 주문했다. 여자 약사는 이번엔 전과 달리 다소 걱정스러운 얼굴로 내게 물었다. "이 약이 효과가 있던가요?" 나는 대꾸했다. "네, 약이 아주 순하더군요."

10월 7일 토요일, 우리는 엘바섬에 갔다. 로마의 빌라에서 가져온 내 물건들과 상자들을 집 안에 채 들여놓기도 전에 전화벨이 울렸다. 귀스타브가 전화를 받았다. "그래, 빌"하고 대답하는 소리가 들렸다. 몹시 흥분한 빌이 뉴욕에서 전화를 걸어온 것이었다. 그가 로뱅에게 된통 당했다는 것을 우리 모두 아는 터였다. 그는 모크니 백신이 어제, 만만치 않은 기관으로부터 임상 실험 허가를 받았으며, 새로운 지시가 떨어질 때까지 미국에서 다양한 임상 실험을 할 수 있게 되었다고 말했다. "이제 네가 프랑스에서 실험에 참가하는 데 조금이라도 문제가 생기면, 사나흘 로스앤젤레스에 와 있으면 돼. 그럼 파리에서도 널 불러줄 거야." 빌은 제네바에 들렀다가 이번 주말에 파리로 올 예정이었다. 그가 샹디와 셋이서 담판을 짓자고 제안하며 덧붙였다. "하지만 이 약속을 잡을 수 있는 사람은 내가 아니야."

　　10월 13일 금요일 점심 무렵, 샹디 박사의 진료실을 찾았
다. 그는 다짜고짜 프랑스 실험 의정서에 나를 포함시키려면 편
법을 써야 한다고 말했다. 내가 들어갈 실험 그룹은 15명만을
대상으로 하는 첫 번째 그룹으로서, 이중맹검법을 적용하지 않
은 채 약품의 독성을 테스트하는 것이 목적이다. 피험자들은
어떤 치료도 받은 적이 없어야 하며 T4 림프구 수치가 200 이상
이어야 한다. 혈액검사를 통한 최종 분석 결과, 나의 림프구 수
치는 정확히 '200'이었다. 임상 실험 담당 군의관에게 단지 "지
도부딘은 한 번도 복용한 적이 없습니다"라고 거짓말을 하는
것으로는 충분치 않았다. 내 혈액 속에 남은 약의 흔적을 깨끗
이 없애야 했다. 지도부딘은 혈구의 양을 증가시키며 즉각 반
응을 나타내는바, 혈구를 다시 감소시키려면 적어도 첫 채혈을
하기 한 달 전에 치료를 중단해야 했다. 하지만 치료를 중단하
면 T4 림프구 수치가 200 이하로 떨어질 가능성이 있고 그렇게
되면 나는 실험 후보로서 자격 미달이 된다. 샹디 박사는 백신
에 대해 지나치게 흥분한 나머지 나의 상태를 눈치채지 못했다.
나는 체중이 5킬로그램 줄었고 기력이 쇠해 있었다. 그의 눈빛

에 공포가 비쳤다. 빌 때문에 우리 둘 다 곤경에 처했다. 신기에 가까운 묘기라도 부리지 않으면 안 될 판이었다. 처음으로 샹디 박사에게 연민을 느꼈다. 그는 나를 돌이킬 수 없는 사형수로, 나는 그를 빌의 졸개로 보고 있다는 진실이 순간적으로 선명해졌다.

93

10월 15일 일요일 오후 3시 30분, 빌의 집에서 만나기로 약속을 정했다. 나는 빌이 마지막까지 발뺌할 궁리를 하리라고 짐작했다. 샹디 박사는 이렇게 말했다. "빌을 코너로 몰아 절대 빠져나가지 못하게 하는 게 중요해요. 그렇게 해서 빌한테 받아낼 약속들에 대해선 우리가 서로의 증인이 되어주고." 나는 일찍 도착해서 노트르담데샹 성당 주위를 에워싼 광장의 벤치에 웅크리고 앉아 빌이 도착하는 것을 지켜보았다. 늙다리 카우보이처럼 검은 선글라스를 끼고 열쇠를 손에 달랑거리며 재규어에서 내린 빌이 대로를 뚜벅뚜벅 가로질렀다. 뒤이어 당도한 샹디 박사가 빌의 날렵한 재규어 뒤에다 자신의 갓 뽑은 빨간색 차를 주차했다. 그는 셔츠의 단추를 반쯤 풀고 서류들을 옆구리에 낀 채 농구화를 신은 발로 걸음을 재촉했다. 문득 저 두 인간을 조종하는 사람이 다름 아닌 나인 것 같은 기분이 들었다. 나는 샹디 박사가 현관문으로 모습을 감추고 나서도 몇 초 동안 뜸을 들였다. 이제 내가 들어갈 차례였다. 그렇게 그들 두 사람의 만남에 뜻밖에도 내가 등장하여 불시에 우리 셋의 공식적인 대담이 이루어지도록. 빌은 느닷없이 등장한 나를 열렬히

환대했다. "우리의 친애하는 에르벨리노가 납시었군. 얼굴이 그리 나빠 보이지 않는걸!" 나를 보자마자 쉴 새 없이 떠드는 빌을 보며, 샹디 박사와 나는 그가 내친 김에 백신 개발의 역사와 그에 따른 윤리적인 문제들에 대해서도 일장 연설을 늘어놓도록 유도했다. 그를 더더욱 정신없이 몰아붙여야겠다는 생각이 들었다. 하지만 정작 정신 줄을 놓은 건 나였다. 에이즈 발병 이후로 내게 나타난 일종의 정신분열증이라고나 할까. 빌의 이야기가 과학적인 일반론이면 아무리 내용이 복잡하더라도 완벽하게 이해했지만, 내 경우에 대입이 되면 그 순간 사고의 갈피를 잃고 정신이 흐릿해졌다. 도통 아무것도 이해되지 않았고 정신이 기능을 멈춰버린 듯했으며 중대한 질문을 던져놓고도 돌아오는 답을 이내 잊었다. 샹디 박사가 빌의 번드르르한 장광설을 끊었다. "그래서 에르베를 위해서는 구체적으로 뭘 할 수 있는데?" 샹디 박사는 방금 자신이 던진 질문의 중대함에 몸을 떨며 다른 환자의 경우를 내 경우와 결부시켰다. 그 환자 역시 T4 림프구 수치가 200 언저리를 맴돌았는데 지도부딘 치료를 받은 적이 있다면서, 샹디 박사가 빌에게 물었다. "미국에서 에르베가 백신을 접종받으면, 유사한 두 번째 케이스에도 똑같은 걸 해줄 수 있어?" 어떤 것도 투명하게 내비치지 않는 빌의 얼굴에서 샹디 박사의 질문이 불러일으키는 환희가 드러났다. 샹디 박사의 질문이 그의 권능을, 그가 약속을 지키든 말든 상관없이, 그의 절대적인 힘을 강화시켰다. 빌이 입술을 일그러뜨리며 야릇한 미소를 지었다. 그는 들뜬 나머지 잠시 멍한 얼굴이

272

더니, 인간으로서의 존엄을 요구하는 샹디 박사에게 천박하게 대응했다. "헌장을 써야 하는 게 아니라면… 할 수 있고말고. 에두아르도한테도 해준 걸 에르베한테든 생판 모르는 남한테든 못 해줄 이유가 없지…." 이어서 빌은 세상에서 가장 차분한 목소리로 자기가 어떻게 해서 에두아르도의 일을 진행하게 됐는지, 그 기함할 사연에 대해 설명하기 시작했다. 빌이 석 달 전만 해도 알지 못했던 그 스페인 청년은 그가 사랑에 빠졌던 토니의 남동생이었고, 그들의 부모는 아들이 미국으로 가서 빌과 함께 사는 것에 반대했다. 에두아르도는 패션 사진작가 애인에게서 에이즈가 옮았는데, 빌에 따르면 그 사진작가는 마드리드의 병원에서, 내가 로마에서 겪었던 것보다 더 처절한 상황 속에서 죽었다. 형을 통해 빌이 에이즈 치료의 핵심적 위치에 있음을 알게 된 에두아르도는 그에게 감동적인 편지를 보냈다. 빌이 내게 말했다. "너한테도 그 편지들을 보여줄게. 읽어보면 알겠지만 그야말로 작가의 탄생이야." 그가 에두아르도에게 백신을 접종했다고 밝혔을 때 나는 하마터면 문을 쾅 닫고 방을 나가버릴 뻔했으나, 생각을 고쳐먹고서 연민 어린 미소와 함께 그 감동적인 이야기를 경청했다. 샹디 박사는 물리적으로도 충격이 느껴지는지 고개를 뒤로 젖히고 감은 눈을 손으로 꾹꾹 누르면서 호흡이 곤란한 듯 거친 숨을 몰아쉬었다. 이어서 그는 뒤몽텔 사로부터 받은 우편물을 꺼내 들었다. 그것은 임상 실험 협력에 대한 비용 지불 방법을 구체적으로 명시한 내역서로, 그는 헤드헌터로서 그가 모집한 환자의 수만큼 보수를 지급받았는데, 애초에 빌이 그에게 떠벌렸던 액수와 전혀 일치하지 않았다. 나는 물었다. "만일 내 T4 림프구 수치가 200 이하로 떨어지면 어떻게 되는 거죠?" "약을 훔쳐야겠죠." 상디 박사가 대답하자, 빌이 받아쳤다. "그럼 우린 숨어 지내는 '지하생활자'가 되는 건가?" 당장은 나에 대해서 어떤 것도 명확하게 결정되지 않았다. 하지만 나는 빌과 저녁 식사를 해야 했다. 상디 박사와 대로변에서 헤어지면서 빌이 내게 한쪽 눈을 찡긋해 보이며 암시를 주었기 때문이다.

94

전화로 소식을 들은 에드비주나 쥘이나 똑같이, 내게 어떻
게 그런 쓰레기와 마주 앉아 저녁을 먹을 수 있는지 용기가 가
상하다고 말했다. 쥘은 울컥 분노가 치밀어선 격분하고 역겨워
하며, 심지어 울먹거리기까지 하면서 말했다. "사실 네가 허언
할 사람은 아니지. 빌이 약속을 지키지 않았다는 것보다 너한
테 그런 약속을 했다는 것 자체가 더 심각한 거야. 샹디가 얼마
나 너그러운 사람인지 이제야 이해가 된다." 쥘은 내게 다음엔
바늘을 가져다가 손을 찌른 다음 빌이 자리를 비우자마자 그
손을 레드와인 잔에 담근 뒤 다음 날 얘기해주라고 말했다. 나
는 침착해지기로, 생존 가능성의 희박함에 절망하면서도 나를
도취시키는 이 소설의 필연적인 결말까지 가보기로 결심했다.
그렇다, 그 모든 것을 글로 쓸 수 있으리라. 틀림없이 광기일 터
인데, 나는 목숨보다도 책이 더 소중하다. 요컨대 목숨을 보전
하기 위해 책을 포기하지 않을 것이고, 바로 이 생각이 무엇보
다 사람들을 납득시키고 이해시키기가 어려울 게다. 나는 빌에
게서 개자식을 보기 전에 보석 같은 캐릭터를 보았다. 그가 내
게 문을 열어주며 기세등등하게 말했다. "샹디가 당황하는 거

봤어? 이상하지 않아? 넌 그걸 어떻게 설명할래?" 이어서 그가 내 목을 조르는 시늉을 했다. "아! 그동안 내 원망 많이 했지? 나도 널 증오했어. 증오했다고, 알아들어? 그게 무슨 뜻인지?" 나는 소파에 앉아 담배를 집어 들고 코카콜라 캔 모양의 라이터로 불을 붙이려고 애쓰면서 말했다. "그래, 아주 강렬한 감정이지. 거기에 대해서 얘기해보고 싶어?" 하지만 그건 정확히, 빌이 하고 싶어 하지 않는 얘기였다. 그는 연구원들의 부정직함이라든가 환자들을 구해야 하는 시급성 따위의 끝도 없는 윤리적 문제들로 화제를 돌렸다. 내가 몸무게가 5킬로그램이나 줄고 근육이 퇴화하는 느낌이라고 말하자, 빌은 내게 설사를 하는지 물었다. "약이 잘 안 받는구나. 간이 포화 상태라서 더는 음식물을 걸러낼 수도 없고, 그래서 네가 노인네들처럼 기운이 쇠하는 거야. 샹디가 휴식할 틈도 없이 줄기차게 너한테 그 쓰레기들을 먹이고 있지? 거, 대단한 의사일세. 불행히도 학위는 없지만, 그 실험 정신을 높이 사서 병원장에라도 앉혀야 하는 거 아닌가 몰라…" 나는 빌 또한 간에 문제가 있는 것을 알기에, 그에게 간이 빨리 회복될 수 있는지 물었다. "끝내줘! 간은 일부분을 조금 잘라내도 금방 회복돼. 아마 잡초보다 더 빨리 자라날걸!" 나는 다시 물었다. "당신 경험이야?" 그가 말했다. "허, 천만에! 어떻게 그런 생각을? 난 그저 생체 조직 검사를 한 거야. 내가 어떻게 간염에서 회복됐는지 조사하기 위해 간에서 극히 일부분의 세포를 떼어냈을 뿐이라고."

95

쥘이 내게 모크니의 면역성 물질이 어떻게 바이러스를 대체할 수 있는지 물었다. 빌이 대답했다. "바이러스는 대체되지 않아. 그래서 공격을 받는 거고. 어쨌든 활동이 없더라도 다들 바이러스를 접종받으니까. 경쟁사 연구원들은 에이즈 음성 판정자들한테는 바이러스를 주사할 수 없다고 하지. 아직 보조제가 없고 감마글로불린도 충분치 않거든." 빌은 내게, 바이러스는 제가 일으키는 병의 진행 상태를 속이기 위해 스스로 해체되고, 그런 식으로 인체를 지치게 하면서 면역력을 떨어뜨리기 때문에 악마적인 거라고 설명했다. 즉 속임수를 쓰기 위한 바이러스의 위장이야말로 무섭다는 것이다. 인체 내에서 존재를 간파당하는 즉시 바이러스는 T4 림프구를 지원군으로 보내 위장에 집중하고, 그렇게 검출되지 않은 바이러스의 핵이 아무도 모르게 인체를 통과해 세포를 감염시킨다. 일단 감염이 되면 HIV가 인체 내에서 투우를 벌이는데, 빨간 망토가 위장이고 죽음의 검은 바이러스의 핵이며 기진맥진한 황소는 인간이 된다. 모크니의 면역성 물질은 똑똑한 바이러스의 분신이라고 할 수 있으며, 이것이 인체에서 암호 해독자 역할을 한다. 면역시스템의 재가동과 특수한 항체의 생산으로, 바이러스가 다양한 해체와 위장에 의해 흐릿해지더라도 바이러스의 핵 파괴 프로그램을 탐색하기 위한 적절한 반응을 하는 것이 가능해진다. 이제 모크니와 빌이 직접 백신을 접종받는다는 것은 어림도 없는 일이 되고 말았다.

　빌이 그릴드루앙 식당에서 아무도 없는 홀의 구석진 테이
블을 요청하며 웨이트리스에게 말했다. "우리가 극비리에 의논
할 게 좀 있거든요." 그가 저녁 식사 중인 손님들을 훑어보며
첫 번째 홀을 통과했다. "여기선 아무도 우리 얘기를 듣지 못하
겠지…. 몬트리올에선 미행을 당했지 뭐야. 호텔 로비에서 언뜻
보았던 스물다섯 살쯤 돼 보이는 젊은 녀석이었어. 인물이 반반
하더라고. 호텔을 드나들 유는 아니었고 나도 크게 주의를 기
울이지 않았어. 그런데 밤에 그 동네의 잘나가는 바에서 다시
마주친 거야. 바에서 밥벌이 수단을 찾은 남자 대학생 스트리
퍼들이 나오는 곳이었지. 자리에 앉아 바로 코앞으로 행렬하는
댄서들의 티팬티 속에 2달러를 꽂아주면 바로 팬티를 벗어버리
는 식이었어. 양말 속에 20달러를 꽂아주면 더 바짝 다가오고.
바에서 나오다가 그 녀석과 다시 마주쳤는데 그제야 이상하다
싶더라고. 같은 길을 두 바퀴 반이나 슬슬 돌았지. 베를린에서
동독 간첩들한테 배운 낡은 수법이야. 녀석이 계속 따라붙기에
이성애자들 동네로 가서 따돌려버렸어. 그리고 호텔로 갔더니
로비에 와 있더라고. 아무 낌새도 채지 못한 척했지. 엘리베이터

를 타며 거울로 보니 녀석이 수첩을 꺼내 무언가를 끼적거렸어. 경쟁사인 밀랜드에 고용된 놈일 수도 있겠다는 생각이 들더군. 협박을 받을까 봐, 녀석이 알아낸 정보가 나를 압박하는 수단이 될까 봐 덜컥 겁이 나더라고. 너무 늦게 깨달았지 뭐야. 지난번 클럽에서 내가 좀 즐기는 모습도 사진을 찍은 것 같았어. 이 세상에서 동성애란 너무 많은 말들을 생산해내니 말이야. 절대 드러내지 말아야 해." 나는 빌에게 전후戰後 베를린에서 동독 간첩들과 무얼 했었는지 묻지 않았다. 저녁 식사 내내 빌은 칠레산 레드와인이 담긴 잔에서 눈을 떼지 않았고, 화장실에 가기 위해 자리를 비우지도 않았다.

　나는 에두아르도 사건을 다시 거론하며 저녁 식사 내내
이중적인 태도를 취했다. 빌은 내 질문에, 너 역시도 배신자가
될 수 있음을 자기는 조금도 의심치 않는다고 말하는 듯, 순순
히 대답하는 것 같았다. 나는 그의 아름다운 동화童話 앞에서
태연하고 차분한 태도를 완벽하게 유지했다. 내가 말했다. "정
말 심장 떨리는 순간이었겠어…. 당신이 직접 주사를 놓은 거
야? 아니면, 내 바람이지만, 당신은 그저 그 자리에 있었을 뿐
인 거야?" 빌이 대답했다. "당연히 내가 했지." "당신한테서 자
기들 장남을 빼앗아 간 그 보수적인 집안에 당신은 어떻게 복
수를 할 건데?" 빌이 말했다. "넌 아직 하이라이트를 몰라. 에
두아르도와 토니의 아버지가 누구냐 하면, 바로 바로 우리의
넘버원 경쟁사인 밀랜드의 스페인 지사 대표야…. 네가 이 디테
일을 재밌어할 거라고 확신한다…. 아무튼 난 에두아르도를 위
해 엄청난 위험을 감수했어…." "엄청난 위험이라…." 로뱅은 나
중에 내가 빌의 이야기를 그대로 들려주자 이렇게 되뇌며 말을
이었다. "… 이렇게 말하면 안 되는 줄은 알지만, 애석하게도 결
국 아무 위험도 되지 못했군." 에두아르도는 T4 림프구 수치가

1,000 이상인데 감염되었다. 빌의 주변에서 시급히 밝혀야 할 것이 있다면, 절대 그것은 아닐 것이다.

10월 16일, 수 주 동안 오른쪽 옆구리의 찌르는 듯한 감각과 점점 견딜 수 없어지는 시큰한 통증과 싸운 끝에, 나는 지도부딘 복용을 중단했다. 그리고 10월 17일, 샹디 박사에게 전화로 그 사실을 알리며 덧붙였다. "음울한 예언을 던질 때가 아니긴 하지만, 선생님도 저도 빌의 말을 믿을 수 없을 것 같다는 생각이 들어요. 빌은 약속을 지키지 않거든요. 이미 1년 반 전에 아무 해명 없이 약속을 취소함으로써 그걸 증명했고, 그렇게 비겁하게 오늘날 신용을 잃었죠. 자비심이나 인류애로는 절대 아무것도 하지 않는 허수아비라고나 할까요. 빌은 우리의 세계에 속해 있지 않고, 우리 편도 아니에요. 절대 영웅은 될 수 없는 인간이죠. 영웅은 죽어가는 이의 곁에 있어주는 사람이거든요, 선생님처럼. 그 죽어가는 이는 어쩌면 저고요. 빌은 누가 됐건 절대 죽어가는 이의 곁에 있어주지 않을 거예요. 그러기엔 너무 겁쟁이거든요. 혼수상태에 빠져 병원에 누워 있는 친구한테 갔을 때도, 보다 못한 그 친구의 형이 빌을 쿡 찌르며 친구와 대화해보기를 권하자 마지못해 아주 잠깐 친구의 손을 잡았다가 겁에 질려 이내 놓아버리더니 그 뒤로 다시는 병문안을 가지 않았죠."

한밤중, 마이애미의 공항을 떠나 고속도로를 타고 집으로 돌아가는 빌의 차량 헤드라이트 불빛이, 맨발에 반바지 차림인 더벅머리 청년을 비췄다. 빌은 청년을 자신의 미국산 재규어에 태워 집으로 데리고 가서 욕조에 집어넣고는, 성기를 제외한 온몸을 씻겼다. 성기는 청년이 완강히 지켜 손도 못 대게 했는데, 이는 밤에 침대에서도 마찬가지였다. 다음 날, 빌은 청년을 상점으로 데려가 머리부터 발끝까지 새 옷으로 갈아입혔고, 청년은 빌을 삼촌이라고 불렀다. 다음다음 날, 빌은 청년이 이제는 삼촌이 아니라 아빠라고 자신을 부르는 것에 걱정도 된 데다 출장을 떠나야 했던 터라, 그를 유스호스텔로 데려가 10여일분의 숙박료를 계산한 뒤, 50달러를 쥐여주었다. 빌이 출장에서 돌아오니 아파트 안 사방팔방에서 경보음이 울렸다. 주차장이며 주민용 엘리베이터며 아파트며 할 것 없이 전부. 경비원은 정장을 입은 한 청년이 밤낮으로 보안장치의 해제를 시도한다고 알리면서, 그 청년이 자기가 빌의 버려진 아들이라고 주장한다는 말도 덧붙였다. 빌의 자동응답기는 청년이 남긴 메시지로 포화 상태였다. 빌은 전화번호를 바꾸고, 번호를 전화번호부에 등록하지 않았다. 새 전화번호를 쓰기가 무섭게, 새내기 정원사가 된 청년이 자신의 아버지로 추정되는 사람에게 전화를 걸었다. 참을 수 없었던 빌은 다시 한번 전화번호를 바꾸었고, 어느 날 밤, 또 다른 출장에서 돌아오던 중에, 다시 더벅머리가 된 채 맨발에 반바지 차림인 청년을 발견하고는 덤불숲 쪽으로 방향을 틀다가 재규어가 휘우뚱대는 바람에 차 안에서 이리저리 부딪혀야 했다. 빌은 경비원이 보는 앞에서, 경찰을 부르겠다며 청년을 위협했다. 그러고 나서 집에 돌아오자마자 36층 마천루의 보안장치를 죄다 해제하고 경비실로 연결되는 인터폰까지 끊었다. 전화가 울렸다. 빌이 수화기를 들자 부드러운 동시에 냉엄한 남자의 목소리가 들려왔다. "여보세요? 원숭이 조련사 플룀이라고 합니다. 선생이 새끼 원숭이들을 좋아하시는 것 같아서요. 원숭이들이 새로 들어와서 조련을 시작했는데, 혹시 관심이 있으시면 언제든 연락 주십시오. 제 번호를 남겨놓겠습니다."

100

나는 내 책의 액자 구조 속에 갇혔다. 진퇴양난이다. 대체 내가 어디까지 침몰하기를 바라는가? 차라리 목을 매고 죽어 버려, 빌! 근육들이 흐늘거린다. 마침내 나는 어린아이의 팔과 다리로 되돌아갔다.

닉네임

✦

김현 시인

　공교롭게도《내 삶을 구하지 못한 친구에게》에 관하여 생각하는 도중에 십수 년 넘게 알고 지내온 친구의 부음을 들었다. 그는 암 투병 중에 시한부 선고를 받고 더 이상의 항암 치료를 거부한 채 암과 어울려 지냈다. 그는 삶에 연연하지 않았다기보다는 죽음에 연연하지 않았다. 어울려 지냈다, 연연하지 않았다, 라는 말에는 어딘가 낭만적인 면모가 있으나 그의 누이로부터 그의 선득한 투병 생활을 전해 듣기 전까지 나는 그 낭만성이야말로 그다운 것이라고 여겼다. 그는 침몰하는 육체에 관해 함구했다. 오로지 몇몇 친구들만이 그 사실을 알고 있었다.

　그와 나는 게이면서 작가주의 영화를 애호하는 '이반 씨네필' 모임에서 처음 만났다. 그도 나도 20대였다. 그때 그의 첫 닉네임은 잘 기억나지 않는다. 나는 '키노'였다. 내가 저 색깔 없는 닉네임을 고수하는 동안에 그는 쾌활하고 허영이 없는 닉네임을 끊임없이 바꿔가며 사용했다. 그는 천성적으로 들떠 있는 사람이었을 터. 그가 마지막으로 사용했던 닉네임은 '쥐며느리'

였다. '쥐명박이' 시절부터, '털보며느리' 시절부터, 그 두 시절이 함께 겹쳐지던 때부터 썼다. 그때부터 마지막까지 나는 그를 '쥐며늘님'이라고 다정히 줄여 불렀다.

그와 나는 단둘이 만난 적이 없다.

우리는 '정모'를 통해서만 만났다. 자주는 아니었지만, 때때로 모여 서울아트시네마에 가고 페드로 알모도바르나 알랭 기로디의 신작 영화를 보곤 했다. 그는 〈하녀〉와 〈충녀〉와 〈화녀〉에 관하여, 김추자와 나미에 관하여, 재닛 잭슨과 마돈나에 관하여 쉴 새 없이 말할 수 있는 사람이었으므로 언제나 모임의 중심에는 그가 있었다. 그가 있으면 어떤 대화에도 활력이 돌았다. 그가 알려주던 사랑의 체위는, 가령 '선녀하강'이나 '가래떡치기'는 얼마나 숨 막혔는지. 종종 그가 데려가는 종로 3가의 '뚱빠'에서 다 같이 새해를 맞기도 했다. 뚱뚱한 사람들을 좋아하는 뚱뚱한 사람들이 자주 찾는 술집에서 나와 다른 회원들은 '개말라(무척 마른 사람)' 취급을 당하면서도 쥐며느리의 짓궂고 자조적인 농담에 교감했다. 그의 웃음은 대체로 즐거움이었으나 본질적으로는 슬픔에 근거하고 있는 것 같았다. 그는 매사 진지해지지 않았다. 그는 매사 전투적이지 않았고, 그는 사람을 좋아하는 것만큼이나 타인에 대한 경계를 늦추지 않는 사람이었다. 그 경계가 그의 천성이 아니라 그의 생활, 그러니까 게이일 때와 게이이지 못할 때의 그의 삶, 그 틈으로부터 비롯되었음을 게이라면 누구라도 짐작할 수 있었다. 왜냐하면 세상의 모든 게이는 언제든, 얼마 동안이든 스스로가 '불확실한

경계'에 있다고 생각하기 때문이다. 존재를 둘로 분리하는 경험
은 삶의 경험이 아니라 죽음의 경험에 근접해 있다.

이반 씨네필 송구영신 정모는 이제 회원들 간의 '친목 도
모'를 위한 것이 아니라 아직도 '이 바닥'에서 살아내고 있는 친
구들의 '생존 신고' 같은 것이 되었다. 삶에서 죽음으로. 이 바
닥이 원래 애인도 없고 친구도 없이 혼자 쓸쓸히 죽기 딱 좋은
바닥이라는 낭설을 우리는 잘 알고 있었다. 그 시절 청춘들은
모두 중년이 되었다. 그리고 애석하게도 쥐며느리는 우리 중에
서 가장 빨리 자신의 삶을 구하지 못한 친구가 되었다.

몇몇 사람과 함께 고인의 장례식장을 찾았다.

빈소는 때 이른 죽음을 추도하는 공간이 으레 그러하듯 더
좁고 깊고 고요하여 생경했다. 쥐며느리의 영정을 마주하고 절
을 하자 그제야 쥐며느리의 죽음이 실제로 다가왔다. 그의 초상
을 둘러싸고 있는 사람들이 '유령의 이미지'를 떠올리게 했기 때
문이다. 유령의 이미지는 산 사람에게서 발견하는 것이다. 장례
식장은 죽음의 이미지가 아니라 유령의 이미지가 부유하는 공
간이다. 영정 사진 속에 붙들린 그의 얼굴은 우리가 자주 보던
얼굴과는 다르게 말라 있었다. 그의 얼굴에 웃음기가 있었는지
는 정확히 떠오르지 않는다. 그의 이미지는 모호했고 흐릿했다.

접객실에 앉아 그의 누이와 짧게 대화했다. 누이의 얼굴
은 비탄에 빠져 있지 않았다. 가벼운 얼굴이었다. 고통이 얼마
간 해소된 산 자의 얼굴만으로도 쥐며느리의 마지막 투병 생활
이 어떠했는지 감히 짐작해볼 수 있었다. 배춧국과 쌀밥, 코다

리찜과 호박전, 머리 고기와 새우젓을 앞에 두고 그의 누이는 우리에게 동생의 투병 생활과 임종의 순간에 관하여 들려주었다. 마치 구전되는 이야기처럼 그 이야기를 우리에게 하고, 우리의 뒤를 이어 오는 이들에게, 다시 그들의 뒤를 이어 오는 이들에게 하고 또 했다. 그때 그녀의 입을 빌려 나오는 그 '사실들'은 예상컨대 점점 '허구'를 향해 갔을 것이다. 더 고통스럽게, 더 평화롭게. 죽은 자에 관한 산 자들의 서사는 그렇게 되도록 결정되어 있다. 거짓이 아닌 허구. 산 자의 입을 빌려 나오는 죽은 자의 목소리를 순간 떠올려보았다. 영매의 목소리는 허구에 사로잡힌 목소리다. 그의 누이가 나처럼 글을 쓰는 사람이었다면, 그녀는 죽은 동생의 목소리로 자신의 삶을 기록했을 것이다.

우리가 감히 상상할 수 없을 정도로 삶은 참혹한 것이고, 우리가 전혀 상상해보지 않았던 대로 죽음은 평온한 것이다. 누이의 말에 따르면 그는 잠이 들듯이 떠났다.

'잠이 들듯이.'

나는 눈을 감은, 잠든 쥐며느리의 얼굴을 본 적이 없다. 그의 누이는 보았으나 나는 본 적이 없는 얼굴로 그는 세상과 작별했다.

그의 누이에게 우리는 우리 자신을 '사회 친구들'로 소개했다. 마치 장례식장에 어울리는 닉네임은 그런 것이라도 되는 듯. 동생과 우리가 서로를 닉네임으로 부르며 끼를 부르르 떠는 모습을 그녀가 보았더라면 어땠을까. 공공연하게 커밍아웃하지 않았던 그가 어떻게 우리의 연락처를 그의 누이에게 알릴 수 있었을까. 누이에게 묻자, 정신이 잠깐 돌아온 사이에 보고 싶은 친구들의 연락처를 공책에 적어 보여주었다고 했다. 삶의 마지막 순간을, 죽음의 첫 순간을 함께해줄 친구들로 그는 우리를 지목한 셈이었다. '내 삶을 구하지 못한 친구들에게, 날 보러 오세요.' 그 짧은 순간, 죽음의 신이 한눈을 파는 순간, 죽음의 신이 마지막에 베푼 가호에 힘입어 그는 스스로 대단원의 막을 내린 셈이다.

2018년 11월 5일 15시 06분에 그는 이 세상에서 완전히 자취를 감췄다. 이제 이 세상 누구도 그의 빛나는 눈동자를 볼 수 없다. 공평하게.

에르베 기베르와 쥐며느리, 프랑스와 대한민국, 1988년에 밝힐 수 없던 동성애자의 이름과 2018년에 밝힐 수 없는 동성애자의 이름은 얼마나 멀리 떨어져 있는 걸가. 내가 불행히도 경험하게 된 친구의 죽음은 이 "에세이의 일종인 소설"에 대한 감흥을 전혀 다른 차원으로 이동하게 했다. 죽음에서 삶으로. 허구에서 실제로.

나는 죽을병에 걸린 에르베와 친구들의 허구를 돌아보며 쥐며느리와 이반 씨네필 그리고 나의 실제 삶을 생각해보게 되었다. 기베르가 탄생시킨 (허구가 아니라) 허구적인 인물들을 지금, 여기, 사람들과 포개어보았다. 마치, 서로서로 거울상인 것처럼. 닉네임인 것처럼. 그건 장례식장에 다녀온 후에 자연히 따라붙는 상념 같은 것이기도 했지만, 그보다는 조금 더 진실한 (예술적) 차원에서의 죽음으로의 접근 같은 것이었다. 이 소설은 나를 "망각의 계약이 아니라, 이미지로 봉인된 영원의 행위"에 동참하게끔 했다. 그것이 내가 이곳에 내 친구에 관한 회고를 적어놓은 이유이다. 나는 '쥐며느리'라는 닉네임을 쓰는 내 친구 '에르베 기베르'에 대해 썼다.

뮈질, 스테판, 쥘, 샹디라는 닉네임으로 불린 소설 속 '실제 인물들'은 과연 내 친구를 어떻게 회고할까. 가령, "그는 내게 이 세상 사람이 아닌 것처럼 잘생겨 보였으며 우아한 수줍음을 간직하고 있었다. 그가 말을 하거나 하지 않는 방식 모두 몹시 매력적이었다"라는 배우 이자벨 아자니의 회고는 얼마나 허구적인가. "그는 진실 속에 머물렀지만, 나에 대해 느꼈던 불만을 허구로 풀어내는 것 또한 주저하지 않았다"라는 이자벨 아자니의 회고는 그녀와 교제했던 현실 속 인물에 대한 것일까, 그녀가 애정을 품고 있는 소설 속 인물에 대한 것일까. 이자벨 아자니는 한 인터뷰에서 《내 삶을 구하지 못한 친구에게》 속 자신의 닉네임이 '마린'이었음을 커밍아웃한다.

'미완성'으로 완성된 이 책을 마침내 완결하는 독서 행위는 아마도 에르베 기베르에게 친구로서 화답하는 일일 것이다. 그에 관한 회고가 아니라 내가 구하지 못한 죽음에 대한 회고로. 왜냐하면 에르베 기베르에게 '진실의 완성'은 허구로 이루어지는 게 아니라 허구와 실제로 이루어지는 것이기 때문이다. 그는 자신이 발췌하여 제시한 삶의 부분을 통해 결국에는 읽는 이 스스로가 어떤 삶의 조각을 찾아내길, 기적 같은 우연을 실제로 완성하길 요구한다. 마치 그로써 자기 죽음을, 예술을 망각이 아니라 영원의 영역에 소속시키길 바라듯이. 모든 예술의 궁극적인 욕망은 '계속해서 살아남기'다. 그런 의미에서 '질병'에 관한 에르베 기베르의 이러한 메시지는 의미심장하다. 그에게 질병은 '예술'이다.

"에이즈는 죽을 시간이 주어지는 병이었다, 요컨대 죽음에게 살 시간을, 시간을 발견할 시간을, 그리하여 마침내 삶을 발견할 시간을 주는 병이었다. … 삶이 죽음의 예감에 지나지 않고 불확실한 만기일 때문에 끊임없이 고통을 받는 것이라면, 에이즈는 … 삶의 만기일을 확정함으로써 우리에게 우리의 삶을 온전히 의식하게 해주고 우리를 무지로부터 해방시켜주었다."

에르베 기베르는 《유령 이미지》에서 필름을 넣지 않고 찍은 어머니의 사진을 텍스트로 옮겨 적으며 "이미지가 찍혔다면 이 텍스트는 존재하지 않았을 것이다. … 이 텍스트는 이미지의 절망이니까, 그리고 흐릿하거나 모호한 이미지보다 더 나쁜 것, 즉 유령 이미지니까…"라고 썼다. 그 말에 기대어 말하자면 《내 삶을 구하지 못한 친구에게》는 누군가가 살았더라면 존재하지 않았을 텍스트이며, 삶의 절망이고, 무엇보다 흐릿하고 모호한 삶보다 더 나쁜 것, 즉 죽음의 이미지다.

산 자의 사실들은 허구를 향해 있다. 그게 예술이 죽음을 이겨내는 힘이다.

쥐며느리는, 에르베 기베르는 마지막 순간에 과연 친구들의 이름을 어떻게 적었을까. 그때 그건 숨겨진 이름이었을까, 드

러난 이름이었을까. 사실이었을까, 허구였을까. 어느 쪽이더라
도 그건 진실에 가까울 것이다.

내 삶을 구하지 못한 친구에게

1판 1쇄 펴냄 2018년 11월 28일
1판 2쇄 펴냄 2020년 5월 8일

지은이 에르베 기베르
옮긴이 장소미
펴낸이 안지미

펴낸곳 알마 출판사
출판등록 2006년 6월 22일 제2013-000266호
주소 03990 서울시 마포구 연남로 1길 8, 4~5층
전화 02.324.3800 판매 02.324.2844 편집
전송 02.324.1144

전자우편 alma@almabook.com
페이스북 /almabooks
트위터 @alma_books
인스타그램 @alma_books

ISBN 979-11-5992-231-2 03860

이 책의 내용을 이용하려면 반드시 저작권자와 알마 출판사의 동의를 받아야 합니다.

이 도서의 국립중앙도서관 출판시도서목록CIP은 서지정보유통지원시스템
홈페이지http://seoji.nl.go.kr와 국가자료공동목록시스템http://www.nl.go.kr/kolisnet에서
이용하실 수 있습니다. CIP제어번호: 2018035781

알마는 아이쿱생협과 더불어 협동조합의 가치를 실천하는 출판사입니다.

종이 표지_앙상블 이클라스 210g/㎡ 본문_그린라이트 80g/㎡